용의 꼬리를 문 생쥐

용의 꼬리를 문 생쥐 2

초판 1쇄 발행 | 2014년 9월 1일

지은이 ⓒ 메나리 2014
일러스트 ⓒ Awin 2014

교정교열 | 김병규
교정 | 지세은, 박미정
편집담당 | 나비노블
총괄 디자인 | Awin
편집 디자인 | 서유미

펴낸이 | 김혜랑
펴낸곳 | 메르헨 미디어
등록일자 | 2012년 6월 27일
등록번호 | 제 2012-000141 호
ISBN 978-89-98328-74-0 04810
ISBN 978-89-98328-46-7 (세트)

nabinovel@nabinovel.net
http://nabinovel.net

용의 꼬리를 문 생쥐

2

글 메나리
그림 Awin

Content_용의 꼬리를 문 생쥐

6. 언니가 더 좋다 그럽니다. 11

7. 황후마마를 뵈옵니다. 67

8. 결혼식 133

9. 달밤에 삽질 211

10. 쥐를 드릴 테니 개를 내어놓으세요. 275

후기 319

6

언니가 더 좋다 그럽니다.

금주홍빛 노을을 가닥가닥 자아낸 듯한 머릿결이 초저녁의 끝자락과도 같은 청보라 색의 우아한 로브 위로 굽이쳐 떨어졌다. 갑작스럽고 거친 등장과 대비되는 우아한, 꽃의 이파리가 흩날리듯 나붓나붓한 발걸음으로 법정 안에 들어선 눈부시게 아름다운 소녀에게 의아함과 호기심 섞인 시선들이 장대비처럼 쏟아져 내렸다.

아리에스 살타토르는 그 무수하고도 날카로운 눈길에도 한 점 흔들림 없이, 오만할 정도로 곧은 자세로 재판정 가운데 우뚝 섰다.

"허락 없이 신성한 법정에 난입한 무례, 머리 숙여 사죄드립니다. 부디 관대한 아량을 베풀어 주시옵소서."

그녀가 로브 자락을 들어 올려 복사 빛 드레스를 살며시 내보이며 흠잡을 데 없이 완벽한 동작으로 허리를 굽혔다.

황제는 황태후가 끼어들세라 얼른 대답했다.

"용서한다."

상석을 향해 머리를 숙인 그대로 아리에스가 말을 이었다.

"소녀는 살타토르 백작의 장녀, 아리에스 살타토르라 하옵니다. 존엄하옵고 고귀하신 황가의 정점이자 붉은 여제의 적통자로서 솔레다드 산맥을 잇는 드넓은 대지와 세헤나르 해의 주인이시며 다섯 왕국의 지도자이자 수호자이신 솔레드 알타리아 오드 산크투스 황제 폐하의 용안을 이리 배알하게 되어 무한한 영광이자 감개무량하기가 그지없사옵니다."

극도로 격식을 지켜야만 하는 중한 자리가 아니고서야 나오는 일이 드문 길고 긴 인사말이 장미 잎과도 같은 입술을 통해 막힘없이 흘러나왔다. 이어 황태후에게도 약간 더 짧게, 하지만 비슷한 정도의 미사여구를 갖춘 인사를 올린 아리에스가 다시금 꼿꼿하게 등을 폈다.

"여기 계신 모든 분들께 개정한 지 오래인 재판정에 난입한 몰상식한 짓을 다시 한 번 사죄드립니다. 허나 살타토르 백작가의 하나뿐인 적장녀로서 가문의 위신이 벼랑 끝에 몰리게 된 현 상황을 좌시할 수만은 없었기에 이리 무례를 저지르게 되었습니다. 장내에 모이신 분들 역시 유서 깊은 가문을 이끌어나가는 고귀한 혈통의 일원이시니, 부디 어린 계집의 처지를 통감하시어 너그러이 눈감아주시기를 부탁드립니다."

아름다운 귀족 소녀의 정중하기 그지없는 사죄의 말에 혼란스러웠던 법정의 분위기가 차분히 가라앉았다.

주의를 끄는 것에 성공한 아리에스가 매혹적이리만치 투명하게 푸르른 두 눈을 들어 법관을 바라보았다.

"존경하옵는 법관님. 증인으로서의 발언의 기회를 요청합니다."

"발언하세요, 살타토르 백작 영애."

무식하게 지껄여대는 증인들에게 질려 있던 법관이 눈에 띄게 누그러진 목소리로 그녀의 발언을 허락했다. 아리에스의 시선이 법관보다 3미터쯤 앞에 자리한 소녀를 향해 움직였다. 그녀를 처음 본 순간부터 반가움에 안절부절못하고 있던 생쥐가 눈이 마주치는 순간 있는 힘껏 활짝, 소리 없이 웃었다. 아리에스는 그 강아지 같은 표정에 답하여 미소해 준 뒤 증언을 시작했다.

"라린 살타토르는 저의 이복자매로서 살타토르 백작가의 서녀입니다."

이제까지의 증언을 뒤엎는 말에 장내가 크게 술렁거렸다. 심지어 먼 친척이라 말하며 궁에 보낸 소녀를 두고 난데없이 백작의 서녀라 주장하다니. 렉트가 참지 못하고 발끈 소리쳤다.

"웃기지 마! 저년은 내 식당 하녀다!"

험악한 목소리에 푸르른 두 눈이 중년 남자를 향하였다. 식탁 위로 기어오른 바퀴벌레를 보는 듯한 멸시 짙은 차가운 시선에 렉트가 흠칫 입을 다물었다. 흥분으로 잠시 잊고 있었지만, 그가 반말을 지껄인 소녀는 당당한 귀족가 영애였다. 법정이 아닌 길거리였다면 대번에 하인들에게 몰매를 맞아 반시체가 되고 말았을 것이다.

"천박하기 그지없는 인간이로군요."

얼음조각이 날카롭게 솟은 듯한 냉랭한 눈빛과 어조에 남자와 그 동료들의 몸이 바싹 굳어졌다. 아리에스의 입매가 희미하게 비틀려 올라갔다.

살타토르 백작가에서 생쥐의 순결 여부를 확인해보지 않았을 리가 만무했다. 비록 이내 목숨을 잃을 제물이라곤 하나 황제에게 바치는 여자다. 당연히 렉트의 식당에 사람을 보내 생쥐가 남장을 한 채 지냈었음을 확인하고 몸값도 입막음 조를 더해 두둑이 내주었다. 그리 잔뜩 받아먹고도 반대되는 증언을 하러 천박한 면상을 내밀고 있는 꼴이 아리에스의 노기를 불러일으켰다.

"몇 푼 던져만 주면 어떤 거짓 된 소리도 지껄일 자들의 증언을, 귀 담아들을 필요가 있을까요."

법정 안을 가득 채운 귀족들 또한 아리에스와 의견을 같이하는 표정이었다.

귀족에게 있어 신뢰도는 사회적인 지위와 직결된다. 뒷골목 식당주인이 백날 밤낮을 떠들어봐야 우아하고 고상한 귀족 숙녀의 한마디보다 못하다. 심지어 저런 상스러운 어투의 주장은 저자가 과연 깨끗한 진실만을 말할 만큼의 인격을 가지고 있을지 의심마저 들게 하는 것이었다.

불리해져 가는 법정 분위기에 비고레 대백작의 안색이 흐려졌다. 살타토르 백작 영애의 등장은 전혀 예상치 못한 일이었다.

황태후는 법정에 세울 증인을 찾으면서 동시에 살타토르 백작가에도 연락을 취하였다.

실상 힘들여 라린 살타토르의 출신성분을 뒤질 것도 없이 살타토르 백작의 증언 하나면 끝날 일이었다. 좋은 쪽으로든 나쁜 쪽으로든.

그러나 살타토르 백작은 중립을 표방했다. 황태후의 접촉에도 황제의 접촉에도 병을 핑계로 자신의 별장에서 단 한 발짝도 움직이지 않으리라 대답하였다. 아쉬운 노릇이었지만 적어도 황제를 위해 증언하지는 않는다. 그렇다면 승산은 이쪽이다, 라고 예상하였건만.

난데없이 백작의 딸이 나타나다니.

'대체 어떻게!'

대백작은 오른손이 떨리리만큼 강하게 주먹을 쥐었다. 살타토르 백작으로부터 온 재판에 불참하겠다는 답변을 무조건적으로 믿은 것은 아니었다. 당연히 감시인을 붙여 수상한 움직임을 보이지 않나 주시토록 하였다. 그리고 바로 오늘 아침에도 아무 이상이 없다는 전서구가 날아왔다. 시간으로 치자면 어제저녁에 날려 보낸 비둘기이니, 최소한 어제저녁까지는 살타토르 백작도 그의 딸도 저택을 떠나지 않았다는 뜻이었다.

그런데 어떻게, 대체 무슨 마법을 부렸기에 말을 죽어라 달린다 해도 하루 밤낮이 꼬박 걸리는 거리를 절반의 시간 만에 가로지를 수가 있단 말인가. 심지어 드레스 차림의 귀족 소녀를 데리고서.

대백작은 겉으로 만큼은 아무런 심경의 변화가 없는 황태후를 힐끗 올려다보곤 주먹 쥔 손을 억지로 펴들어 올렸다.

"살타토르 백작 영애를 의심하고 싶지는 않으나 먼 친척이라는 말이 이제 와 서녀로 뒤바뀌는 것은 수상하게 느껴질 수밖에 없소.

또한 재판정에서의 주장에는 확실한 증거 또는 제삼자의 증언이 필요하오. 만약 영애의 주장대로 라린 살타토르와 이복자매의 관계라면 사건의 비관련자라 말하기는 어려울 듯하오만."

비고레 대백작의 공격적인 주장에도 아리에스의 안색은 여전히 평온하고 또 당당하였다. 그녀는 입술 양 끝을 부드럽게 올리며 대답했다.

"소녀 외의 증인은 없으나 확실한 증거는 있습니다."

그녀는 드레스에 맞춘 살구색 장갑을 낀 손으로 생쥐를, 정확히는 회색 머리칼을 가리켰다.

"제 우매의 머리에 꽂혀 있는 머리장식이 보이십니까? 귀물에 조예가 깊은 분이시라면 눈에 익으실 것입니다. 색색의 보석으로 날개를 이룬 황금빛 나비 머리핀, 셀라스 마리포사는 살타토르 백작가의 여주인에게 대대로 전해져 내려오는 가보입니다."

살타토르 백작가의 여주인만이 물려받는다는 가보. 그 말에 한 차례의 술렁거림이 방청객석을 스치고 지나갔다. 황제 또한 무심에 가깝던 표정을 일순 무너뜨렸다.

'……저 계집이 준 것이었나.'

생쥐가 소중한 사람에게 받은 것이라며 애지중지하던 머리핀이다. 그녀가 눈물을 뚝뚝 흘리던 일을 떠올리자 어쩐지 기분이 묘해졌다. 짝사랑하는 남자를 두고 입궁한 것은 아니어서 그나마 다행이라 해야 할까. 자신이 헛짚은 것처럼 거짓된 사랑에 이용당한 것도 아니라면, 그런 만큼 계약결혼에 대한 거부감도 적을 터이니.

황제가 무심결에 생쥐의 반응을 살피는 사이 몇몇 귀족들이 본 적

있는 머리핀이라며 수군거리기 시작했다. 아리에스는 자신의 발언의 파장이 효과적으로 퍼지도록 잠시간 기다렸다가 다시 말을 이었다.

"의심이 가신다면 지금 당장 감정사를 부르셔도 좋습니다. 소녀의 명예와 가문의 이름을 걸고 저 머리핀이 틀림없는 셀라스 마리포사, 그 진품임을 맹세합니다."

"허나 방금 스스로의 입으로 셀라스 마리포사는 살타토르 백작가의 여주인에게만 전해지는 것이라 하지 않았나!"

조급해진 대백작이 발언을 허락받지 않고 소리쳤다. 아리에스는 여전히 여유로운 태도로 그 질문에 답변했다.

"분명 그러합니다. 현재 살타토르 백작가에는 적자가 없으며, 때문에 셀라스 마리포사는 다음번 여주인인 저 아리에스 살타토르의 소유가 되었어야만 하지요."

여주인, 정확히는 백작의 부인인 안주인에게 대대로 내려오는 것이나 현 살타토르 백작에게는 남자후계자가 없었다. 양자 혹은 데릴사위를 들여야 하는 상황에서 백작은 일찌감치 데릴사위를 선택하였고 자연히 나비 머리핀의 다음 주인은 아리에스 살타토르가 되는 것이었다.

"소녀의 모친은 일찍이 세상을 떠나고 셀라스 마리포사는 일시적으로 주인을 잃고 말았습니다. 그리고 여기 모이신 분들 또한 대략적으로 알고 계실, 자세히 언급하기에는 불미스럽고도 송구한 내용의 이유로, 소녀를 대신하여 이복자매인 라린 살타토르가 후궁으로 입궁하게 되었습니다. 저를, 대신하여서 말이지요."

저를, 자신의 목숨을. 아리에스는 정확한 언급 대신 스스로의 목 주위를 가볍게 매만져 보였다.

"인정받지 못한 서녀라는 이유로 곁에 두지 못하고 외딴 시골에 먼 친척 딸로 숨겨 키운 아이를 부친, 살타토르 백작은 안타깝게 여겼습니다. 더욱이 적녀를 대신하여 희생시키게까지 되었으니 연민이 생기지 않을 수가 없는 일이지요. 때문에 마지막으로나마 가문의 일원이라는 증명으로 과분한 정표를 준 것입니다. 사실 머잖아…… 돌려받을 수 있을 물건이기도 하였으니까요."

돌려받을 수 있을 물건. 이전의 후궁들처럼 생쥐가 죽게 된다면 다시 백작가로 돌아올 가보라는 뜻이었다. 그리 생각한다면 귀중한 보물을 덥석 서녀에게 쥐여 보내는 행동이 크게 이상할 것도 없었다.

"물론 되찾을 것이라 하더라도 저 천박한 자들의 증언대로 라린 살타토르가 뒷골목 출신 창녀라면, 셀라스 마리포사를 건네줄 이유 따윈 하등 없습니다. 이것이 라린 살타토르가 틀림없는 살타토르 백작가의 서녀이며 불쾌한 모함으로부터 결백하다는 주장의 증거입니다!"

목소리를 높여 강하게 마침표를 찍은 아리에스가 좌중을 향해 가볍게 허리를 굽혔다. 재판의 승리를 확신하는 우아한 인사였다.

그녀의 행동은 법정의 주인공을 생쥐가 아닌 아리에스 살타토르로 바꾸어 놓았다. 문제의 쟁점이 출신불명 초라한 소녀의 순결에서 유서 깊은 백작가의 예비 여주인이자 흠잡을 데 없이 완벽한 귀부인의 명예로 옮겨간 것이다.

저 아름다운 숙녀를 향해 감히 그 누가 순결 운운하는 불쾌하고도 무례한 소리를 지껄일 수 있을 것인가. 이곳에 모인 절대다수가 귀족인 이상 쉽게 입을 놀릴 수 없는 문제였다.

백작가에서 저리 명예를 걸고 물증까지 내보이며 보증하는 순결을 미천한 자들의 증언을 핑계로 받아들이지 않는다면, 수많은 귀족 처녀들의 정절 또한 신뢰를 잃어버리고 말기 때문이다. 그렇기에 만약 반역과도 연결 짓는 것이 가능한 황제의 후궁에 대한 문제가 아니었더라면 물증이 없었어도 아리에스의 증언은 충분히 받아들여질 수 있었을 터였다. 이렇게 증거까지 나온 이상은 더 말할 필요도 없었다.

"그……렇다면 우선 감정사를……."

비고레 대백작이 곤혹감을 애써 감추며 입을 열었다. 우선 시간을 끌고 보자는 심산이었다. 그러나 그의 말은 나직하면서도 아리에스의 것 이상으로 우아한 목소리에 가로막히고 말았다.

"살타토르 백작의 장녀가 영민한 소녀라는 말은 들었으나 소문 이상으로 훌륭한 달변이로군요."

황태후의 칭찬에 아리에스가 허둥대는 기색을 내보이며 그녀를 향해 머리를 숙였다. 조금 전과는 달리 권위에 눌려 어찌할 바를 모르는 어린 소녀와 같은 모습이었다.

"황송하옵니다."

감사인사를 오만한 턱짓으로 받은 황태후가 서늘하게 푸르른 눈동자로 비고레 대백작을 힐끗 쳐다보았다. 짧은 눈짓에 대백작이 입을 다물며 한발 물러났다.

아리에스의 주장을 믿는 것은 절대 아니었다. 하지만 더 이상 물고 늘어져 봐야 대백작 자신과 그의 뒤에 서 있는 황태후의 이미지만 나빠질 뿐이다. 황태후가 자신의 딸 외의 황제의 다른 여자를 원치 않는다는 것은 공공연한 비밀이었지만, 그 욕망을 대놓고 드러내어서는 카얄룬 공작 측에 괜한 빌미만 던져줄 뿐이었다. 속으로 바라기만 하는 것과 그 바람을 위해 직접적으로 행동하는 것은 전혀 다른 일이니.

"아리에스 살타토르 양의 증언을 듣고도 그 이복자매의 순결을 의심하는 자는 이 자리에 없을 것이란 생각이 드는군요."

상냥한 어조와는 정반대되는 냉정한 시선이 법정을 한 차례 훑어내렸다. 황태후의 말에 반박하는 자는 아무도 없었다. 그녀의 입술 끝에 그림 같은 미소가 떠올랐다. 이 공간의 유일한 지배자라 자신하는 듯한 미소. 그 뒤쪽으로, 상석의 황제가 몸을 일으켰다.

"이견은 없는 모양이군."

그는 자리를 양보하듯 비켜서는 황태후의 옆을 스치고 지나갔다. 두 사람의 눈빛이 일순 사납게 뒤섞인다. 이내 황태후로부터 시선을 돌린 황제가 둘러쳐진 난간을 가볍게 뛰어넘었다. 2층 높이 아래로 내려선 그는 법정을 가로질러 피고인을 위한 단상 위로 발을 내디뎠다. 불안과 초조, 그리고 기쁨이 얼룩진 연녹색 두 눈이 그를 물끄러미 올려다보았다.

황제가 한 손에 가볍게 들어오는 조그만 몸을 보란 듯이 안아 들자 그의 팔을 따라 흘러내린 예장이 생쥐를 휘감아 덮었다. 그녀는 너른 품에 매달리듯이 안기면서 흥분으로 평소보다 한층 빨라진 목소리로 반가움을 가득히 담아 작게 속삭였다.

"언니예요, 아리에스 언니예요-."

"그래."

제 목숨을 내놓게 만든 계집이 뭐가 그리 좋다는 건지. 황제는 무성의하게 대꾸하고 몸을 돌렸다. 칼날 같은 동공 안쪽으로 증인석 너머 엉거주춤 서 있는 사람들이 삼켜졌다.

무엇을 약속받고 이곳까지 왔는지는 모르나, 결국 황태후로부터 버림받고만 잡배들. 진짜 위증자라면 도리어 아무래도 상관없다. 그러나.

한 팔 안에 가벼이 들리는 무게. 절대 열여섯 살이라 생각할 수 없으리만치 작은, 고통에 익숙한 몸뚱이. 그리고 소리 내 웃지도, 울지도 못하는 어린애. 코앞까지 굴러들어 온 그 원흉을 고이 보내 줄 이유는 없었다.

황제는 자신의 어깨에 닿은 머리통을 자못 다정스럽게 쓰다듬으며 입을 열었다.

"거짓 된 것을 보고 거짓 된 것을 말하니 하등 쓸모없는 눈과 입이다."

무감정하여 더더욱 냉혹하게 느껴지는 목소리가 법관을 대신하여 선언했다.

"위증자들의 혀를 자르고 두 눈을 뽑아라."

사형선고와 동일한 명령에 아우성치는 비명을 무시한 채, 황제는 가녀린 어린 새를 손안에 감싸듯이 조심스럽게 생쥐를 안아 들고서 법정을 나섰다.

"아리에스 언니이!"

재판정을 떠나 눈치 볼 것 없는 침궁의 사실에 들어서자마자 어미 잃은 새끼오리처럼 안절부절못하던 생쥐가 뒤이어 도착한 아리에스를 향해 한달음에 달려갔다. 하지만 그리 좋아라 뛰어갔음에도 여느 아이들처럼 답삭 안기지는 못하고 발끝을 모아 오똑 멈추어 섰다. 애정을 주는 것도 받는 것도 그녀에게는 아직 낯선 행위인 탓이었다. 일평생 사람과 살을 붙이고 정을 나누어 본 일이 없었던 그녀는, 그저 바로 앞에 좋아하는 사람의 모습이 있다는 것만으로 만족하고 미소 지었다.

"내 동생."

아리에스는 한 뼘 남짓의 간격을 두고서 더는 가까이 오질 못하고 반짝반짝 눈망울만 빛내는 생쥐를 서슴없이 두 팔을 뻗어 품에 끌어안았다. 그녀는 동갑내기가 아닌 두세 살은 어린 진짜 동생처럼 턱 근처를 어른거리는 회색 머리를 부비적부비적 쓰다듬었다. 그러다 돌연 생쥐를 밀어내고 옆으로 허리를 굽혔다.

"윽……. 자, 잠깐, 우욱!"

깜짝 놀란 생쥐가 잔뜩 당황하여 그녀의 팔을 붙잡았다 다시 놓길 반복했다.

"어, 언니?"

"괜찮, 욱⋯⋯. 멀미기가, 남아서⋯⋯."

아리에스는 바닥에 닿을 듯 치렁치렁 늘어진 머리칼 사이로 괜찮다며 손사래를 쳐 보였다. 법정에서 어떻게 그리 당당하게 버틸 수 있었는지 의아할 정도로 창백해진 얼굴이었다.

그녀는 결국 더는 견디지 못하고 채신이고 뭐고 죄 집어던져 버린 채 바닥에 풀썩 주저앉았다. 드레스 자락이 주름을 짙게 자아내며 양탄자 위로 흐트러졌다.

"아이고⋯⋯. 역시 사람은 땅에 발붙이고 살아야 해⋯⋯."

"괜찮아요? 괜찮으세요?"

"괜찮아. 그냥 좀 어지러운 것뿐이니까⋯⋯. 자고 일어나면 나을 거야."

"그렇군요. 자고 일어나면 나아요. 자고 일어나면⋯⋯. 사지, 라지."

아리에스의 옆에 따라 쪼그려 앉아있던 생쥐가 벌떡 일어나며 힘주어 말했다.

"침실이 필요합니다!"

"바로 옆에 있잖아?"

"그래, 바로 옆방에 침대 있는데?"

"거긴 폐하께서 주무시는 곳이에요. 아리에스 언니가 쉬어도 괜찮은 침실이 필요합니다."

"여기가 싫음 맞은편 방 가면 되겠네."

"요 근처 침실 되게 많아."

"써도 괜찮아요?"

"그럼~."

"물론이지~."

원래는 허락 없이는 안 될 일이었지만 바로 근처에 있는 주인이 아무 말 없으니 암묵적인 허가를 받았다 할까. 그럼 준비 좀 부탁해요, 하고 말한 생쥐가 아리에스의 팔을 잡고 부축해 일으키려 했다. 하지만 머리 하나 가까이 작은 몸집의 그녀가 아리에스를 부축하기에는 힘이 모자랐다. 끙끙대는 생쥐에게 눈치를 살피고 있던 이카르가 슬쩍 다가섰다.

"도와줄까?"

"네, 부탁……."

"아뇨."

방금 전까지 축 늘어져 있던 주제에 어디서 그런 힘이 솟았는지 아리에스가 벌떡 일어서며 몸을 바로 세웠다. 그녀는 구겨진 옷자락을 탁탁 두드려 펴면서 이카르를 새초롬히 올려다보았다.

"사양하겠습니다, 썰(Sir). 물론 경께서도 잘 알고 계시겠지만, 숙녀의 손목 이상을 손대는 것은 긴급 시가 아니고서는 무례한 짓이랍니다."

"아…… 예."

이카르는 어색하게 고개를 끄덕이며 뒤로 물러났다. 틀린 말은 아니었지만 보통은 그렇게까지 격식을 차리지는 않는다.

즉, 네 도움 받기 싫다는 것을 예의로 포장해 돌려 말한 것이었다. 그를 쏘아보는 눈빛 또한 절대 호의적이라고는 말할 수 없는 기색이었다.

그는 쌩하니 돌아서서 생쥐의 부축을 받아 방을 나서는 아리에스의 뒷모습을 멍하니 쳐다보다가 문이 닫히고 난 뒤에야 황제를 향해 혼잣말처럼 물었다.

"……제가 뭐 잘못 한 거라도 있었습니까."

"그럴 시간도 없었다만. 쫓아가서 엉뚱한 짓 안 하나 확인이나 해라."

"……예."

잔뜩 풀이 꺾인 대답을 흘리고서 이카르 또한 방을 떠나갔다. 참으로 못 미더운 뒷모양새였다. 황제는 혀를 쯧 차고서 소리 없이 근처에 서 있는 케이어스를 돌아보았다.

"늦었군."

케이어스가 닫힌 문 쪽으로 힐끗 시선을 향하며 대답했다.

"비행 멀미를 심하게 하더군요. 그대로 날아왔다간 법정에서 증언은커녕 서 있기도 불가능할 것이라 도중에 마차로 옮겨 탔습니다."

"살타토르 백작이 올 줄 알았는데."

"딸 쪽이 훨씬 더 협조적이어서 말입니다."

드레이크는 흉포한 마수로 취급되는지라 원래 모습으로 곧장 백작의 저택에 들이닥칠 수는 없었다. 그러나 인간의 육체를 덧입었다 해도 무가가 아닌 백작의, 그것도 별장의 무장이란 보잘것없는 것이라 살타토르 백작과 대면하기까지는 어렵지 않았다.

하지만 백작은 그의 난입을 예상키라도 한 듯 훌륭하게 병자의 행색을 하고 있었고 이대로 납치해도 과연 증언을 하려 들까 고민하는 사이 소란을 들은 백작 영애가 나타난 것이었다.

"사정을 듣자마자 한 치의 망설임도 없이 출발을 재촉하더군요."

병석에서 벌떡 일어난 백작이 고래고래 소리쳤지만 당돌한 아가씨는 눈 하나 깜짝하지 않았다. 심지어 도시 바깥에서 드레이크의 모습과 대면하였을 때도 어머나 깜짝이야, 한 마디가 끝이었다. 그리 기세 좋게 출발했음에도 결국 멀미에 굴복하고 말았지만. 그래도 기절하기 직전까지 아무 불평 없이 버틴 것만으로도 충분히 대단했다. 피로하고 괴로운 기색을 일말 드러내지 않은 법정에서의 태도 또한.

한쪽뿐인 붉은색 눈이 온화하게 휘어졌다.

"인간치고는 괜찮은 아가씨입니다. 아무것도 모르는 어린애보다는 도움이 될지도요."

"……제법 세력 있는 백작가 배경에 쓸데없이 똑똑한 여자는 뒤처리가 곤란하다."

"그건 그렇겠습니다."

"일단 대화는 해봐야겠지만."

무슨 생각으로 여기까지 온 것인지부터 알아봐야 했다. 아직 어린 나이이기는 하나 태도로 보아 재판정에 증인으로 서는 것이 자신과 자신의 가문에 어떠한 영향을 끼칠지 모르지는 않을 듯하니.

심지어 케이어스의 말대로라면 부친인 백작의 뜻에도 반하였다. 며칠 보지도 못했을 가짜 여동생을 위하는 순수한 행동이라고는 생각하기 힘든 짓이었다.

그 속셈이 무엇인지. 황제는 미미하게 찌푸린 낯으로 걸음을 옮겼다.

곱게 다듬어진 회색빛 속눈썹 끝이 파르르르 떨린다. 두 손은 몇 번이고 마주 쥐어졌다가 풀어지기를 반복했다.

　마치 헤어졌던 첫사랑과 우연히 마주친 것처럼, 생쥐는 기쁨과 초조함, 그리고 걱정의 소용돌이 속에서 허우적거리고 있었다.

　아니, 사실 첫사랑이라 말해도 틀린 것은 아니었다. 사랑이라는 게 남녀 간의 애정만을 뜻하는 것은 아니었으니. 폭넓은 의미의 사랑으로 친다면 아리에스는 틀림없이 생쥐의 첫사랑이 맞았다. 처음으로 마음을 주고 좋아하게 된 사람.

　"불편하진 않아요? 베개를 더 가져다 드릴까요? 목마르거나 배고프진 않으세요?"

　다신 볼 수 없을 거라 생각했다. 그런데 갑자기 나타났다. 사막의 신기루처럼, 크고 웅장한 문을 열어젖히고서, 여전히 아름답고 우아한 모습으로 등장하였다. 그리고 세 치의 혀라는 그 어떤 명검보다 날카로운 칼로 궁지에 몰려 있던 조그만 소녀를 구해내었다.

　아직도 꿈만 같다고 생쥐는 속으로 중얼거렸다. 뭔가 해줄 건 없을까, 도움될 건 없을까 침대를 배회하는 생쥐를 잠옷으로 갈아입고 누운 아리에스가 손짓해 불렀다.

"그렇게 안절부절못하지 말고 여기 앉아. 얼굴 좀 가까이서 보자."

"네!"

생쥐는 얼른 대답하며 침대 옆으로 다가가 조심스럽게 걸터앉았다. 아리에스는 몸을 일으켜 크고 푹신한 쿠션을 등에 받치고 비스듬히 기대앉은 채 그녀에게 열중하는 소녀의 얼굴을 살폈다.

"전보다 더 예뻐졌네?"

"머리카락이 길어졌습니다."

"그것만이 아닌데?"

창백하던 뺨에 발그레 핏기가 돌고 있었다. 아직 마른 감은 있지만 처음 봤을 때에 비하여 동그랗게 살도 올랐다. 굶주려 움푹 들어갔던 눈도 생기 넘치게 반짝거리고 있다. 적어도 아리에스의 시야에 들어오는 부분만큼은 상처도 없이 깨끗하고 건강하다 해도 좋을 모습이었다.

"손도 많이 부드러워졌어."

아리에스는 오랜 흉터가 희미하게 남은 생쥐의 손을 붙잡아 만지작거렸다. 굳은살조차 생기지 못할 정도로 메말랐던 손인데, 잘 먹어 살이 붙으니 거칠던 것이 금세 보드랍게 바뀌었다. 어린 나이니만큼 더욱 회복이 빠른 모양이었다.

"손톱 색도 봐봐. 진짜 확 변했다? 무척 예뻐졌는걸."

"벼, 별로요……."

생쥐는 쑥스러워하며 눈을 내리떴다. 그렇게 예쁘지 않은데. 아리에스에 비하면 정말로 별거 아닌데. 정말로 예쁜 사람이 자꾸만 예쁘다 해주니 부끄러우면서도 가슴 안쪽이 간질간질해져 왔다.

"아까 두 시녀랑은 친해 보이더라?"

"네에."

"황제 폐하는 어때?"

"좋아해요."

즉답이었다. 아리에스는 고개를 살며시 기울이며 물었다.

"좋아해? 잘해줘?"

"네."

"어떻게?"

생쥐는 연녹색 두 눈을 느릿하게 깜박이며 황궁에 와서 있었던 일들을 떠올렸다.

"맛있는 것을 줬습니다. 개를 쫓아주고 나무에서 뛰어내린 걸 잡아줬어요."

"……먹을 건 그렇다 쳐도, 뒤의 둘은 황궁에서 있을 만 한 일이 아닌데?"

아리에스가 약간 뾰족해진 목소리로 말했다. 아니 애를 어떻게 돌봤기에 개에게 쫓기고 나무에서 뛰어내리게 만들었단 말인가. 제아무리 신분 미천한 희생양이라 해도 명색이 후궁에 황궁 안이건만.

"후궁전은 밤에 개를 풀어놓습니다. 위험해요. 가지 마세요?"

"안 가. 개는 좋아하지만."

"그리고 다쳤을 때 치료를……."

"다쳤어?!"

깜짝 놀라 벌떡 몸을 일으켰던 아리에스가 한 손으로 이마를 붙잡고 다시 쿠션 위로 풀썩 등을 파묻었다. 머리를 망치로 쾅쾅 두드리는 듯한 통증에 절로 신음성이 새어나왔다.

"에그그……. 머리야. 아니, 왜 다쳤어? 어쩌다가? 개야? 물렸어? 어딜 다쳤는데? 봐봐, 어디야? 얼마나 다쳤니?"

"물린 건 아니고요, 등에……."

생쥐가 등의 상처를 보여주기 위해 부스럭부스럭 목깃의 장식을 풀어헤칠 때였다. 노크도 없이 문이 벌컥 열리며 장신의 남자가 침실 안으로 발을 들여놓았다.

별 반응 없는 생쥐 대신 아리에스가 기겁하여 손을 뻗어 벌어진 옷깃 사이로 드러난 동생의 가슴골을 가렸다.

"단순한 집주인이 아닌 대륙 전체의 지배자라 하여도 객에게 기본적인 예의는 지켜주셔야 한다고 생각합니다만!"

황제는 황금색 눈동자를 스윽 움직여 아리에스의 손에 가려진 가슴께를 쳐다보곤 무뚝뚝하게 대꾸했다.

"가릴 것도 없겠지."

"없어도요!"

"있습니다."

두 사람을 번갈아 바라본 생쥐가 또박또박 말했다.

"있습니다. 작은 거지 없는 게 아니에요."

"그래그래, 분명 있으니까 얼른 옷 다시 입으렴."

아리에스는 생쥐를 다독이며 황제를 슬쩍 째려보고는 다시 이마를 짚고 드러누웠다.

"마음만은 맨발로 뛰어 나가 머리를 조아리고 싶으오나 일신에 기력이 쇠하여 행하지 못함을 용서하여 주시옵소서."

그래서 무슨 용건인데, 하는 눈빛에 황제가 침대 옆으로 다가왔다. 그의 접근에 생쥐의 몸이 긴장으로 바싹 굳었다.

잠시 잊고 있었던, 백작가에서 들었던 이야기가 그녀의 머릿속에 떠올랐기 때문이었다. 원래라면 아리에스가 황궁에 후궁으로 들어와야 했고, 그러면 죽게 된다. 그래서 자신이 대신 온 건데 지금 아리에스는 황궁 안에 있다.

괜찮은 걸까.

자신의 주위를 둘러싼 정치적인 속사정을 자세히 알지 못하는 생쥐로서는 걱정이 되지 않을 수가 없었다. 안절부절못하던 그녀가 자리에서 벌떡 일어났다. 딱딱하게 굳은, 각오 그득한 얼굴이 황제를 똑바로 올려다보았다.

"아리에스 언니는 아픕니다."

황제는 자신의 앞을 가로막는 조그만 소녀를 내려다보았다. 아직 여물지도 못한 부리를 가지고서 덤벼드는 병아리 같은 모양새였다.

"멀미일 뿐이다."

"멀미니까 자야 합니다. 자야 한다고 했어요."

목소리도 표정도 태도도 쉽게 물러날 기세가 아니었다. 심지어 적의마저 흘러나오는 것에 황제는 기가 막히는 것을 느끼며 또록또록한 연록 빛 눈을 마주하였다.

바로 어젯밤만 하여도 좋아한단 소릴 남발해대더니.

발치에서 꼬리 쳐대던 강아지가 옛 주인 만났다고 뒤도 안 돌아보고 쫓아가는 꼴을 쳐다보는 기분이었다. 그리고 강아지의 옛 주인은…….

"……."

생쥐의 것 이상으로 초롱초롱하게 빛나고 있는 푸른색 눈에 황제의 미간이 더욱 깊게 찌푸려졌다. 저 자랑스럽다는 듯 흐뭇해하는 표정은 뭐란 말인가. 심지어 스스로의 안위를 위해 사지로 밀어 넣기까지 한 분수로 건방지기 그지없는 눈빛이었다. 한 번 버린 이상, 옛날 일이야 어찌 되었던 지금의 주인은 자신이다.

"……비켜라, 꼬마."

불쾌감으로 한층 낮아진 황제의 목소리에 본능적으로 등골이 오싹해져 왔지만 생쥐는 제자리에 못 박힌 듯 움직이지 않았다.

"아리에스 언니는 자야 합니다."

"비키라고 했다."

"잠을 자야 합니다."

또박또박 같은 주장을 반복하는 목소리에 황제는 일순 치밀어 오르는 화를 억지로 내리눌렀다. 어린애와 실랑이해봤자 아무런 소득이 없다. 더욱이 밤톨만큼 조그마해서 차마 손댈 곳도 없으니 말만 가지고서 그 쇠고집을 어찌 꺾을까.

황제는 옅게 한숨을 내쉬며 가녀린 어깨너머로 소리 없이 웃고 있는 아리에스를 쳐다보았다. 그의 눈짓을 이내 눈치챈 아리에스가 손끝으로 생쥐를 톡톡 건드렸다.

"괜찮으니까 비켜 드리렴."

"하지만……."

"걱정하지 마. 폐하와 할 이야기가 있어서 그래. 그 시녀들에게 가 있으렴, 내 동생."

아리에스의 말에 생쥐는 우물쭈물하다가 고개를 끄덕였다.

"알았어요."

생쥐는 대답을 하고도 머뭇머뭇 거북이걸음으로 한참 만에야 침실을 나섰다. 문이 닫히고 황제가 재차 한숨을 내뱉었다.

"……길을 잘 들였군."

"잘 따라주는 것일 뿐이랍니다."

좀 더 등을 세워 자세를 바로 하며 아리에스가 말을 덧붙였다.

"그러는 폐하께서도 꽤나 신임을 얻으신 모양이더군요."

"좋아한다는 말 정도는 들었다. 별로 준 것은 없지만. 보석 머리핀이라거나."

"어머나, 귀여운 후궁에게 옥가락지 하나 안 해주셨답니까."

쪼잔하게. 소리 없는 입술의 움직임이었지만 황제는 그 말을 분명하게 알아들었다. 동시에 그의 입꼬리가 서늘하게 올라갔다. 아리에스 또한 표정만은 생글생글 예쁘게 마주 미소했다. 양쪽 모두 웃고 있었지만 그 사이의 공기는 금방이라도 얼어붙을 듯 싸늘하기 그지없었다.

"생쥐에게 준 머리핀, 정말로 가보인가."

짧은 신경전 끝에 황제가 먼저 용건을 입에 담았다. 생쥐만큼은 아니어도 상대는 역시나 어린 계집애다.

쓸데없이 승강이질해봐야 체면만 구길 뿐이었다. 그의 물음에 아리에스가 큰 몸짓으로 고개를 끄덕여 보였다.

"그럼요. 살타토르가의 가보랍니다."

"이해할 수 없군. 진짜 이복동생에게도 덥석 내어줄 수 없는 물건일 텐데."

무슨 속셈인지 털어놓으라는 눈빛에 아리에스가 천천히 대답을 꺼내놓았다.

"셀라스 마리포사는 제 것이고 곁에서 떼어놓을 생각이 전혀 없었습니다."

"……생쥐를 포함해서 말인가."

"예."

생쥐도 나비 머리핀도 모두 곁에 두려 하였다. 그녀의 목소리가 차분하게 이어졌다.

"저는 생쥐를 친동생 이상으로 생각하고 있습니다. 그 아이 자체로도 귀엽고 사랑스럽지만, 그 앤 저를 세상 누구보다 좋아해 주고 있어요. 그런 마음을 모른 척할 만큼 냉정한 사람이 아니랍니다, 저는."

처음에는 그냥 불쌍했다. 가엾기도 하고 미안하기도 하였다. 그리고 하루하루 시간이 갈수록 바닥 없는 수렁에 발을 들여놓은 양 빠져들고 말았다. 순수하고 절실한 애정을 보내오면서도 아무것도 바라지 않는 그 눈망울을, 사랑하지 않을 수가 없었다.

"그렇기에 셀라스 마리포사를 주었습니다. 살타토르 백작가의 여주인이 총애한다는 증거를요."

빈민가 고아인 생쥐에게는 아무것도 없었다. 설사 백작이 양녀로 들인다 해도 집안사람들에게 고운 대접을 받긴 힘든 처지인 것이다. 그러니 그녀의 자리를 확고히 해 줄 무언가가 필요했다.

"말하자면 살타토르가 여주인의 휘장이라 할 수 있는 가보를 믿고 맡길 수 있는 심복이라는 뜻이죠. 훗날 제 며느리에게 물려 줄 때에도 생쥐의 손으로, 뜻대로 결정하게 할 생각이었습니다. 눈에 차지 않는 며느리라면 주지 않고 손자 대로 넘어가는 일도 이따금 있으니, 잘 보여야 하겠지요."

적어도 대놓고 무시하지는 못할 것이었다. 미래의 후손들이든 지금의 식솔들이든.

"그런 생각으로 준 것이었는데, 문제는 제겐 생쥐의 황궁 행을 막을 능력이 없었다는 것이었습니다."

고민하지 않은 것은 아니다. 일주일간 별별 궁리를 다 해보았다. 하지만 그녀에게는 실질적인 힘이 없었다. 제아무리 영리하고 똑똑하다 해도 결국 규중의 처녀. 아리에스는 무심결에 아랫입술을 꽉 깨물었다.

"절대 혼자서는 움직일 수 없으며 오후 여섯 시 이후로는 바깥출입 자체가 불가능한 어린 여자가, 무얼 할 수 있겠습니까. 폐하께서 사람을 보내지 않으셨다면 소식을 들었더라도 안달만 낼 뿐, 법정은커녕 별장 정문조차 벗어날 수 없었을 신세인 걸요."

4, 5년 후였다면, 혹은 결혼을 한 상태라면 또 달랐을지도 모른다. 하지만 아리에스는 부친의 보호 아래에 놓인 어린 소녀였다.

결국 아무것도 하지 못하고 어린애처럼 울며 떼를 쓰는 것이 고작이었다. 무의미한 일일 줄 알면서도 감정을 못 이겨 발버둥 치는 것이 최선인 무력한 소녀.

그녀는 짧게 한숨짓고 새파란 눈을 들어 황제를 올려다보았다.

"제 이야기는 여기까지입니다만, 폐하께서도 들려주실 말씀이 있으신 듯싶군요."

"뭘 듣고 싶나."

"전부, 까지는 무리겠고, 솔직히 폐하의 행동은 이해가 가질 않습니다."

붓으로 세심하게 그린 듯한 그녀의 눈썹이 본연의 우아함을 잃지 않은 채 찌푸려졌다.

"황태후가 내미는 손은 계속해서 거절하고 계십니다. 그렇다고 하여 카얄룬 공작과 손을 잡거나 새로운 세력을 만들려는 움직임도 보이지 않으시지요. 이 궁정 안에 오롯이 홀로 서 계신 것입니다."

제아무리 만인지상의 권력을 지닌 황제라 하여도 홀로 나라를 다스릴 수는 없다. 그것도 조그만 소국이 아닌 드넓은 대륙의 절반 이상을 차지하는 제국의 주인이다. 그 속을 속속들이 살피고 관리하기 위해서는 수많은 가신을 거느리는 것은 불가피한 일이었다.

황제 아래에 모여든 가신, 즉 귀족과 관리, 궁인들은 제각기 크고 작은 의무와 권리를 지닌 채 반목하며 자연스럽게 서로 뭉쳐 세력을 형성하게 된다. 제국의 역사와 같은 긴 세월 동안 이어져 온 그 세력 간의 아귀다툼을 통제하기 위해서는 황제 역시 일정 세력을 지녀야만 하였다.

바위가 제아무리 단단하다 하여도 수많은 물방울의 부딪침 속에서는 결국 바스러질 수밖에 없었으니.

그러나 현재의 황제는 혼자였다. 세력도, 하다못해 궁정 출신의 심복조차 없었다. 곁에 두는 호위기사와 시중인들은 모두 출신이 불명확한 자들뿐이었다. 상식적으로는 도저히 이해할 수 없는 행동인 것이다.

"마치 황제의 자리를, 더 나아가 궁정 자체를 멀리하려 드시는 것처럼 보입니다."

"……."

황제는 눈앞의 소녀를 새삼스럽게 바라보았다. 어린 계집 주제에 놀랄 만큼 정확한 통찰력이었다. 오히려 궁정 물을 한껏 뒤집어쓴 노련한 귀족들은 그의 속내를 눈치채지 못하였다.

하긴 후계자도 없는 황제가 황위를 거추장스럽게 여기며 당장에라도 내던지고 싶어 한다고는 상상할 수 없었을 터였으니.

"그리 행동하시면서……."

아리에스의 눈동자 위로 노기에 가까운 불꽃이 짧게 튀었다.

"어찌하여 갑자기 태도를 바꾸어 후궁을 들이시려는 것입니까."

황태후가 절대 원치 않을 후궁을, 바람 앞의 촛불과도 같은 그 자리에 생쥐를 앉히려 들고 있다. 얄팍한 바람막이 하나 만들지 않은 주제에, 황태후라는 거친 태풍 앞에 무방비하게 내놓는 것이다. 그 결과로 조금 전의 재판이 있었다. 이번에는 어찌 모면할 수 있었으나 이후로도 행운이 따라 주리란 법은 없었다.

아리에스의 손끝이 무심코 이불자락을 움켜쥐었다.

"……물론, 동생이 무사한 것은 기쁩니다만, 앞일을 생각하자면 순수히 미소 지을 수가 없습니다."

정식 후궁으로 들이는 대신 살려둔 것이라면 불만을 표할 처지는 못 되었다. 그렇다고 하나 아무것도 모르는 어린아이를 험난한 폭풍우 속으로 몰아넣은 것은 쉬이 납득하기 힘든 짓이었다. 그저 며칠 더 살려둔 것에 불과하지 않은가. 심지어 훨씬 더 험한 꼴을 당하고 깊은 상처를 입은 채 목숨을 잃게 될 가능성도 얼마든지 있었다. 아니, 그럴 확률이 더 높았다.

"그렇기에 폐하의 심중을 알고 싶습니다."

전과 다름없는 쓰고 버릴 희생양인지, 혹은 지키고 보호해 줄 마음이 일말이나마 있는 것인지. 아리에스는 후자에 기대를 걸고 있었다. 황제는 조금 전 자신을 막아서는 건방진 소녀에게 극명한 신분차이에 비해 관대했다. 진심인지는 알 수 없으나 친분을 과시하는 그녀의 도발에도 넘어와 주었다.

황금색과 푸른색의 두 시선이 서로를 꿰뚫어 보려는 듯 마주 닿았다. 잠시간의 침묵 끝에 황제가 입을 열었다.

"불필요한 희생은 원치 않는다."

"그간의 후궁들은 필요한 희생이었습니까?"

"그렇다고 해두지."

"자세한 것은 묻지 않겠습니다만, 무엇인가를 도모하고 계시는 것입니까?"

황제는 잠깐의 망설임 후 대답했다.

"그래."

"무엇을 하시든지 궁정 내의 일이라면 황태후를 정리하고 싶으시겠군요."

무슨 일인지는 알 수 없으나 황제의 목적에서 황태후는 방해물이다. 아리에스는 손가락을 하나하나 꼽아가며 말을 이었다.

"황태후는 거치적거리지만, 직접 손을 댈 수는 없고, 생쥐를 미끼로 성질을 건드려대는 거군요. 황태후는 공주를 황후로 삼고 싶어 하니까요. 생쥐가 황후는 못 된다 하더라도 정식 후궁이 먼저 황손을 품기라도 한다면 곤란해질 테니……. 막기 위해 서두르다 보면 붙잡을 꼬리를 내밀지도 모르겠죠. 하지만 황태후는 절대 녹록한 상대가 아니라고 들었습니다."

"알고 있다."

"어린애를 미끼로 흔드느니 카얄룬 공작을 끌어들이는 게 어떻겠습니까?"

"여우 쫓느라고 늑대 들일 생각은 없어."

황제는 미간을 찌푸린 채 일축했다. 그의 표정에서 고집 섞인 언짢음을 느낀 아리에스가 잠시 말을 멈추었다. 그녀는 짧게 한숨을 삼키고, 다시 입을 열었다.

"공작이 황태후보다는 낫다고 생각합니다만……. 그럼 하다못해 제 도움은 어떻습니까. 생쥐를 이용하시겠다면, 제가 곁에 머무는 것이 쓸모없지는 않겠지요. 그 앤 궁정에 대해 아무것도 모르니까요. 그렇다고 아무에게나 교육을 맡길 수도 없을 테고요."

"황태후를 적으로 돌리겠다는 건가. 친동생도 아닌 여자애 때문에?"

자칫하다간 살타토르 백작가 전체가 위험해질 수 있는 일이었다. 오늘 증언만 하더라도 충분히 황태후의 심기를 거슬렀을 터인데. 황제의 물음에 아리에스가 천천히 고개를 저었다.

"물론 생쥐 때문만은 아닙니다. 꿈에 젖어 사는 소녀이고 싶지만 그럴 수 없는 처지이니까요."

아리에스는 단순한 귀족 소녀가 아닌 한집안을 다스리고 이끌어 나갈 예비 여주인이다. 감정만으로 움직일 수는 없는 위치였다.

"아버지는 중립을 고수하려 하였지만 제 생각은 다릅니다. 이대로 수도를 떠나 중앙에서 멀어질 것이 아니라면, 결국 어느 한쪽을 선택해야만 하겠지요. 황태후든 카얄룬 공작이든, 혹은 황제 폐하든."

"안위보다는 기회인가."

"그렇다고 말할 수도 있지만, 폐하께서 생쥐를 선택하신 이상 살타토르 백작가로서도 끝까지 도망 다닐 수는 없습니다. 궁정의 알력다툼이란 언제 어디로 불똥이 튈지 알 수 없는 일이 아니던가요. 이미 반쯤 발을 들여놓은 것이나 다름없건만 멍하니 지켜만 보다가 불타버릴 수는 없는 노릇입니다."

백작가에서 후궁감으로 보낸 여자가 황제와 황태후의 다툼에 휘말려 든 이상, 중립을 선언한다 해도 어떻게든 꼬투리를 잡히게 될 가능성이 다분했다.

"특히나 이번 재판은, 유죄 판정이 났을 시 결국 살타토르 백작의 실수로 이어지는 것이 아니겠습니까. 아버지는 어느 정도 감안하겠다는 생각이었지만 중립을 지키느니 차라리 황태후의 편을 드는 편이 나았을 겁니다. 백작가가 나서지 않았다면 유죄 판정이 떨어졌을 터이니 결국 간접적으로는 황태후를 도와준 것이나 다름없으니까요."

그럴 바에는 처음부터 황태후 측에 서서 우리도 저 계집에게 속았다 주장하고 나서는 것이 피해가 적을 것이었다.

"말은 그렇게 하면서 잘도 황태후와 척을 졌군."

아리에스가 어깨를 살짝 으쓱했다.

"아버지가 중립을, 간접적으로 황태후의 편을 들었으니까요. 법정에 난입한 것은 살타토르 백작이 아닌 그 딸입니다. 감정적으로 날뛰기 좋은, 아직 철모르는 어린 계집애죠. 살타토르 영애는 부친의 뜻과는 달리 독단적으로 움직인 것이며 따라서 황태후는 살타토르 백작을 아군에 가까운 중립으로 생각할 겁니다. 그렇게 생각하도록 행동할 거고요. 동시에 폐하께서는 제게 도움을 받으셨으니 백작가와 척을 질 일 없으십니다."

최악의 경우라 해도 그녀 홀로 희생될 뿐 가문에까지 피해가 가지는 않는 것이다. 유일한 외동딸이라 해도 가문을 직접 이어받을 수 있는 사내가 아니었기에 백작가로서는 감정적인 면을 제외한다면 실질적인 손해도 크지 않았다.

황제는 열여섯 살짜리의 생각이라곤 믿기 힘든 말을 줄줄이 늘어놓는 아리에스를 기막히다는 듯 쳐다보았다.

"……법정에서 황태후의 칭찬에 허둥댄 것도 일부러 한 짓이었군."

"허술한 면도 보여 두어야 하니까요."

이카 놈을 살타토르 백작가에 맡길 걸 그랬나. 황제는 속으로 중얼거렸다. 일곱 살이나 어린 계집애의 반만 되었더라도 골머리를 덜 썩였을 것을. 그러나 같은 토양 같은 햇볕 아래라 해도 장미 씨앗에서 백합이 피어나는 일은 없다. 환경에 따라 그 색과 잎이 더 화사하거나 초라할 수는 있겠지만.

황제는 한숨을 내쉬며 당돌한 소녀의 제안을 받아들이기로 결정했다.

"그럼 우선⋯⋯. 혼례식 준비를 도와 달라 말하고 싶군."

"아, 맡겨주세요."

이카르에게 떠넘겨두긴 했지만 남자인 그가 처리하기엔 곤란한 일도 더러 섞여 있었다. 성별 이전에 능력적인 면에서도 아리에스가 맡는 편이 나을 것이었고.

이걸로 용건은 대충 끝이 났다. 황제는 들어올 때보다 되레 복잡해진 심정으로 방을 나서려다 몸을 되돌렸다.

"⋯⋯그런데 조금 전, 이카르에게는 왜 그런 태도를 보였지."

다소 뜬금없는 황제의 물음에 아리에스가 고개를 갸웃하다가 아아, 하고 눈을 동그라니 떴다.

"쓸데없이 예쁘장하게 생겨서요."

"뭐?"

"폐하께서도 궁정에 떠도는 소문은 알고 계시지 않습니까. 저야 궁정 출입은 아직 없었다 보니 소문을 들었어도 반신반의하고 있었습니다만, 막상 마주 대하니까 그럴듯하게 예쁘지 뭐예요? 귀여운 동생의 라이벌이란 생각이 드니까 순간 살짝 욱했습니다."

떠도는 소문이라 함은 황제와 이카르, 두 남자의 관계에 대한 추측들이었다. 그중 가장 많은 지지를 받는 소문은 황제가 끼고 도는 호위기사가 실은 사통하는 정부가 아니냐는 것이었다.

"예뻐 봤자 사내놈이지."

익히 알고 있는 오해였기에 황제가 무심히 대꾸했다. 물론 객관적으로는 반반한 면상이다. 하지만 황제의 눈에는 속도 허술한 주제에 겉모양까지 약해빠진 면상이라 거슬리기만 할 뿐이었다. 그의 말에 아리에스가 다시 반대쪽으로 목을 기울였다.

"아닙니까? 그 소문."

"아니다."

"그렇다면……. 폐하의 보령으로는 가능성 낮은 일이겠지만, 혹 혈연으로 이어져 있는 사이십니까?"

숨겨 놓은 아들이 아니냐는 물음이었다. 세간에 알려진 황제의 나이로는 스물이 넘은 아들을 두는 것은 어려웠다. 하지만 열 두엇 소년이 자식을 보는 경우도 드물게나마 있었기에 이카르가 황제의 사생아일 가능성도 아주 없지는 않았다. 물론 낮은 확률이니만큼 흥미 위주의 소문 정도가 떠돌 뿐 믿는 사람은 거의 없었지만.

"혈연이라. 몇 방울쯤은 섞였겠군."

그 정도는 가문과 가문이 끈끈한 혈연으로 연결되어 있는 중앙귀족이라면 대부분 해당되는 것이었다. 아리에스만 하더라도 외외증조모가 후궁 출생 황녀였으니. 결국 부자지간은 아니라는 뜻이었다.

황제의 대답에 아리에스의 한쪽 눈썹이 슬쩍 치켜 올라갔다.

그러리라 생각은 하였지만 정말로 아무 관계도 아니라니.

"내연도 아니고 혈연도 아니면, 그냥 길가다 주운 애 돌보고 계신 겁니까?"

"주웠다기보단 떠맡았지."

"……정말로 키우긴 키우신 거군요?"

황제는 군이 대답하지 않았고 아리에스도 혹시 애 키우는 게 취미시냐는 비꼼을 내뱉지 않고 삼켰다. 사내애 다 키워놨으니 이젠 계집애 키워보겠다는 건가 싶기는 하였지만.

"아무튼 제 오해였군요. 좀 미안해지는데요."

"미안하면 잘 대해줘라."

"……진짜 아무 관계 아니신 거 맞습니까?"

"일단은……. 내가 키우긴 했으니."

급격한 피로감이 황제의 얼굴 위로 떠올랐다. 사내애만 대여섯쯤 키운 부인네 같은 반응에 아리에스가 어머나, 하고 속으로 감탄 같은 것을 삼켰다.

"하고 싶은 말은 참으로 많습니다만 그냥 입 다물고 있겠습니다."

"현명한 처신이라 해두지."

"웃는 것도 안 되겠죠?"

"그냥 입 다물어."

아리에스는 얼른 입을 딱 다물고서, 살짝 미소만 머금었다.

정오를 넘겨 한층 색이 짙어진 햇살이 건물 틈새로 가늘게 늘어졌다. 이카르는 그 햇살을 닮은 빛의 머리칼을 약간 흐트러뜨린 채 목적지 없이 건물 벽을 따라 걷고 있었다.

　황제의 명령대로 먼저 나간 네 사람을 뒤쫓아 갔지만 별문제 없이 객실을 찾아 들어가는 것을 확인하곤 슬쩍 도망치듯 빠져나온 참이었다. 여자들이 가득한 속에 끼어들 엄두가 나질 않았기 때문이었다. 아니, 정확히 말하자면 꺼려지는 것은 단 한 명이었다. 살타토르 백작의 외동딸, 아리에스 살타토르.

　"······딱히 잘못 한 건 없는데."

　그는 미간을 좁힌 채 작게 중얼거렸다. 애초에 오늘 처음 본 사이다. 황제의 말대로 무례를 저지를 틈조차 없는 짧은 만남이었건만, 왜 쓸데없이 신경 쓰지 말고 꺼지라는 눈빛을 받아야 한 건지 알 수가 없었다.

　'이번만 보고 말 거면 상관없지만······.'

　이카르는 가을의 색조로 이파리 끝을 살짝 물들인 나무 아래에 우뚝 멈춰 섰다. 입술 사이로 약한 한숨이 새어나왔다.

　증언이 끝났다고 곧장 살타토르 백작가로 돌아간다면야 아무래도 좋을 일이었다. 하지만 만약 이곳에 남는다면. 생쥐와 퍽 친해 보였는데 그 핑계로 계속 곁에 머문다면.

"……젠장."

금빛 머리통이 나무줄기에 아프지 않을 정도로 푹, 짓눌렸다.

곤란하다. 어떻게 대해야 할지를 모르겠다. 저렇게 대놓고 가시를 드러내는 여자는 난생처음이었다. 애초에 그는 여자와의 접점이 별로 없었다. 특히 젊은 여자와 사적으로 단둘이 엮이는 일은 한 손에 꼽을 정도로 드물었다.

통금시간은 오후 여덟 시. 황궁과 사택 외의 장소의 방문은 사전에 허락을 받아야 하며 열세 살 이상 마흔 살 이하의 여자와는 절대 단둘이 있어선 안 됐다. 예외가 있다면 황제의 후궁으로 들어온 여자들 정도였다. 그녀들은 결국 목숨을 잃을 것이었기에.

여자를 남자로 바꾼다면 마치 어린 귀족 소녀에게 주어지는 규칙과도 같았다. 스물이 넘은 사내 상대로는 어울리지 않는 그런 황제의 과보호 탓에 이카르는 또래 귀족 남성들과는 달리 아직 여자를 알지 못했다. 그렇게 이성과의 사적인 만남을 가져 본 일이 없다 보니 아리에스를 대하기가 더욱 낯설고도 어색하였다.

'궁정의 여자들은 다들 조용하고 얌전하고 항상 미소 짓거나 수줍어하던데…….'

황태후와 황녀만 빼고. 하지만 그 둘을 이카르가 직접 상대할 일은 거의 없었다.

이번에도 그 백작가 아가씨를 황제가 알아서 처리를 해 줄까. 그러면 좋겠는데.

다시 침궁에 들어섰을 때는 적금발의 아가씨와 마주치지 않기를 바라며 나무에서 떨어져 걸음을 옮기려던 그가 순간 움직임을 멈추었다. 길을 따라 다가오고 있는 사람을 발견했기 때문이었다. 이카르보다 연상으로 보이는, 그와 같은 제복을 입은 두 명의 남자였다.

근위기사단 소속 기사 중에서도 실력은 물론이요 가문, 인품, 외모까지 가려 뽑는 황제의 바로 곁을 지키는 호위기사. 그러나 제대로 된 자격조차 갖추지 못한 단 한 명 외에는 제 임무를 수행치 못하고 있는 자들의 새하얀 제복.

그 낯익은 흰옷을 본 이카르가 무심코 뒷걸음질쳤지만, 이내 그의 등은 나무줄기에 닿아 막혔다. 마주치고 싶지 않은 상대인데.

실력과 반반한 외모, 그 두 가지 외에는 황제의 호위기사 요건을 전혀 만족시키지 못하는 이카르였다. 그럼에도 황제는 그만을 곁에 두고 있으니 모든 자격을 갖춘 명예로운 자리에 오른 기사들 사이에서 불만이 나오지 않을 수가 없었다. 입으로만 불평할 뿐이랴, 시비를 걸어오거나 결투 신청을 걸어오는 경우도 더러 있었다.

제발 그냥 지나가라.

속으로 빌어보았지만 두 기사의 발걸음은 나무에 달라붙은 이카르의 앞에서 뚝 멈추었다. 이카르는 조용히 한숨을 삼켰다. 하필 상대하기 제일 싫은 놈이 끼어있다. 둘 중 더 나이 든 쪽이 눈살을 찌푸리며 자신보다 너덧 살쯤 어린 청년을 노려보았다.

"개새끼가 목줄도 없이 궁 안을 돌아다니고 있군."

"……."

이카르는 대꾸하지 않고 눈을 내리깔았다. 처음에는 욱해서 마주 덤벼들었지만 이제는 저런 헛소리도 이골이 났다. 그나마 황제의 애완견 취급은 양반이기도 하였고.

어리고 예쁘장한 청년을 곁에 끼고 감싸 도는 황제의 태도에 가장 흔히 떠들어대는 뒷소문은 다름 아닌 남창 소리였다. 궁정 제일의 미인인 황녀는 물론이고 제대로 된 후궁조차 들이지 않는 황제다 보니 틀림없을 것이라 지껄여 대었던 것이다. 심지어 이카르 또한 여느 고위직 사내들과 달리 여색에 일절 손을 대지 않았으니 그런 의혹이 도는 것도 어찌 보면 당연한 일이었다.

무시한 채 고개까지 살짝 돌리는 이카르의 모습에 시비를 걸어온 남자의 눈빛이 더더욱 험악해졌다. 그가 성큼 앞으로 다가오자 이카르의 손이 조용히 허리춤의 검수를 향해 내려갔다. 눈앞의 다혈질적인 기사, 드보시오와는 단순한 시비를 넘어 폭력적인 사태로까지 번진 적이 몇 번 있었다. 마주치는 족족 과한 소란이 일었다 봐도 좋을 정도다.

이카르는 상대적으로 몸집이 작고 체격도 가는 편이었기에 체술에는 자신이 없었다. 칼을 뽑지 않고 놈을 상대하려다가 팔이 부러진 적도 있어, 그때의 기억에 반사적으로 손끝에 힘이 들어갔다.

"귀까지 먹은 거냐!"

버럭 호통과 함께 드보시오가 거칠게 이카르의 멱살을 틀어잡았다. 목이 죄이는 것에 매끈하던 미간에 깊게 금이 그어졌다.

그래도 이 정도면 상대할 만했다.

드보시오는 후작가 막내라는 배경 덕에 황제의 호위기사 자리까지 올랐다는 소리를 들을 정도로 실력이 크게 뛰어나진 않은 사내였다. 그러니 주먹이 날아들기 전에 선수 친다면.

이카르는 속으로 중얼거리며 검을 꽉 움켜쥐었다. 반동을 주어 허리를 크게 비틀자 커다란 손아귀에 붙잡혀 있던 옷자락의 단추와 넥타이가 난폭하게 뜯겨 나갔다. 그 직후.

카각! 검집을 긁는 소리를 내며 뽑혀 나온 검날이 드보시오의 목덜미에 바싹 이를 세웠다. 드보시오가 이카르의 붉은 넥타이를 손에 쥔 채 입가를 잔뜩 일그러뜨렸다.

"천한 남창 새끼가……."

"이쯤에서 그만두는 게 어때?"

쓸데없이 길게 끌고 싶은 생각은 전혀 없었다. 이카르의 말에 드보시오가 피식 코웃음을 쳤다.

"배짱 있으면 찔러보시지."

"그건……."

이번에는 이카르의 눈가가 찌푸려졌다. 칼을 목에 겨누었다곤 하나 섣불리 휘두를 수 있을 리 없다. 확실한 적이라면 모를까, 상대는 동료 기사요 후작가 자제다.

이카르가 망설임 속에 틈을 보인 순간, 넥타이를 쥐고 있던 드보시오의 손이 재빠르게 움직였다. 그는 검을 든, 상대적으로 얇은 이카르의 손목을 움켜쥐는 것과 동시에 다른 손으로 주먹을 휘둘렀다.

"윽!"

급히 몸을 옆으로 틀어 피했으나 흉기와 다름없는 커다란 주먹이 이카르의 입가를 거칠게 스쳤다. 길게 찢어진 입술의 통증을 느낄 새도 없이 이번에는 붙잡힌 팔이 크게 뒤로 꺾였다. 나름 반항을 해보았으나 체격에서 나오는 힘의 차이는 극명했다. 검이 바닥에 떨어지고 이어 이카르의 몸 또한 그 옆에 내리눌렸다. 분노로 당겨진 흰 뺨에 아직 여름의 푸르름을 잃지 않은 잔디 잎이 바스락 쓸어 닿았다.

"칼까지 뽑아들었으니 그 대가를 치를 각오는 되어 있겠지!"

드보시오가 산채로 사냥한 짐승 대하듯 온몸으로 이카르를 억누르며 질 나쁘게 키득거렸다. 이카르는 대꾸 없이 피에 젖은 입술을 꾹 다물었다. 재수도 더럽게 없는 날이다. 등 뒤로 한껏 꺾어진 팔에 어깨가 당장이라도 빠질 듯이 아파 왔다. 또 팔 하나쯤 부러지려나. 그렇게 생각했을 때 내내 침묵을 지키던 목소리가 끼어들었다.

"헤세시 경. 적당히 하십시오."

드보시오가 찌푸린 눈으로 어느새 다가와 선 남자를 올려다보았다.

"뭐야, 마노스. 이놈 편드냐."

"품위를 지키라는 것입니다."

내려다보는 진회색 눈은 정중한 말투와는 달리 차갑기 그지없었다. 드보시오는 잠시 머뭇거리다가 손을 떼고 몸을 일으켰다.

"……그놈의 품위. 우리 집 노인네처럼 잔소리는."

그는 투덜거리면서 이카르의 위에서 물러나 자리를 떠나갔다. 마노스는 약간 비틀거리며 일어서는 이카르를 바라보다가 땅에 떨어진 넥타이를 주워들었다.

기사의 제복 넥타이는 전투 중 만에 하나 붙잡히더라도 쉽게 뜯어지도록 목 뒤쪽에서 단추로 연결하는 형태였다. 그 단추가 뜯겼으니 수선하기 전에는 목에 맬 수가 없다. 단추가 떨어져 벌어진 셔츠의 목깃 또한 마찬가지였다.

"복장 불량으로 돌아다니지는 마십시오."

이카르는 무뚝뚝하게 말하는 그를 힐끗 쳐다보곤 검을 주워 검집에 꽂아 넣었다. 드보시오와는 다른 의미로 상대하기 꺼려지는 자였다. 특히 감시하는 듯, 혹은 관찰하는 듯한 시선이 기분 나빴다. 물론 직접적인 시비는 걸어오지 않으니 훨씬 낫기는 하였지만.

"……도와준 건 고마워."

이카르는 들릴 듯 말 듯 조그맣게 중얼거리며 내밀어 온 넥타이를 받아들었다. 그리고 잠깐 머뭇머뭇 서 있다가 홱 몸을 돌려 왔던 길을 따라갔다.

마노스는 그런 그의 뒷모습을 속 모를 표정으로 바라보았다.

있다. 잔다고 하더니만.

황제의 침실 응접실 문을 연 이카르는 불편한 속내를 드러내지 않으려 애쓰며 안으로 들어섰다. 너른 거실의 익숙한 얼굴들 중에 아직은 낯선 얼굴이 하나 끼어있었다. 테이블에 앉아 있는 생쥐와 두 요정들 곁에 서 있는 적금발의 아가씨. 생쥐와 무어라 말을 나누던 그녀, 아리에스가 조용히 문을 닫는 이카르를 돌아보았다.

"마침 잘 왔, 그게 뭐예요!"

"……예?"

바락 소리친 아리에스가 이카르의 앞으로 성큼성큼 다가갔다. 법정에서 입은 것과는 다른, 좀 더 심플한 드레스 자락이 빠른 발걸음에 하늘하늘 흔들렸다.

"얼굴요!"

"……예?"

코앞에 다가서서 자신의 얼굴을 담아내는 새파란 두 눈을 멍하니 내려다보며 이카르가 중얼대듯 말했다. 또 뭐가 문제인지 모르겠다. 그의 얼빠진 대답에 아리에스가 눈썹을 확 찌푸렸다.

"상처! 다쳤잖아요, 피도 나는데."

"아……."

이카르는 손을 들어 자신의 입술을 매만졌다. 말라붙은 피딱지가 손가락 끝에 걸려 바스러졌다. 드보시오에게 맞은 상처지만, 크진 않았다. 그냥 내버려둬도 금세 나을 별거 아닌 부상이다.

하지만 아리에스의 생각은 다른 모양이었다. 그녀는 이카르의 손목을 붙잡고 소파 쪽으로 끌어당겼다.

"앉아 봐요, 여기."

"예? 아니……."

"당장."

이카르는 아무 말 못 하고 소파에 엉덩이를 붙였다. 이제는 그녀를 올려다보게 된 자세가 그를 더욱 불안하게 만들었다. 오늘은 정말 일진이 사납다고 생각한 순간, 아리에스의 손이 그의 턱 아래를 가볍게 쥐었다. 장갑을 끼지 않은 맨손이었다. 자신의 얼굴을 들어 올리는 부드러운 손길에 이카르는 무심코 마른침을 삼켰다.

"이거 봐요, 입가까지 길게 찢어져선. 모처럼 예쁜 얼굴인데."

"예……?"

처음에는 상처에만 닿았던 그녀의 눈길이 이내 감상하듯 얼굴 전체를 훑어 내렸다. 이카르는 낯선 상황에 긴장하여 몇 번이고 연신 마른침을 삼켰다.

"저, 저기……."

"아니 어떻게 다른 곳도 아니고 황궁에서 이렇게 다치고 다녀요? 그것도 명색이 기사라는 사람이."

"어……. 음."

적자색 눈이 갈팡질팡 거리며 한 바퀴 데구루루 굴렀다. 습관적으로 보호자라 할 수 있는 황제의 모습을 찾았지만, 이카르의 시선은 허무하게 빈 공간만 배회할 뿐이었다. 다시 제자리로 돌아온 눈이 웃음기를 머금고서 그를 내려다보는 아리에스의 시선과 딱 마주쳤다. 완전히 기가 죽은 채 이카르가 기어들어가는 목소리로 물었다.

"제가, 뭔가 잘못한 것이라도…… 있습니까……?"

"왜 그렇게 생각하세요?"

"아까 부축해 드리려고 했을 때도 그렇고……."

"어머, 그건 약간의 오해로 비롯된 일이랍니다. 그 오해는 풀렸으니 걱정하지 마세요."

"……다행이네요."

그럼 이제 신경 쓸 필욘 없다는 건가 하고 생각하면서도 이카르는 여전히 긴장을 풀지 못하였다. 우선, 여전히 턱을 붙잡고 있는 손의 온기가 신경 쓰였다. 이제 그만 놓아주었으면 했지만 한 번 거절당한 전력이 있는지라 그녀의 손을 직접적으로 떨쳐낼 엄두가 나질 않았다.

"어쩌다가 다친 건가요? 옷도 엉망이고, 설마 싶지만 싸웠어요?"

"……시비가 조금, 있었습니다."

"시비요? 황궁에서, 폐하의 호위기사에게요? 그래서 정말로 싸운 거라고요?"

"제가 좀 소문이 안 좋잖습니까……. 종종 시비를 걸어옵니다."

이카르가 반쯤 자포자기한 목소리로 대답했다.

아리에스가 어이없다는 표정을 지었다.

"아무리 그렇다고 해도⋯⋯. 게다가 종종이라니, 폐하께선 아무 말 않으세요?"

"예. 그다지."

팔이 부러졌을 때는 상대에게 징계가 내려졌지만 엄하지도 않았다. 사내놈들끼리 주먹질하다 보면 팔다리 부러지는 것쯤이야 예사라며 적당히 넘어갔다. 오히려 이카르에게 잘 좀 지내보라고 되레 잔소리를 던졌다.

황제는 그가 기사단원들을 비롯한 궁정 남자 귀족들과 친분을 다지길 바라는 것 같았지만 선입견 가득한 노골적인 시선을 보내오는 자들과 아무렇지 않게 어울리기란 쉽지 않은 일이었다. 덕분에 입궁 후 이카르의 인간관계에는 발전이 없었다.

"왜 그러신대. 아무튼 망할 놈들이네요."

혀를 쯧 차고는 아리에스의 손이 드디어 이카르의 얼굴로부터 떨어져 나갔다. 핏자국이 남은 입술에서 무심코 안도의 한숨이 새어나왔다.

"제대로 치료받으세요."

"⋯⋯예."

"그리고 생쥐의 혼례식 말인데요, 이제부터는 제가 맡게 될 겁니다."

"정말입니까?"

그 말이 몹시 반가운 듯 긴장으로 굳어졌던 이카르의 얼굴에 화색이 파앗 퍼져 나갔다.

"아무래도, 남자가 처리하기엔 곤란한 일도 있잖아요. 혹 내키지 않으시다면……."

"아뇨, 아닙니다! 오히려 감사한걸요."

진심이었다. 그렇잖아도 혼례식 날은 코앞으로 다가왔건만 준비가 끝나기는커녕 엉킨 실타래처럼 꼬이기만 하고 있어 골머리를 앓던 참이었다. 이카르는 땅이 꺼지라 한숨을 내쉬며 제 머리를 움켜쥐었다.

"후궁전 준비도 덜 되었고 예식 절차 가르치는 것도 한참 남았고, 인사 다니는 건 또 어쩌나 싫고 드레스니 화장이니 장신구니 잘 알지도 못하는 걸 일일이 골라줘야 한다고 그러질 않나……. 무슨 연회 한 번에 드레스를 세 벌을 갈아입습니까? 그냥 의상실에서나 시녀들이 알아서 하면 안 되냐고 했더니 법도에 어긋나느니 어쩌니 그리고……."

정확히는 법도보다는 책임을 회피하기 위해서였다. 궁정을 출입하는 귀부인들이 가장 신경을 많이 쓰는 것은 다름 아닌 몸치장이다. 자신의 지위와 외모에 어울리게끔 맞추는 것은 물론이요 장소와 목적, 계절, 유행 등에도 모두 걸맞아야만 하였다. 하나라도 어긋난다면 당연히 뒷말이 나올뿐더러 그 가문의 위신에까지 영향을 끼쳤다.

하물며 황제의 첫 정식후궁의 옷차림에 얼마나 많은 시선들이 쏟아질 것이며 또 얼마나 많은 수군거림이 이어질 것인가. 자칫 흠이라도 잡혔다가는 일개 시녀로서는 그 책임을 감당할 수가 없었다.

그 때문에 황실 여자들과 궁중 귀부인들은 몸단장의 마지막 선택을 스스로 하는 것이 보통이었다. 그러나 생쥐는 물론이요 두 요정들 역시 복잡한 치장에는 문외한이었기에 어쩔 수 없이 남자인 이카르에게 선택권이 넘어가게 된 것이다.

"저기 있는 셋보다야 제가 낫기는 하겠지만 저도 잘 모른단 말입니다……. 드레스까진 뭐 어찌 고른다 해도 화장까지는 진짜! 분에 볼터치, 눈썹, 입술, 귓가에 목덜미 뒷덜미 손발 손목 발목 손톱 발톱! 무슨 가루 종류는 산더미에 손발톱 다듬는 천 재질도 제각각이고, 거기다 향료까지 가면……."

그냥 딱 죽을 지경이었다. 질리다 못해 아예 울고 싶다는 표정의 남자를 아리에스가 딱하다는 듯이 내려다보았다.

"고생 참 많으셨나 봐요."

"……알고 싶지도 않았던 것들이란 말입니다."

"저도 종종 왜 이렇게 복잡하게 살아야 하나 싶어요. 궁정 출입하는 귀부인이라면 해마다 최소 네 번은 드레스 룸을 갈아치워야 한다잖아요."

"전 그냥 제복 단벌인데 말입니다."

"남자들은 옷차림에 크게 신경 쓰지 않으니까요. 물론 센스가 좋으면 칭찬이야 받겠지만 기본만 지켜줘도 험담은 듣지 않죠."

오히려 에스코트하는 여자의 차림이 더 중요했다. 아리에스는 푹 숙인 금빛 머리를 쓰다듬고 싶은 충동을 느끼며 상냥하게 미소 지었다.

"이젠 제가 맡을 테니 안심하세요."

이카르는 고개를 들어 자신을 다독여주는 소녀를 올려다보았다. 미소 띤 그 얼굴이 마치 하늘에서 막 내려온 천사처럼 아름다웠다. 아니, 진짜 천사와 다름이 없었다. 골머리 앓던 문제를 이렇게 깨끗이 처리해 주다니! 고맙다 못해 감격할 지경의 심정이 그렇잖아도 뛰어난 미모를 지닌 그녀에게 찬란한 후광까지 덧씌웠다.

간단히 말해, 콩깍지가 씌었다. 껄끄럽다거나 어색하다는 감상 따위 수평선 저 멀리로 훨훨 날아갔다.

"인수인계 정도만 해주시고 예전의 일상으로 돌아가시면 됩니다. 상처 치료하는 거 잊지 말고요."

"예에."

들어 올 때와는 달리 헤벌쭉 웃는 낯으로 이카르가 자리에서 일어났다.

"우선 황실 의상실을 안내해드리겠습니다. 그리고 준비 중인 후궁 전으로 가시죠. 아, 멀미 기운이 있다 하셨는데 괜찮으십니까?"

"허브차를 마셨더니 나아졌습니다. 그럼 안내 부탁드릴게요."

"예. 가시죠, 살타토르 백작 영애."

나란히 방을 나서는 둘의 뒷모습을 테이블에 앉아 있던 생쥐가 조금 샐쭉한 시선으로 바라보았다. 문이 닫히며 두 사람의 모습이 완전히 사라지자 그 표정은 이내 서운함으로 바뀌었다.

"……별로 안 예쁜데."

"응? 뭐가?"

단어 카드를 늘어놓고 있던 라지예의 물음에 생쥐가 좌우로 고개를 저었다.

"아니에요."

그렇게 말은 했지만 조그만 가슴 안쪽은 처음 느껴보는 질투라는 감정으로 살짝 아릿해졌다.

샛노랗게 퍼져 나가던 햇살이 붉게 바스러지다가 달빛에 그 자리를 내어주고 어둠에 먹혀 사라졌다. 드넓은 황궁에도 후미진 뒷골목에도 공평히 내려앉은 밤의 자락을 창문 너머로 바라보던 생쥐가 뒤로 돌아섰다. 짙은 향내만을 남겨놓은 텅 빈 커피잔에 이어 그녀로선 아직 읽을 엄두도 내지 못할 어려운 문서를 살피는 황제가 연녹색 눈망울에 비쳤다.

이카르는 사택으로 돌아가고 아리에스는 주어진 객실에서 쉬고 있었다. 두 요정들 또한 일찌감치 잠자리에 들어 이곳에는 황제와 그녀, 단둘뿐이었다. 황제는 아직 업무 중이었지만 생쥐는 잠옷으로 갈아입은 채였다. 생쥐는 발에 비해 약간 큰 슬리퍼를 소리 없이 끌면서 황제가 앉아 있는 소파로 다가갔다.

"폐하."

투명한 안경알 너머의 금안이 옆으로 움직여 생쥐를 바라보았다.

"배고픈가."

"아뇨."

"그럼 자라."

"자는 거 말인데요."

두 눈을 크게 뜨고서 생쥐가 말을 이었다.

"아리에스 언니와 함께 자고 싶습니다."

백작의 별장에 있을 때에는 처음 이틀을 제외하곤 항상 같이 잤었다. 같은 방에서, 같은 침대에서. 따스하고 포근하고 구름 위에 누운 듯 몽실몽실한 그 기분을 다시는 느끼지 못할 것이라 생각했었는데. 그런데 지금 아리에스가 황궁에, 바로 근처 방에 머무르고 있었다.

"자러 가도 됩니까?"

간절함이 스민 생쥐의 물음에 황제가 문자열을 향해 시선을 돌리며 시큰둥하게 답했다.

"안 돼."

"……안 돼요?"

"그래."

생쥐는 입을 꾹 다물었다가 눈동자를 데구르 굴리고는 재차 조심스럽게 물었다.

"정말로 안 됩니까?"

"안 된다."

안 된다. 생쥐는 다시 두 입술을 바싹 붙이고는 느린 걸음으로 응접실을 한 바퀴 돌았다. 소파 옆 제자리로 돌아온 그녀가 두 손을 마주 잡으며 말했다.

"아직도 안 되나요?"

"……안 된다고 했다."

"내일은요?"

"안 돼."

"모레는요?"

"안 돼."

"모레 다음 날에는요?"

"안 돼."

연이은 거절에 생쥐의 입에서 답답한 한숨이 살짝 새어나왔다.

"그럼 언제 되나요?"

포기를 모르고 이어지는 물음에 황제가 다시 그녀를 쳐다보았다.

"되는 날은 없다."

"……왜요?"

그냥 같이 자는 것일 뿐인데. 실망 어린 목소리에 황제가 귀찮다는
투로 설명해주었다.

"대외적으로 너는 총애 받는 후궁이다. 각방을 써서는 위장에 홈이
간다."

"그래도……. 한 번도 안 됩니까? 한 번 만요."

"그리고 네가 아리에스와 침실을 같이 쓰면 그녀가 위험해진다."

그 말에 생쥐가 화들짝 놀라며 전신을 파르르 떨었다.

"지, 진짜요?"

"정확히는 네 목숨을 노리는 자들에게 휘말리게 되겠지."

야심한 밤에 황제와 떨어져 잠든 눈엣가시 같은 후궁을 황태후가
그냥 놓아둘 리 없었다. 더군다나 이곳 침궁에는 황태후의 손길이 닿
은 인간들이 도처에 널려있을 터였다. 별다른 호위도 없이 고이 잠든

소녀쯤이야 근처의 시종 한둘 정도로도 처리할 수가 있는 것이다.

자신 때문에 아리에스가 위험해질 수도 있다는 말에 생쥐의 두 어깨가 아래로 축 처졌다.

"알겠습니다."

같이 잘 수 없는 것보다 아리에스가 다치는 것이 훨씬 더 싫었다. 그래도 아쉬운 속맘을 다 감추지 못하는 그녀의 모습에 황제가 한 마디 덧붙였다.

"후궁전에 들어가서라면, 한 번쯤은."

그 말에 푹 숙였던 연회색 머리통이 바싹 치켜 들렸다. 생쥐는 언제 풀이 죽었었냐는 듯 생기 넘치는 빛을 되찾은 눈으로 황제를 올려다보았다.

"정말로요?"

"하루만."

침궁과 달리 외부인의 출입을 철저히 통제하는 후궁전이라면 그렇게 위험하지 않았다. 물론 안전하다고 해서 생쥐를 아리에스와 단둘이 오래 놓아둘 생각은 없었다. 살타토르 영애가 확고한 아군이라고 단정 짓기에는 아직 일렀으니 단 한 번뿐이다.

고작해야 하룻밤의 허락이었지만 생쥐는 충분하고도 넘치게 기뻐하며 연방 고개를 꾸벅거렸다.

"감사합니다!"

그 환한 얼굴이 어째서인지 못마땅하게 느껴져 황제는 미간을 설핏 찌푸렸다.

그는 손에 든 서류로 시선을 옮겼다가 얼마 지나지 않아 다시 소파 옆에 멍하니 서 있는 소녀를 쳐다보았다.

"……그렇게나 좋은 건가."

"네? 뭐가요?"

"살타토르 영애."

"네."

생쥐가 크게 고개를 끄덕였다.

"좋아합니다. 어떻게 말해야 할지 모를 정도로 많이 좋아해요. 아주 많이요."

도대체 왜. 황제는 묻고 싶은 말을 내뱉지 않고 삼켰다. 저 맹목적인 애정이 그로서는 이해가 가질 않았지만 꼬치꼬치 캐묻는 것도 내키지 않았다. 이 꼬마가 누굴 좋아하든 어차피 상관없는 일이 아니던가. 물론 황태후 측 사람에게 푹 빠져서야 곤란하겠지만.

"가서 자라."

황제는 짧게 내뱉으며 생쥐로부터 시선을 거두었다.

7
황후마마를 뵈옵니다.

    재판이 끝난 이후 황태후 측은 잠잠하였고 황제는 또 다른 방해가 들어올세라 혼례식을 서둘렀다. 식의 준비는 이카르가 아닌 살타토르 영애의 손으로 넘어가 별다른 문제 없이 차근차근 진행되어가고 있었다.

    "내일부터 본격적으로 혼례 의식이 시작될 것입니다."

    아리에스가 업무용 데스크 너머로 황제를 바라보며 말했다.

    "가장 크게 문제가 될 만한 건 식후 연회 때인데, 제가 곁에 붙어 보조할 생각입니다. 그리고 바로 내일 있을 신전에서의 의식 말입니다만, 신녀가 후궁으로서의 적합성을 점친다고 하더군요. 단순한 점이 아니라 자세한 신변을 캐묻는다거나 하면 곤란해질 수도 있습니다."

    신녀와의 대면은 후궁 또는 황후 후보가 홀로 들어가게 된다. 아리에스가 따라가 도와줄 수 없는 일인 것이다.

"단순히 점만 치는 것이지만, 정확도가 높긴 하더군."

황제가 미간을 살짝 찌푸린 채 말했다.

"황후도 아니고 평민 후궁이야 더러 있었으니 적합성 문제는 없겠다만 쓸데없는 소리를 흘릴지도."

생쥐의 진짜 신분이 다른 사람도 아닌 신녀의 입에서 흘러나온다면 심히 곤란해진다. 아리에스 역시 안색을 굳히며 대책을 꺼내었다.

"그럼……. 차라리 제가 대신 들어갈까요? 어차피 일대일 대면이고 신녀는 대대로 장님이라 들었습니다."

생쥐, 라린 살타토르의 조건과 아리에스 살타토르의 조건은 비슷했다. 생쥐 쪽이 진짜가 아니라는 것만 제외한다면 같은 살타토르 가의 영애이며 열여섯 살 소녀였다. 그러니 밝혀져선 난감한 신분에 대한 점괘라면 아리에스의 것으로 대신하는 것이 가능했다. 오히려 그편이 더 안전할 터였다.

"그편이 좋겠군."

"예. 로투스궁의 단장은 끝이 났습니다만 시녀는 아직 뽑지 않았습니다. 폐하께서 직접 고르신다 하셨다지요?"

"그럴 예정이다."

"연회는 생쥐의 몸이 약하다는 핑계로 최대한 줄이도록 하였으나 혼례식 전야제, 당일 축하연, 식 사나흘 후 만찬식과 밤의 사교계 공식 데뷔가 있습니다. 여기까지가 필수이고 인사 및 소개가 모자랄 경우 하루 이틀 정도 연회가 더 이어질 수도 있습니다."

"……줄이긴 한 건가."

"줄인 거예요. 원래 친한 귀부인들과 소소하게 가지는 처녀연회와 황실의 혈족 및 후궁의 친지를 위한 만찬, 새로운 후궁전 공개연회, 저녁 만찬, 전통적인 사냥대회, 후궁 주최의 야유회와 공연 등등 다 챙기자면 한이 없답니다. 그래서 황후의 혼례식은 기본 한 달이라잖아요."

"일주일이었을 텐데."

"그건 진짜 딱 혼례식까지만이고요. 축하인사만 해도 사흘에 한 번씩 열 차례 한 달에 걸쳐 받는답니다. 우리 생쥐야 후궁이니까 귀족들로부터 따로 인사받을 일은 없지만요."

오히려 유력 귀족에게는 인사를 가야 하였지만 그것도 황제의 총애를 빌어 취소시켰다. 다만 내궁의 어른인 황태후와 황녀 상대는 그냥 넘길 수가 없어, 그때는 황제가 동행키로 하였다.

"아무튼 내일부터 시작이니까요, 폐하. 오늘 안으로 댄스 교육하셔야 합니다?"

아리에스가 푸르른 눈을 가느스름히 하며 독촉 어린 목소리로 말했다. 손에 들고 있던 펜촉으로 책상을 툭툭 찍으며 황제가 귀찮다는 표정을 지었다.

"안 추면 돼."

"안됩니다. 「총애하는」 후궁이라고요. 게다가 생쥐에게는 사교계 첫 데뷔인 연회입니다. 이후 활동은 없을 거라 해도 연회의 주인공인 아가씨가 망부석인양 멍하니 서 있기만 한다면 이른 아침 참새떼 같은 부인네들이 얼마나 입방아를 찧어대겠어요?"

내 그 꼴은 못 본다, 라는 아리에스의 주장에 황제가 짧은 한숨을 토해냈다.

"한 곡이면 되는 건가."

"네. 연회용 드레스가 애한테 너무 무거워서 애초에 그 이상은 무립니다. 추고 나서는 꼭 그 아이 곁에 끼고 계시고요. 혼자 놔두면 호기심에라도 춤 신청해오는 남자들이 더러 있을 테니까요."

여색에 관심 없던 황제를 홀린 어린 소녀라니, 그 얼마나 흥미로운 먹잇감인가. 남자뿐 아니라 여자들도 엎어진 설탕 단지의 개미떼처럼 몰려들 게 분명했다.

혼례식에 관한 대략적인 보고가 끝나고 황제가 화제를 돌렸다.

"백작으로부터 답변을 받은 모양이던데."

"예."

아리에스가 고개를 작게 끄덕였다.

"케이어스 씨의 도움이 컸죠."

전서구나 파발마를 이용해 서신을 주고받는다면 황태후의 감시를 피하기가 어려웠다. 그러나 케이어스라면 한밤에 조용히 하늘을 가로질러 백작의 침실에 잠입해 들어갈 수 있었다. 아리에스는 호기심으로 반짝이는 눈빛을 머금으며 말을 이었다.

"수호룡은 오래전 황가를 떠나버렸지만, 그 잔재는 아직 남아있는 것인가요? 드레이크는커녕 훨씬 하급의 마수인 와이번조차 인간으로선 부릴 수 없는 상대이지 않습니까. 마경 밖에서는 구경도 힘든 일이고요."

마수나 환수, 성수 등으로 불리는 존재들은 대부분 드래곤이 지배하는 영역, 마경 내에서만 머무른다. 가까이로는 솔레다드 산맥과 실라 군도가, 멀리로는 아나님시 사막, 벨라레헤레 산맥, 칼라마리 협곡 등이 마경으로 알려진 장소였다. 그리고 솔레다드 산맥의 주인인 붉은 드래곤 솔레다토르가 바로 제국의 초대 황후이자 수호룡이었다.

　비록 지금은 떠나버린 드래곤이었지만 마경의 지배자가 오랜 시간 황가를 돌봐왔으니 드레이크 한 마리쯤 남아있다 하더라도 놀랄 일은 아닌 것이다.

　"케이어스는 개인적으로 아는 사이다."

　황제의 대답에 아리에스가 놀란 얼굴을 했다.

　"……드레이크와요?"

　"이지가 있고 말이 통하는 상대이니 안 될 것도 없겠지."

　"하긴 그러네요. 드레이크가 드래곤처럼 인간으로 변할 수 있다는 건 처음 알았습니다."

　"그보다 백작은."

　"그대로 별장에 머물러 병을 핑계로 침묵을 고수키로 하였습니다."

　다시 말해 황제를 지지하는 아리에스의 태도는 백작가의 입장과는 다르다는 것을 간접적으로 나타내겠다는 뜻이었다.

　"딸을 아낀다고 들었는데."

　"저를 위해서라도 그게 최선이니까요. 백작가가 황태후 측에 기운 중립을 표방한다면 황태후로서는 저를 대놓고 건드리기 저어될 것입니다. 물론 과히 거슬리는 장애물이라면 신경 쓰지 않고 처리해버리겠지만,

알아서 적당히 몸을 사린다면 굳이 같은 편이 될 수도 있는 백작가와 불편해질 짓은 하지 않겠지요."

혼례식 준비를 돕는 정도야 별문제가 되지 않는다. 하지만 거기까지였다. 정치적인 역량이 높고 영리하다고 하나 어린 소녀가 궁중에서 할 수 있는 일에는 뚜렷한 한계가 존재했다.

"어차피 저는 백작가를 등에 업지 않고선 별다른 힘이 없는 어린 계집일 뿐이니까요. 자기편이 될 수도 있는 중앙귀족 가문과 껄끄러워질 것을 감수하면서 처리할 정도의 거물이 아닙니다. 황태후 측에는 중앙귀족이 몇 없으니 더더욱 득보다 실이 크겠지요."

오히려 관대히 눈감아 주어 살타토르 백작가에 후의를 베풀어두려 할 가능성이 높았다.

"그러니까 저는 너무 나대지만 않으면 크게 걱정할 필요가 없답니다. 문제는 생쥐지요."

지금 여기에는 없는, 혼례식 전 관리로 바쁠 소녀를 떠올리며 아리에스가 보기 좋게 곡선을 그리는 두 눈썹을 찌푸렸다.

"그 앨 무작정 앞으로 내밀어 놓고 대체 어찌하실 심중이신지, 정말로 알려주지 않으실 겁니까? 지금으로서는 투망도 작살도 낚싯바늘조차 하나 없이 미끼만 흔들어대는 꼴입니다만."

사냥감이 미끼만 툭 빼먹고 유유히 달아난다 하더라도 이상할 게 없는 상황이었다. 당연히 걱정이 되어 수차례 의중을 떠보았으나 황제는 묵묵부답이었다. 그것은 이번에도 마찬가지였다.

"네가 신경 쓸 일이 아니다."

"……뭔가 방비가 되어있긴 하신 거죠?"

"아무 생각 없이 움직이진 않아."

"……."

그리 말해도 영 못 미더웠으나, 일개 귀족 소녀로서 황제를 추궁할 수는 없는 노릇이었다. 솔직히 말해 지금의 이러한 태도도 충분히 무례한 것이었다.

결국 아리에스는 황제의 계획을 캐묻는 것을 포기하고 공손히 머리를 숙인 뒤 정무실을 빠져나갔다.

벌꿀과 나귀 젖, 유향, 몰약, 말린 장미잎, 미로스산 포도주, 사슴뿔 가루, 수선화 구근 등등. 귀부인의 피부 결을 단정히 하고 진주 알처럼 희고 영롱하게 만들기 위한 미용 재료들이 보랏빛 등나무 꽃줄기가 그려진 자기 욕조 주변을 빙 둘러 늘어져 있었다. 아몬드와 오렌지 향유를 떨어뜨린 온수가 욕조 가득히 찰랑거리고 그 위로는 라벤더와 로즈메리가 물이 보이지 않을 정도로 한가득 흩뿌려졌다.

　생쥐는 온갖 향이 뒤섞여 코를 찌르는 욕조 속에 몸을 담근 채 질린 표정으로 주위를 오가는 시녀들을 올려다보았다.

　"붉은 장미수는 어디에 있죠?"

　"향유를 조금 더 넣겠습니다."

　"아뇨, 머리는 장미보다는 베르가못으로 씻겨 드리세요."

　회색 머리칼 위로 베르가못 워터가 조심스럽게 부어지고 욕조 밖으로 나온 두 팔에 진주 가루를 섞은 벌꿀이 동그란 어깨까지 아낌없이 발라졌다. 생쥐는 그 바쁜 손길들 속에서 한숨을 삼켰다.

　재판이 끝난 다음 날부터 수 시간씩 이어지는 이 피부 관리가 매일같이 벌어졌다. 심지어 이게 끝이 아니었다. 관리를 끝내고 욕실을 나서면 수많은 드레스들과 온갖 장신구들이 열을 지어 기다리고 있었다.

예식용 드레스가 네 벌에 연회용 드레스가 여덟 벌, 그에 따른 구두와 팔찌 목걸이 반지 귀걸이 브로치 깃털장식 머리핀 머리빗 진주 부채 등등, 장신구 하나하나가 모두 드레스와 어울리면서도 중복되어서는 안 되었다.

그나마 나비 머리핀만큼은 가문을 나타내는 증표로 예외였지만 나머지는 예식과 연회 전에 미리 그 어울림을 확인해야 하였다. 열두 벌이나 되는 드레스의 코디를 하루 만에 끝낼 수는 없었기에 이 또한 피부 관리처럼 매일매일 두세 벌씩 걸쳐보고 있는 것이었다.

겨우겨우 목욕을 빙자한 피부 관리가 끝이 나고 생쥐는 매끄럽다 못해 번들번들한 알몸이 되어 시녀들의 부축 속에 욕조를 빠져나왔다. 이 또한 빈민가 출신 소녀로서는 이해가 가지 않는 일이었다. 노쇠하거나 병이 든 것도 아닌, 사지 멀쩡한 몸뚱이건만 왜 하나하나 부축이며 시중을 받아야 하는 것일까. 혼자서도 잘할 수 있는데. 게다가 낯선 이들의 손길이 무방비한 나신에 닿아오는 것도 께름칙하게 느껴졌다.

마치 갓난아기처럼 누군가 대신 몸을 씻겨주고 닦아주고 옷을 걸쳐준다. 이렇게 해야 하는 게 맞다니까 군말 없이 따르고는 있었지만 무표정한 얼굴이 딱딱하게 굳어져 가는 것만큼은 막을 수 없었다.

'힘들어. 피곤해.'

그렇게 속으로 중얼거리다가도 그리 오래지도 않은 과거를 떠올리면 정신이 번쩍 들었다. 굶주리고 추위에 떨던 때에 비하면야 아무것도 아닌 일인데. 그리 생각하고 있으면 어울리는지 본답시고 수십 번 갈아입어야 하는 드레스의 폭풍우 속에서도 버틸 만하였다.

그리고 모든 일과가 끝나고 나면.

"수고했어, 내 동생!"

천상의 과실처럼 달콤한 보상이 기다리고 있었다. 무거운 드레스를 벗고 날아갈 듯 가벼운 잠옷으로 갈아입은 생쥐는 활짝 미소 짓는 아리에스를 향해 마주 입꼬리를 올렸다.

"아유, 오늘도 얼굴이 해쓱해졌네. 안 그래도 쏙 들어간 뺨인데!"

아리에스는 호들갑을 떨며 생쥐를 푹신한 팔걸이의자에 앉혔다.

"며칠 내내 많이 힘들지? 최대한 줄인 건데도 이 모양이지 뭐니. 그래도 끝이 코앞이야! 혼례식만 끝나면 어디 나설 일도 없는 처지, 하루 종일 잠옷 바람으로 돌아다녀도 문제없다고~."

허락받지 못한 외부인의 출입이 금지된 후궁전에 콕 박혀있을 것이니 지금처럼 남의 눈 따위 신경 쓸 필요가 없었다. 물론 제대로 된 후궁이라면 황제의 여자인 만큼 언제나 몸가짐을 조신하게 하고 있어야겠지만 눈앞의 소녀는 예외인 것이다.

후궁전을 드나들, 생쥐에 대해 아는 이들은 그녀가 어려운 예의범절을 지키는 것을 기대하지 않았다. 혼례식 때 수박 겉핥기식으로나마 후궁다운 몸가짐을 보여주는 것만으로 충분했다.

"간식 먹자, 간식!"

"잘 먹어야 핏기도 오르지!"

북적북적하던 시중인들이 우르르 빠져나가고 요정들이 부산스럽게 이런저런 먹거리들이 가득한 왜건을 끌고 왔다.

반쯤은 자기들이 좋아하는 과자류였지만 나머지 반은 채소와 과일,

육류 등이 골고루 섞인 한 입 거리 핑거 푸드였다. 요정들은 연어를 얹은 카나페와 베이컨으로 감싼 버섯 꼬치를 담은 접시를 생쥐의 앞으로 내밀었다.

"레모네이드 마실래?"

"달달한 와인도 있는데!"

"알코올은 안 돼요."

"그럼 차가운 홍차는 어때?"

바란다면 뭐든지! 자신을 위한 손길들에 생쥐는 피곤함도 잊고 미소 지었다. 머리 아프게 복잡하고 이해할 수 없는 일들이 있어도, 이곳은 행복했다. 술 취한 창녀가 중얼거리던 천국보다 훨씬 더 멋있는 곳이었다.

"궁정 무곡은 기본적으로 4분의 3박자다."

그렇게 운은 띄웠지만 뒷골목 출신 소녀가 알아들을 리 만무했다. 아니나 다를까, 생쥐는 멍한 얼굴로 고개를 끄덕이려다 말고 외로 갸웃, 기울였다.

"모르겠습니다."

"속으로 숫자를 세 번 세며 움직여라. 하나둘 셋, 하나둘 셋, 이런 식으로."

"하나둘 셋이요?"

"그래."

대답하며 황제는 조금 난감한 시선으로 자신의 앞에 선 소녀를 내려다보았다.

어울리게 춤을 추기에는 키 차이가 과했다. 그렇다고 하이힐의 힘을 빌리기에는 굽 높은 신발을 신고서는 제대로 걷지도 못하는 애더러 춤까지 추라고 할 수 없는 노릇이었다.

금색 눈이 생쥐의 아래위를 훑으며 손댈 만한 곳을 가늠했다. 일단 가장 흔히 감싸는 허리는 무리다. 생쥐의 허리에 손을 대려면 황제로서는 몸을 굽혀야만 하였다.

어깨는 가능하겠지만 그 경우 생쥐가 맞잡으려면 마치 매달리는 꼴이 될 것이다.

"……내가 네 어깨를 감싸면 꼬마 너는 내 허리 쪽에 손을 갖다 대면 된다."

"허리에요?"

"그래. 같은 쪽 손을."

황제는 커다란 손을 생쥐의 눈앞으로 내밀었다. 생쥐는 그것을 빤히 바라보다가 손을 마주 뻗었다.

"손잡는 법은 기억하고 있나."

"네."

남자 쪽이 먼저 손바닥을 위로하여 내밀면 여자는 손등을 위로 하여 가볍게 얹는다. 여자가 손에 힘을 주어 잡아서는 안 되고 남자가 감싸 잡아주어야 한다고 했다.

생쥐는 배운 대로 황제의 손바닥 위에 자신의 손을 내려놓았다. 여느 궁정 귀부인에 비하면 절대 곱다고는 할 수 없는 손이었다. 그간 살이 올라 부드러워졌다고 해도 날 때부터 고이 관리해온 것과는 확연한 차이가 있었다. 거친데다가 상처의 흔적도 아직 남아 있으며 손톱의 윤택 또한 다소 떨어졌다.

하지만 그 조그마한 모양새만큼은 충분히 예쁘장하게 귀여웠다. 힘 주어 쥐면 금방이라도 바스러질 듯한 연약함이 자아내는 사랑스러움. 더욱이 크고 단단한 사내의 손에 얹혀 대비되자, 동화 속 요정의 손이 떠오를 만큼 작고도 가녀리게 비쳤다.

황제는 그 작은 손을 가볍게 쥐고서 살며시 당겨 들어 올렸다.

"이렇게 한쪽 손만 잡고 연회장 중앙으로 나서는 거다. 나란히 서서 정면을 바라보도록."

"정면을, 보고."

"다른 쪽 손으론 드레스 자락을 잡는다."

"네."

생쥐는 얇은 네글리제 자락을 손끝으로 붙잡았다. 지금은 이렇게 가볍지만 연회용 드레스는 한 손으로 거두기에는 손목이 아파 올 정도로 묵직했다.

"다른 사람들이 인사를 해오겠지만 너는 할 필요 없다."

그녀 혼자라면 모를까, 황제의 파트너로 선 이상 누구에게도 고개를 숙일 필요가 없었다. 연회장에서의 귀족 여성의 신분은 에스코트해 주는 남자를 따라가기 때문이었다.

"허리를 세워 등과 어깨를 곧게 펴고 머리 또한 숙여서는 안 된다. 바른 자세를 유지해."

"춤출 때도요?"

"춤출 때도 계속."

궁정 무곡이 느린 편이라 하더라도 춤을 추는 데에는 체력이 생각 이상으로 요구되었다. 특히 갑옷이라 해도 좋을 답답하고 묵직한 드레스를 걸치고 굽이 뾰족한 구두를 신은 귀부인들은 무도회 후는 물론이요 도중에도 녹초가 되어 늘어지는 경우가 왕왕 벌어지곤 하였다. 연회장에 여성들을 위한 드레싱 룸이 괜히 딸려있는 것이 아니었다.

"인사를 받은 뒤 음악이 시작되면 몸을 돌려 마주 보고 서라."

황제의 손이 생쥐의 어깨를 감쌌다. 생쥐가 얼른 배운 대로 황제의 허리 부근의 옷자락을 부여잡았다. 번잡한 시장통에 엄마를 잃어버릴까 지레 겁먹은 어린애처럼 꽉 힘이 들어간 손에 황제가 충고를 던졌다.

"대기만 해라. 잡지 말고."

"잡으면 안 됩니까?"

"옷이 구겨지게 해선 안 된다."

"네."

생쥐는 얼른 고개를 끄덕거리곤 움켜쥐었던 손을 다시 폈다. 그러곤 허리띠 부근에 걸치듯이 대었다.

"이렇게요?"

"그래. 이게 기본자세다."

여기서 음악에 맞추어 스텝을 밟아주면 되는데……. 황제는 집중하느라 초롱초롱하게 빛나고 있는 연녹색 눈을 마주 내려다보았다. 춤은커녕 제대로 된 음악도 접할 기회가 없었을 어린애에게 기교를 바라는 것은 무리다. 기초적인 움직임을 반복하는 정도가 알맞겠지.

"내 발을 잘 보고 반대로 움직여라."

그렇게 말하곤 황제가 오른발을 비스듬히 앞으로 내디뎠다. 시키는 대로 그의 발을 뚫어지라 쳐다보고 있던 생쥐가 얼른 반대로, 왼쪽 발을 성큼 앞으로 디뎠다. 두 발이 서로 얽히며 아래만 신경 쓰던 생쥐의 머리가 폭, 너른 가슴에 들이박혔다.

"아."

"······반대로 움직이라 했다만."

황제의 가슴에 턱을 대듯이 달라붙은 채 생쥐가 눈을 깜박깜박, 그를 올려다보았다.

"반대로 움직였습니다. 왼발이에요?"

반대쪽이 맞기는 맞았다. 황제는 자신의 가슴께에 어른거리는 소녀를 가볍게 들어 한 발짝 거리로 떼어놓고선 설명을 덧붙였다.

"방향도 같이 반대로 하는 거다. 네 기준으로 상대가 앞으로 나서면 뒤로 물러나고, 뒤로 물러나면 앞으로 나서고, 왼쪽으로 가면 오른쪽으로 가고, 오른쪽으로 가면 왼쪽으로 가라."

"으음, 알겠습니다."

다시 자세를 잡고 황제가 발을 앞으로 내밀었다. 이어 슬리퍼를 신은 생쥐의 발이 그럴듯하게 뒤로 스텝을 밟았다. 생쥐가 따라 할 수 있도록 천천히 기본 동작을 끝마친 황제가 입을 열었다.

"방금의 동작들을 외워 반복하는 거다. 이번에는 뒤따르지 말고 동시에 움직이도록 해봐라."

"동시에요?"

"엇박자로 움직이는 스텝도 있지만 거기까지 할 필요는 없다."

기본으로 충분했다. 게다가 고작 하룻밤 사이에 무리해서 둘 이상의 동작을 익혀서는 헷갈리게 될 수도 있었다.

하얀 슬리퍼가 카펫 위를 소리 없이 스쳤다. 생쥐는 자세를 똑바로 하기 위해 목을 길게 세우면서도 아직 낯선 스텝을 틀리지 않으려고 연녹색 눈동자를 연신 아래쪽으로 향하였다. 동시에 움직이는 것은 처음이건만 두 사람이 발끝이 틀린 곳 하나 없이 나란히 멈추었다.

동작이 끝나자 살짝 긴장했던지 생쥐의 입술 사이에서 안도의 한숨이 흘러나왔다.

"잘했습니까?"

"잘했다."

황제는 눈을 반쯤 뜨며 그녀를 내려다보았다. 기억력이 좋은 건지 운동신경이 뛰어난 건지, 생전 처음 춤을 접하는 초보자치고는 따라 하는 모양새가 제법이었다. 황제의 칭찬에 생쥐가 볼을 발그레하니 붉혔다. 순수한 기쁨을 담은 어린애 같은 얼굴로 소리 없이 미소했다.

"저도 잘하는 게 있어요."

"당연히 있겠지."

"당연히요?"

"그래. 아무리 못나도 한두 가지쯤은 잘하는 게 있는 법이다."

생쥐는 잠시 생각에 빠졌다가 입을 열었다.

"저는 맞는 것도 잘합니다."

"……뭐?"

"소리 내지 않고 덜 아프게 맞는 거 잘해요. 그래서 다른 어린 하인들과는 달리 크게 다친 적은 별로 없습니다. 또 배고픈 거 참는 것도 잘하고 몰래 훔쳐 먹는 것도 잘해요. 그리고 더운 건 잘 견디는데 추운 건 힘들어요. 아, 상한 음식도 잘 먹습니다. 처음엔 배탈이 났었는데 계속 먹으니까 괜찮아졌어요."

자신이 잘하는 것을 줄줄이 늘어놓은 생쥐가 칭찬을 바라는 눈빛으로 황제를 올려다보았다.

"생각해 보니까 저 잘하는 거 꽤 많았어요."

이런 것도, 저런 것도. 하지만 황제는 조금 전과 달리 칭찬은커녕 아무런 말도 해주지 않았다. 약간 초조해진 생쥐가 다시금 종알거렸다.

"그리고 또 오래 조용히 숨어 있는 것도 잘합니다. 3일 동안 숨소리도 안 내고 잠도 안 자고 숨어서 안 들킨 적도 있어요."

"……왜 숨었지."

기대하던 칭찬은 아니었지만 겨우 대꾸를 해 주었다. 생쥐가 얼른 대답했다.

"어떤 부자가 괴질에 걸렸거든요. 열 살이 못 된 어린애 간 스무 개를 먹으면 낫는다고 해서, 뒷골목에서 어린애를 사들였습니다. 전 그때 열한 살이었지만 식당주인은 여덟 살로 알고 있어서 팔려고 했어요. 그래서 숨었다가 죽을 것처럼 배가 고프고 졸려서 나오니까 좋은 기회를 놓쳤다면서 화를 냈습니다."

죽기 직전까지 맞았지만 죽지는 않았다.

"열한 살 때 3일 동안 숨었으니까 지금은 더 오래 숨을 수 있을 거예요."

"……그 빌어먹을 놈이."

"네?"

황제는 고개를 갸웃하는 조그만 소녀를 자신의 품으로 끌어당겼다. 그러곤 그녀가 원하는 대로 머리를 쓰다듬어 주었다.

"잘했다."

무엇을 잘했다는 것인지는 알 수 없었지만, 생쥐는 만족스럽게 생긋 미소 지었다.

귀족의 예복과 연회복은 그 형식이 서로 달랐다. 남성의 경우에는 연회복이 좀 더 화려할 뿐 큰 차이는 없었지만 여성의 드레스는 눈에 띄게 달랐다. 예식용 드레스는 가슴 바로 아래에서 일직선으로 치맛자락이 떨어져 내리는, 상체의 일부 외의 몸매는 드러내지 않고 감추어 성적인 매력보다는 기품과 우아함을 강조한 형태였다. 반면에 연회용 드레스는 스커트를 부풀리는 속치마 파니에를 입어 잘록한 허리와 풍성한 둔부를 뚜렷이 돋보이게끔 하였다.

혼례식 전날, 생쥐는 새벽빛이 여리게 흩어지는 이른 시간부터 일어나 새하얀 예식용 드레스를 차려입었다. 장신구는 하나 없이 어깨에 얇은 숄을 두르고 부드러운 주홍빛 로브로 몸을 감쌌다. 신전에 가기 위한 검소한 옷차림이었다. 그녀의 곁에 선 아리에스 또한 비슷한 복장을 하고 있었다.

"좋아, 오늘부터 시작이야."

아리에스가 당사자인 생쥐보다 더욱 초조해하며 혼잣말을 중얼거렸다. 당사자라고 해도 생쥐는 그저 주위에서 시키는 대로 움직였을

뿐으로, 대부분의 조율은 그녀가 하였으니 어찌 보면 자기 일인양 긴장하는 것도 당연한 일이었다.

"신전에 다녀와서, 혼례 전야 연회 준비를 해야지. 뭐 빠뜨린 건 없겠지? 전야제야 식전의 신부는 직접적으로 나서지 않으니까 괜찮아. 오늘은 신경 쓸 거 없어. 그래. 내일부터가 진짜 큰일이지!"

안절부절못하며 혼잣말을 하다못해 곱게 다듬은 손톱 끝까지 까득까득 깨물던 아리에스가 벽시계를 힐끗 쳐다보았다.

"스, 슬슬 가야겠다. 마차는 준비되어 있고……. 정말로 빠뜨린 거 없지? 없는 거 같아. 좋아, 가자!"

"네."

아리에스가 삐걱삐걱 앞서 나가고 생쥐가 그 뒤를 따랐다. 동행하는 시녀는 붉은 머릿수건을 한 라지예, 정확히는 오늘은 라지예인 요정 한 명뿐이었다. 신녀의 성소에는 남성은 출입할 수 없기 때문이었다. 겉모습으로는 성별의 구분이 불가능한 요정이었지만 일부러 위험을 감수할 필요는 없었다.

요정족 중에서도 뛰어난 무력을 갖추고 있기에 외부로 나가는 것이 허락된 라지예였지만 홀로 호위를 도맡는다는 것은 아무래도 불안했다. 황태후가 이를 갈며 기회를 노리고 있을 것이 분명했기에 원래의 모습으로 돌아간 케이어스가 사람의 눈으로는 확인키 힘든 높은 창공에서 마차의 뒤를 따르고 있었다.

"저어, 언니."

마차에 올라타서도 초조함을 쉽게 감추지 못하는 아리에스에게 생쥐가 조심스럽게 물었다. 희미하게 떨리고 있던 푸른 눈동자가 이내 차분히 가라앉으며 마주 앉은 소녀를 바라보았다.

"왜 그러니? 혹시 너도 불안해?"

생쥐는 고개를 살짝 젓고는 말했다.

"혼례가 끝나면요, 백작가로…… 돌아가실 건가요?"

불안이 담긴 물음에 아리에스가 부드러운 미소를 머금었다.

"아니. 좀 더 있을 예정이야."

"정말이요?"

"그래. 이왕 궁정에 들어온 김에 남편감도 찾아보고 말이지."

남편감이라는 소리에 기쁨으로 들떴던 생쥐의 얼굴이 일순 딱딱하게 굳어졌다. 그녀가 알고 있는 결혼생활이란 대부분 여자에게 불리하고 불행한 것이었기 때문이었다.

빈민가의 여자들은 외모가 반반하면 첩으로 팔려가고 그렇지 않으면 찢어지게 가난한 남편을 만나 고생한다. 삶에 찌들고 술에 취해 폭력을 휘두르는 가장도 더러 있었다. 심지어 생쥐 본인도 목숨을 내건 결혼을 할 예정이었으니 그녀의 결혼관이 긍정적일 리가 만무했다.

"어, 어떤 남자와요……?"

떨리는 물음에 아리에스가 가볍게 답했다.

"글쎄, 이제부터 찾아봐야지. 사랑하는 사람도 좋지만 그 이전에 조건이 맞아야 하거든."

"조건이요?"

"그래. 우리 집에는 데릴사위가 필요하니까 가장 중요한 건 집안이지.

살타토르 백작가보다 더 낮은 세력의 귀족가 차남 이하. 계승권을 포기한다면 장남이라도 상관없긴 하지만.”

타 가문의 후계자감인 장남은 데릴사위로 들일 수가 없었다. 살타토르 백작가 이상의 권세를 지닌 가문의 아들들 또한 데릴사윗감으로는 부적합했다. 자칫 두 가문을 합병하려 들 수도 있기 때문이었다. 물론 살타토르 백작가가 삼켜지는 쪽으로. 그 반대라면야 도리어 달가운 일이었다.

“아쉽지만 사람 자체는 집안 조건 다음이야. 그래도 물론 중요하지. 우선 쓸데없는 야망이 없어야 해. 너무 영리하거나 교활한 것도 탈락. 다루기 좋게 살짝 멍청한 편이 좋겠지만, 2세를 생각하자면 어느 정도 머리도 있어야 하겠지. 그래, 똑똑하지만 세상 물정 모르고 순진한 남자. 정치적인 역량은 떨어져야겠지만 무능력한 것도 안돼. 무골이면 딱 좋겠다. 기사라거나. 얼굴은 뭐, 보통 이상으로. 잘생긴 게 좋긴 하지만 반반한 남자치고 여자 문제없는 경우가 드물다잖아? 데릴사위가 밖에서 애 낳아오면 진~짜 골치 아파지거든.”

“아…….”

생쥐는 멍한 표정으로 아리에스가 줄줄이 늘어놓는 남편감의 조건을 들었다. 열심히 듣긴 들었지만 제대로 이해할 수는 없었다. 그녀가 아는 결혼의 조건이란 돈과 미모가 고작이었는데, 아리에스가 원하는 것은 뭔가 많았다.

“조건을 다 만족하는 남자는 찾기 힘들겠지만, 일단은 찾아보는 거야. 물론 내가 나서지 않아도 아버지께서 어련히 적당한 조건의 남편감을 골라 내밀어 주시겠지만, 그래도 이왕이면 내 눈에 차는 남자면 좋잖아? 연애도 좀 즐겨보고. 그러니까 귀족들 득시글거리는 궁정에 발들인 김에 찾아보겠다는 거지. 아직 내가 만나 본 남자는 폐하와 그 호위기사……."

돌연 말을 멈춘 아리에스가 눈을 크게 치떴다.

"어머나?"

그녀의 입술이 유연하게 호선을 그리며 여우 같은 미소를 머금었다.

"그러고 보니, 이카르 경. 따로 가문이 없잖아? 신진귀족이었지."

정확히는 귀족이라 할 수 있는 기사 서임은 받았으나 아직 가문 명, 성은 하사받지 못한 상태였다.

"신진귀족이라 해도 폐하가 뒤에 있으니 배경 하난 나무랄 데 없고, 나이에 비해 실력도 상당하다 그랬고, 얼굴이야 상등급이고, 어리바리한데다 둔하지만 바보는 아니야."

그야말로 딱 맞췄다고 해도 좋을 조건이었다. 비록 불미스러운 소문을 달고 있었으나 데릴사위로서는 오히려 반가운 흠이었다. 황제와 그렇고 그런 사이라는데 외간 여자가 꼬이긴 힘들 것이 아니던가. 남자 상대야 뭐, 애는 못 만드니. 어차피 사실도 아니었고.

"……이카가 왜요?"

갑자기 이카르의 이야기를 꺼내는 아리에스에게 생쥐가 부루퉁하니 물었다. 좋아하는 사람의 관심을 다른 이가 차지하는 것이 못마땅한 기색이었다. 그런 생쥐의 속마음을 미처 눈치채지 못한 아리에스가 밝게 웃으며 대답했다.

"내 남편감으로 조건이 괜찮다는 거야."

"……결혼하실 거예요? 이카랑?"

"아직은 모를 일이지만 일단 건드려는 봐야지."

생쥐는 입술을 조금 내민 채 아리에스를 바라보다가 재차 물었다.

"그럼…… 이카와 결혼하면 여기 계속 계시는 거예요? 이카는 여기서 지내니까요?"

보통 결혼하면 여자 쪽이 남자의 집으로 가는 게 일반적이었다. 그래서 아리에스가 쭉 궁에 머무른다면 나쁘지 않다고 생각했지만 돌아온 대답은 생쥐가 바라는 것과는 정반대였다.

"나는 데릴사위가 필요한 거야. 데릴사위는 남자를 여자 집에 들이는 거거든. 그래서 내가 궁에 들어오는 게 아니라 이카르 경이 살타토르 백작가로 오게 되는 거지. 게다가 이카르 경이 직무 때문에 궁에 주로 머물긴 하지만, 사택은 따로 있어."

어느 쪽이든 지금처럼 궁중에 쭉 머무르진 않는다는 말에 생쥐의 얼굴에 실망감이 짙게 어렸다. 물론 길지 않으나마 이렇게 아리에스와 함께 있을 수 있다는 것만으로도 기쁘고 고마웠다. 하지만 조금이라도 더 오래, 라는 욕심이 생겨나는 것만큼은 어쩔 수 없었다.

"……이카는 별로예요."

생쥐는 소심하게나마 이카르를 헐뜯었다. 이카르 외의 조건에 맞는 남자를 새로 찾으려면 시간이 꽤 걸릴 거고, 그러면 아리에스가 좀 더 오래 궁에 남아 있을 테니까. 하지만 아리에스는 생쥐의 서투른 험담을 귀담아듣지 않고 미소로 흘려 넘겼다.

비록 지금은 떠나갔으나 대대로 용의 수호를 받아 온 산크투스 제국에서 신권은 타국에 비해 미약했다. 신의 위엄이 크지 못했기에 황궁 외곽에 자리한 대신전 또한 대국의 것이라기에는 소박한 규모였다.

　순백색의 정갈한 건물 앞에 마차 한 대가 멈춰 섰다. 마부 옆에 타고 있던 시녀가 마차 문을 열자 두 명의 숙녀가 흰 돌이 깔린 바닥 위로 구두 굽을 내디뎠다. 두 사람은 눈과 머리카락을 가리는 긴 베일을 덮어쓰고 있었다. 아리에스가 그녀의 곁에 바싹 붙어 선 생쥐에게 작게 속삭였다.

　"기억하고 있지? 지금부터는 내가 라린이고 네가 아리에스인 거야."

　"네."

　생쥐가 고개를 끄덕이며 대답했다. 아리에스를 라린인 척 속여 넘기기 위해 일부러 긴 베일을 쓰고 복장도 비슷하게 맞춰 입었다. 그뿐만 아니라 아리에스는 낮은 굽을, 생쥐는 높은 굽의 구두를 신어 키도 최대한 비슷하게 만들었다. 덕분에 생쥐의 걸음걸이는 약간 비틀거리고 있었다.

　미리 나와 기다리고 있던 하급 무녀가 빠른 걸음으로 둘에게 다가와 머리를 조아렸다.

"예비 마마님을 뵈옵니다."

생쥐를 대신하여 아리에스가 고개를 살짝 끄덕여 인사에 답해주었다.

"성소로 안내해 드리겠습니다."

생쥐의 행세를 하는 도중에 목소리를 알려서 좋을 건 없었기에 아리에스는 이번에도 고갯짓으로 대답했다. 신전 쪽으로 몸을 돌린 무녀의 뒤를 아리에스가 앞서 따라가고 생쥐는 라지예와 함께 수행 시녀인양 약간 뒤처진 채 쫓았다.

신녀가 머무르는 성소는 신전의 가장 안쪽 깊숙한 곳에 자리해 있었다. 무녀는 결벽적일 정도로 새하얀 복도를 따라 걸어가다가 여신의 모습이 새겨진 백옥문 앞에 멈춰 섰다.

"이 안쪽으로는 예비 마마님만이 들어가실 수 있습니다."

무녀의 말에 아리에스가 고개를 끄덕이며 앞으로 나섰다. 그녀가 가짜임을 알 리 없는 무녀가 순순히 문을 열어주었다.

"길을 따라 5분 남짓 걸어가시면 됩니다."

생쥐의 불안 어린 시선 속에서 아리에스가 문 안쪽으로 발을 내디뎠다. 그러자 그녀의 등 뒤로 열렸던 문이 다시 닫혔다.

아리에스는 약한 한숨을 입술 사이로 흘려내며 걸음을 재촉했다. 얼른 끝내고 돌아가자. 그런 마음에 발걸음이 절로 빨라졌다. 굽 낮은 단화도 신었겠다, 신전 안이 아니라면 숫제 뜀박질이라도 할 기세였다. 덕분에 금세 성소의 문 앞에 도착한 그녀는 약간 빨라진 숨을 가다듬은 뒤 청보라 색 넝쿨이 양각으로 새겨진 문을 밀어 열었다.

문이 열리자 가장 먼저 들려오는 것은 맑은 물소리였다.

성소의 바닥에는 폭 좁은 수로가 파여 부드러운 곡선을 그리면서 물을 흘려보내고 있었다. 둥근 유리지붕으로 된 높은 천장에서는 스며든 햇살이 빙글빙글 돌며 아래로 떨어져 내렸다.

아리에스는 희미한 푸른빛을 띠는 수로를 건너 중앙의 둥근 샘으로 다가갔다. 샘 앞의 융단 위에 앉아있던 초로의 여인이 천천히 몸을 일으켰다.

"예비 후궁마마이십니까?"

아리에스는 어쩔까 하다가 신녀 앞으로 걸어가 서는 것으로 대답을 대신했다. 여인은 보이지 않는 눈 대신 다가오는 발소리를 귀 기울여 듣고 한쪽 손을 앞으로 내밀었다.

"손을 주시겠습니까."

아직 거친 감이 남아 있는 생쥐의 손과는 확연히 차이가 날 텐데. 걱정하면서도 아리에스는 순순히 손을 내주었다. 신녀가 다시 손을 만질 일 없도록 하면 그만일 터이니.

귀족 아가씨답게 갓 피어난 백합 꽃잎처럼 부드러운 손을 가만히 만져보던 신녀가 돌연 놀란 얼굴을 하였다. 이어 지극히 정중한 목소리가 흘러나왔다.

"황후마마를 뵈옵니다."

신녀가 깊숙이 머리를 숙이며 말하는 것과 동시에 아리에스의 표정이 딱딱하게 굳어졌다. 황후라니, 이게 무슨 날벼락이란 말인가. 잔뜩 당황한 그녀가 바르르 떨리는 입술을 열었다.

"자, 잘못 보신 듯한데요."

말을 하지 않을 생각이었지만 지금만큼은 어쩔 수 없었다. 세상에, 다른 것도 아니고 하필 황후라니. 아리에스는 생쥐의 목소리를 흉내 내어 말하며 한쪽 손을 내저었다.

"저는 황후감이 못 됩니다."

"아닙니다. 틀림없사옵니다."

연거푸 부정해보았지만 신녀의 태도는 굳건했다. 하기야 예비후궁의 몇 마디에 흔들릴만한 상대가 아니었다. 아리에스는 난감해하다가 어쩔 수 없다는 투로 한숨을 내쉬었다.

"예, 알겠습니다. 높게 봐주시니 감격스럽다 못해 눈물이 다 날 지경이네요. 하지만 저는 아직 황후라는 거대한 짐을 짊어지기에 많이 부족합니다. 그러니 제가 황후감이라는 말씀은 당분간 비밀로……."

"안됩니다."

"왜요?"

"후궁에 대한 점괘는 혼례식 전날 발표해야만 합니다."

"……그냥 좋은 후궁감이다, 정도로 괜찮지 않나요?"

"신을 모시는 몸으로서 점괘를 마음대로 변형시켜 발표할 수는 없습니다."

'아 씨.'

젠장, 쓸데없는 쇠고집하곤. 아리에스는 속으로 욕을 지껄였다. 등골을 따라 차디찬 얼음물이 흘러내리는 기분이 들었다.

미래의 황후라니, 정말로 곤란했다. 후궁 자리를 차지한다는 것만으로도 황태후의 눈엣가시가 된 생쥐다. 그런데 신녀가 황후가 될 여자다,

라고 발표했다간 무슨 수를 써서라도 제거하려 들 것이 분명했다.

　물론 신녀의 점괘가 다 맞다고 할 수는 없겠지만 미신 같은 것은 거들떠보지도 않을 듯한 남자인 황제가 정확도가 높다고 말했다. 그가 그렇게 말할 정도라면 평범한 사람들이야 점괘가 틀림없이 이루어질 것이라 믿고들 있겠지.

　'……혹 떼려다 더 크게 붙인 꼴이잖아.'

　아리에스는 초조함을 견디지 못하고 아랫입술을 잘근잘근 씹었다. 그러나 신녀의 입을 막을 뾰족한 방도가 떠오르지 않았다. 그녀는 한숨을 삼키고는 인사도 없이 쌩하니 몸을 돌려 바삐 걸음을 옮겨갔다. 우선은 최대한 빨리 황제에게 알리고 대책을 강구해야만 했다.

"점괘를 발표 못 하게 할 수는 없습니까?"

득달같이 침궁으로 돌아와 황제의 집무실을 박차고 들어간 아리에스가 심각한 낯빛으로 물었다. 황제는 손에 들고 있던 펜을 내려놓으며 그녀를 바라보았다.

"가능했다면 네가 대신 신녀를 만날 필요가 없었겠지."

하기야 그렇다. 예상은 했었지만 역시나 불가능하다는 말에 아리에스가 연거푸 한숨을 내쉬었다. 그녀의 태도에 심상찮음을 느낀 황제 또한 안색을 설핏 굳혔다.

"무슨 일이지."

"……점괘가, 황후가 될 것이라 나왔습니다."

"황후가?"

"혹시나 싶어 말씀드리지만 전 폐하와 결혼할 생각 손톱 끝만큼도 없습니다. 폐하께서는 제 이상형에서 완전히 빗나갈뿐더러 황후 따위 되고 싶지도 않거든요."

언감생심 꿈도 꾸지 않았을뿐더러 아예 질색인 자리건만 그따위 점괘가 나와 버리다니. 아리에스는 그린 듯 고운 눈썹을 크게 찌푸렸다.

"완전 엉터리 점괘예요. 진짜로."

"······흠."

엉터리라고 주장하는 아리에스와 달리 황제는 조금 묘한 시선으로 투덜대는 소녀를 바라보았다.

"황후감이라."

"다시 한 번 말씀드리지만 꿈도 꾸지 마시고요. 전 죽어도 황후 같은 건 안 할 거니까요. 그것보다 지금은! 생쥐가 황후에 걸맞다는 점괘가 발표될 거라는 겁니다. 바로 오늘 밤에요!"

점괘의 발표는 혼례식 전야제에 행해진다. 어찌 막아 볼 시간적 여유도 없다시피 하였기에 아리에스의 얼굴에 드리워진 근심의 그림자는 더더욱 짙었다.

"······황태후가 점괘 따위에 휘둘려 성급한 움직임을 보일 사람이 아니란 게 그나마 다행이지만요."

"그렇다면 걱정할 거 없겠군."

"이 궁중에 황태후만 있답니까?!"

"카얄룬 공작이 움직인다면 모를까, 피라미는 날뛰게 내버려둬도 된다."

"그것참 대단한 자신감이시로군요."

양대 거두 외에는 죄 피라미 취급이라니. 황제의 오만함에 아리에스가 무심코 입술을 삐죽거렸다.

"가느다란 촛불은 태풍이든 실바람이든 들이닥치면 무조건 꺼지거든요? 생쥐가 장작 잔뜩 밀어 넣은 난롯불쯤 되는 것도 아니고요."

"창문 닫으면 돼."

"닫아주실 마음은 있으시다는 것입니까."

적어도 실바람 정도는 막아 줄 모양이었다. 그래도 불안이 다 가시지가 않아서 아리에스는 한숨을 흘리며 묵례했다.

"전야제 준비가 끝나지 않았기에 소녀는 이만 물러가 보도록 하겠습니다."

해가 저물기는커녕 아직 중천에 떠오르지도 않았으나 연회의 주연이 될 여인의 몸단장은 하루를 다 쏟아 붓는다 해도 모자랐다.

황제의 집무실을 나선 아리에스는 곧장 생쥐가 기다리고 있을 방으로 향했다.

고래로 사내에게 있어 여인이란 참으로 알 수 없는 동물이라 하였다. 그리고 이카르도 여자에 대한 고민에 빠져 있었다. 대체 저 여인이라 하기엔 부족함이 좀 많은 꼬마가 갑자기 왜 저러는 걸까.

　'……나는 아무 짓도 안 했는데.'

　이카르는 꽤나 불편한 심정으로 요정들과 함께 테이블에 앉아 있는 생쥐를 힐끗 쳐다보았다. 동글동글 순하다 못해 멍하기까지 하던 연녹색 두 눈이 철천지원수라도 되는 양 그를 노려보고 있었다. 그 매서운 눈길에 이카르는 도망치듯 조용히 시선을 돌렸다.

　정말로 왜 저러는지 모르겠다. 기억을 더듬어 보았으나 생쥐가 하루아침에 저리 적의를 드러낼 짓을 한 적은 절대 없었다. 아니, 최근에는 별다른 접점 자체가 아예 없었기도 했다. 혼례 문제는 아리에스가, 호위 문제는 두 요정 시녀가 떠맡아준 덕분이었다. 그런데 갑자기 약이 잔뜩 오른 고양이처럼 굴고 있으니 이카르로서는 그저 어리둥절할 따름이었다.

　'그냥 나갈까.'

　가시방석 같은 분위기에 이카르가 속으로 중얼거렸다. 볼일이 있는 상대도 으르렁거리고 있는 생쥐가 아니라 아리에스였다.

곧 돌아올 거란 말에 이리 앉아 있었지만 기다리기보다 그냥 찾아 나서는 편이 나을 뻔했다.

결국 버티다 못한 이카르가 소파에서 일어나려던 그때, 문이 열리며 아리에스가 들어왔다.

생쥐와 이카르의 얼굴이 동시에 환해졌다.

"어머, 이카르 경?"

아리에스가 여기 있을 줄 몰랐다는 표정으로 이카르에게 다가갔다. 그 모습에 동그라니 풀어졌던 생쥐의 눈매가 다시 샐쭉하니 가늘어 지며 이카르를 째려보기 시작했다.

"어쩐 일이세요?"

화사하게 미소를 밝히며 아리에스가 물었다.

"살타토르 양께 전할 말이 있습니다."

"아, 잠시만요."

아리에스는 양해를 구하고 생쥐와 두 요정 쪽으로 시선을 돌렸다.

"사지, 라지. 생쥐를 데리고 치장실로 가주세요. 몸단장을 위해 시 녀들이 대기하고 있을 겁니다. 저도 곧 따라가지요."

"생쥐 또 고생하겠네."

"난 인간 여자들처럼은 절대로 못 살 거 같아!"

요 며칠 줄줄이 이어진 몸단장에 완전히 질려버린 라지예와 사지예 가 고개를 절레절레 흔들며 자리에서 일어났다. 요정들 사이에 선 생 쥐가 약간 불안한 눈초리로 아리에스를 바라보았다.

"빨리 오세요?"

"빨리 갈게. 얼른 가서 준비하고 있어. 저녁까지 얼마 남지 않았으니까."

아리에스는 손짓으로 재촉하여 세 사람을 밖으로 내보냈다. 문이 닫히자 그녀가 푸른 눈을 살짝 좁혀 뜨며 자신 앞에 서 있는 청년을 바라보았다.

"말씀해 주세요."

"아, 예. 사냥대회 취소에 대해 불만들이 꽤 많습니다. 아무래도 그간 기회가 없었으니까요."

무도회장은 귀족 여성들에게 있어 힘들게 가꾸어 온 미모와 몸치장에 쏟아 부을 수 있는 재력, 유행에 뒤떨어지지 않는 센스 등을 자랑스럽게 내보이고 견줄 수 있는 대표적인 장소였다. 반면 귀족 남성들이 서로의 능력과 사내다움을 겨룰 수 있는 장소는 사냥대회였다. 혈통 좋은 명마와 뛰어난 사냥개로 재력을 뽐내며 수확물의 크기와 수로 실력을 가늠하는 것이다. 하지만 현 황제가 즉위한 이후 궁정사냥대회는 단 한 차례도 개최되지 않았다. 황제가 사냥대회를 포함한 각종 번잡스런 행사를 귀찮아한 탓이었다.

그나마 궁정 무도회는 황태후와 황녀라는 여성 황족이 주최자가 될 수 있었기에 선황제 때와 다름없이 주기적으로 열렸지만 사냥대회는 달랐다. 현 궁정에 사냥대회 주최가 가능한 남성 황족은 황제 외에는 없기 때문이었다. 그러니 대다수의 귀족 남성들이 이번 혼례식에 있을 사냥대회를 기대하고 있었건만 개최하지 않는다 하니, 불만이 튀어나오는 것도 당연했다.

"폐하는 물론이고 레이디이신 살타토르 양에게 따질 수도 없는 노릇이니 제게 말이 들어오더군요."

"어머나, 그랬군요. 이걸 어쩐다."

아리에스가 고개를 살짝 기울이며 고민스레 중얼거렸다. 여자의 입장이다 보니 사냥대회 취소로 남자들의 불만이 커지리라곤 미처 생각질 못하였다.

"으음, 불만이 많다 해도 사냥대회는 어려울 것 같아요. 무엇보다 생쥐의 안전이 걱정이거든요."

무기를 든 사람이 우글거리는 숲이라면 암살을 시도하기에 최적이 아닐 수가 없었다. 그녀의 말에 이카르가 그럴 줄 알았다는 듯 작게 끄덕였다.

"어차피 폐하께서도 허락지 않으실 겁니다. 귀찮은 일이잖습니까."

"하기야 줄이고 줄인 것도 많다 하신 걸요."

그 번거롭고도 위험한 일을 받아들일 리 없었다.

"참, 이카르 경."

용건을 마치고 돌아서려는 이카르를 아리에스가 붙잡아 세웠다.

"예?"

다시 자신을 향하는 적자색 눈을 향해 아리에스가 예쁘게 미소 지었다.

"오늘 밤의 연회에 참석하실 건가요?"

"그야 저는 폐하의 호위기사이니……."

"아뇨, 아이 참. 그런 뜻이 아니잖아요."

"……예?"

멍한 물음에 아리에스가 새치름하면서도 약간의 부끄러운 기색을 담아 대답했다.

"손끝에 가벼이 쥘 꽃이 있으신지요?"

"그……. 예?"

이번에도 못 알아들었다. 아리에스는 한숨이 새어나오려는 것을 참고서 양 눈썹 끝을 가운데로 모았다. 아무리 둔하다고 해도 너무 눈치가 없는 것이 아닌가.

"그러니까 연회에 에스코트해 갈 레이디를 정하셨느냐는 것입니다만."

"아아, 당연히 아닙니다."

"당연히요?"

"예. 허락 안 해주실 테니까요."

그 허락의 주체가 누구인지 잘 아는 아리에스가 의아한 표정을 지었다. 물론 황제가 가까이하는 호위기사는 이카르 한 사람뿐인 만큼 연회에서 사적인 시간을 갖기 힘들기는 할 터였다. 그러나 실상 필요치도 않은 호위이며, 황제는 꼭 필요한 것도 아닌 사람을 법식을 핑계 삼아 붙잡아 둘 성격도 아니었다.

"무언가 이유가 있나요?"

"저도 이유를 알고 싶습니다."

"예?"

이번에는 아리에스가 이카르의 말을 제대로 알아듣질 못하였다.

"그게 무슨 말씀이신가요?"

"음, 그러니까……."

아리에스의 물음에 이카르가 조금 멋쩍어하며 대답했다.

"젊은 여자와 사적으로 만나는 것 자체를 금지하셨습니다."

"……예에?"

생각지 못한 말에 아리에스의 두 눈이 동그랗게 커졌다.

"무슨 혼기 찬 귀족 아가씨도 아니고 왜요?"

"저도 모른다니까요……. 그냥 이유도 없이 못 박아 놓으셨습니다."

"진짜 이유가 없어요?"

"일단 제겐 말씀 안 해주셨습니다만."

"그럼 가서 여쭤보죠!"

"네?"

아리에스의 손이 덥석, 이카르의 손목을 잡아챘다. 이카르가 당황하며 더듬거렸다.

"자, 잠깐만요. 대체 뭘……?"

"뭐긴 뭐예요. 저랑 같이 연회에 참가해도 되느냐죠."

"갑자기 왜 그걸……."

이카르의 말에 아리에스가 눈을 가느스름히 뜨며 그를 노려보았다.

"정말 눈치 없으시다. 됐으니까 가시죠. 아님, 혹시 싫으세요?"

"예? 아니, 아뇨. 그러니까……."

"그럼 문제없네요?"

아리에스는 더 길게 말할 필요 없다는 얼굴로 이카르를 끌고서 걸음을 옮겼다.

그리고 잠시 뒤, 두 청춘남녀를 앞에 둔 황제가 툭 내뱉었다.

"마음대로 해라."

"감사합니다."

"자, 잠깐만요!"

황제와 아리에스의 시선이 동시에 이카르를 향하였다. 둘의 눈길 속에 허둥대던 그가 황제에게 말했다.

"……그래도 되는 겁니까? 그러니까, 계속 안 된다셨잖습니까?"

"싫은 거냐."

"아뇨, 그게 아니라……."

말을 제대로 잇질 못하는 이카르의 모습에 아리에스가 눈을 동그라니 과장되게 치떴다.

"제가 마음에 안 드시는 건가요?"

"아닙니다! 그런 건 절대로 아니고요!"

"그럼 문제없겠군."

"그러게요."

"어……. 음……."

하기야 문제 될 일은 없었다. 애초에 스물이 넘은 멀쩡한 남자의 연애사에 감 놓아라 배 놓아라 간섭하고 드는 쪽이 이상한 일이었지. 결국 이카르는 뭔가 꺼림칙한 기분이 들었음에도 입을 다물 수밖에 없었다.

턱 바로 아래까지 올라오는 목깃이 조금 답답했다. 생쥐는 무심코 목을 매만지면서 자신의 주위를 바삐 오가고 있는 시녀들을 무기력한 눈으로 쳐다보았다. 아리에스가 곁을 떠났다는 사실이 그녀를 더욱 맥없게 만들고 있었다. 오늘은 별일 없을 테니까, 그렇게 말하고 아리에스는 스스로의 연회 준비를 위해 일찌감치 자리를 비웠다.

 혼례 전날의 연회에서 생쥐가 해야 할 일은 없었다. 아직 식을 올리기 전의 신부니 얼굴마저 얇은 베일로 가린 채 타인과 대화 한 마디 나눌 일 없이 얌전히 자리보전만 하고 있으면 되는 것이었다. 그러니 아리에스가 곁에서 보좌해줄 필요도 없었지만, 괜한 섭섭함이 생쥐의 가슴 안쪽으로 파고들었다.

 '……이카와도 같이 있을 필요 없잖아.'

 생쥐를 도울 필요가 없다 해서 아리에스가 연회에 아예 참석지 않는 것은 아니었다. 참석한다고 했다. 이카르와 같이. 그것이 분했다. 생쥐는 정성 들여 칠해진 입술을 꾹 깨물었다.

 자신이 좀 더 오래 알고 지냈는데. 진짜 같은 피가 흐르는 건 아니지만 언니 동생 하기로도 했는데. 그런데 딱히 친하게 지낸 것도 아니고 별 관계도 없던 이카르가 갑자기 끼어들었다.

물론 그 정도라면 거슬릴 것까지는 아니었다. 문제는 아리에스가 말한 남편감으로서의 조건에 이카르가 딱 들어맞는다는 것이었다.

빼앗길지도 모른다. 그런 위기감이 들었다. 어차피 아리에스와 계속 함께 있을 수는 없었다. 이렇게 지내는 것이 그리 길게 이어지지는 않을 것이라고 알고 있음에도 싫었다. 아니, 사랑하는 언니와 함께할 수 있는 시간이 짧디짧을 것임을 알기에 더더욱 이카르가 미워졌다.

오래 같이 못 있는데. 얼마 남지 않았는데. 그 짧은 시간을 빼앗아 가려 들고 있었다. 아니, 벌써 빼앗기고 말았다.

이런 감정, 느낄 자격 없다고 중얼거리면서도 생쥐는 입술 끝을 잘근잘근 짓씹었다. 아리에스가 지금보다 훨씬 더 적게 자신을 봐준다 해도 곁에 있어주는 것만으로도 감사해야 할 처지이건만, 서운해하고 시기하는 것이 얼토당토않다 생각하였지만, 그럼에도 흔들리는 마음을 어찌할 수가 없었다.

생쥐가 이 자리에 없는 아리에스를 그리며 질투에 몸부림치는 와중에도 주위의 시녀들은 바삐 움직이고 있었다. 비록 후궁이라지만 황제의 첫 혼례. 수십 개의 눈동자가 무언가 빠진 것은 없나, 잘못된 것은 없나 하고 살피고 또 살폈다. 한가한 것은 당사자인 생쥐와 그녀의 바로 곁을 지키고 선 두 요정뿐이었다.

문턱이 닳도록 드나들며 연회 준비 상황을 알아보던 시녀들의 얼굴에 지금까지 이상으로 짙은 긴장감이 드리웠다. 드디어 새신부가 궁정인들 앞에 공식적으로 모습을 나타낼 시간이 다가온 것이었다. 비록 얼굴은 감출 것이었지만 전신의 자태는 물론이요 손톱만 한 장식

단추며 부풀려 올린 스커트의 주름 하나하나까지 꼼꼼히 뜯어보고 이러쿵저러쿵 떠들어댈 궁정인들이었기에 생쥐의 옷매무새를 마지막으로 점검하는 눈길들은 신중하다 못해 신경질적이기까지 하였다.

"시간이 되었사옵니다."

시녀장이 정중히 고개를 숙이며 연회장에 나서야 함을 알려왔다. 한쪽 끝에 등받이가 있는 긴 의자에 앉아 있던 생쥐를 라지예와 사지예가 부축해 일으켜 주었다. 화려한 만큼 무거운 드레스에 발끝이 비틀거렸다.

생쥐는 한숨을 삼키고서 배운 대로 등을 곧게 펴며 힘겹게 버티고 섰다. 오늘 연회에서는 얌전히 앉아만 있을 것이라 하며 리본이며 레이스, 각종 보석 장식을 아낌없이 주렁주렁 매단 드레스를 입힌지라 혼자서는 걷기조차 힘들 지경이었다.

구두 또한 굽이 가늘고 높아 부축을 받는다 해도 연회장까지 걸어갔다간 완전히 녹초가 되어버릴 것이다.

그래도 안 갈 수는 없는 노릇이었다.

사지예가 시녀로부터 생쥐가 쓸 베일을 받아 드는 그때, 돌연 문 근처의 시녀들이 매를 본 참새 떼처럼 후다닥 양옆으로 비켜나 섰다.

놀라다 못해 두려움의 빛까지 얼굴에 띤 시녀들이 일제히 머리를 조아린다.

훤히 트인 길을 따라 들어 온 남자, 황제가 못마땅한 눈빛으로 제 몸을 간신히 지탱하고 선 소녀를 내려다보았다.

"가관이군."

드레스를 입은 것이 아니라 푹 파묻혀 머리만 겨우 내민 듯한 생쥐의 모습에 황제가 혀를 짧게 찼다.

아리에스의 말 대로였다.

아리에스는 이카르의 에스코트를 받아 연회장으로 향하기 직전, 황제에게 찾아 가 생쥐를 한 번 살펴봐 달라 부탁했다. 시녀들이 생쥐를 과하게 치장하려 들 것이 틀림없다면서. 확실히 이건 심했다.

"가벼운 옷으로 갈아입혀라."

황제의 명에 시녀장이 당황한 표정으로 고개를 숙였다.

"하오나 폐하. 새로이 치장을 할 여유가 없사옵니다."

연회의 주연이기에 생쥐의 입장은 여느 궁정인들 보다는 나중이었다. 하지만 황제는 물론이고 황태후와 황녀보다도 빨리 자리해 대기하고 있어야 했다. 지금 다시 옷을 갈아입는다면 시간이 과히 지체되어 자칫 황족을 기다리게 만들지도 몰랐다.

"상관없다."

그러나 황제의 마음은 바뀌지 않았다.

"짐이 직접 대동하여 갈 터이니 갈아입혀."

예법에 어긋나는 일이었지만 시녀장은 더 이상 반박하지 못하였다. 황태후나 카얄룬 공작 외에는 내로라하는 대귀족들조차 맞설 엄두를 내지 못하는 황제를 상대로 고작 시녀장 정도가 버텨낼 수 있을 리 만무했다.

결국 시녀들은 황제의 감시하에 생쥐의 드레스를 갈아입혔다. 전의 것에 비하면 초라해 보일 정도로 간소한 것이었다.

연회의 주인공이라기엔 볼품없는 모습에 시녀들이 어찌할 바 몰라 했으나 황제는 만족해했다. 조금 전의 쓸데없이 화려한 옷만 눈에 들어오는 광대 같은 꼴보다야 훨씬 나았다.

지독한 냄새를 풍기는 향낭도 떼어내고 향수도 뿌리지 않았다. 몸을 씻을 때 쓴 향유의 잔향까지야 어쩔 수 없었지만 그 정도는 참을 만했다.

그는 생쥐를 향해 따라오라 손짓했다.

"황태후는 연회장에 도착했나?"

황제의 물음에 시종장이 고했다.

"미열이 올라 불참한다 전해왔습니다. 로제시아 공주는 당도하였다 합니다."

황태후의 핑계는 사실이 아닐 터였다. 무슨 속셈인지는 모르겠지만 나타나지 않는다면 반가운 일이었다. 하지만 곧 움직임을 보일 것은 분명했다.

신전의 점괘가 발표되어 그 내용이 귀에 들어간다면 더더욱.

황태후가 어찌 나올 것인가 생각을 더듬어보던 황제가 돌연 걸음을 멈추었다. 그는 복도 가운데 우뚝 서서 뒤를 돌아보았다.

어느샌가 열 걸음이 넘게 뒤처져있던 생쥐가 비틀비틀 거리를 좁혀왔다. 그리고 한숨 한 번 크게 몰아쉬곤 레이스 베일 너머의 초록 눈으로 황제를 빤히 올려다보았다.

"다 왔습니까?"

"아직."

대답하는 황제의 시선은 생쥐의 발치를 향해있었다. 드레스는 갈아 입었지만 구두는 원래의 것 그대로였다.

끝이 뾰족하고 폭이 좁으며 높고 가는 굽의 하이힐.

아리에스가 있었더라면 갈아 신게 해주었겠지만 남자인 황제는 물론이고 인간의 복식에 큰 관심 없는 요정들 또한 눈에 확 띄는 드레스가 아닌 구두까지는 미처 챙기질 못하였다.

지금이라도 갈아 신게 할까.

하지만 이미 발은 아프고 피로해진 뒤일 것이었다. 황제는 잠깐 고민하다가 손을 아래로 뻗었다.

얌전히 손아귀에 들려오는 몸뚱이는 여전히 가벼웠다. 주위를 따르던 궁인들이 놀라다 못해 기겁한 눈빛을 보내왔으나 소녀를 안아 든 남자는 그것을 죄 무시했다.

멈췄던 발이 다시 앞으로 나아가고 생쥐가 작게 종알거렸다.

"걸을 수 있습니다."

"안 돼."

황제는 단호히 대답했다.

품 안의 소녀가 제 몸 아픈 것을 얼마나 미련스럽게 참아내는지 겪어보아 잘 알고 있었다.

발바닥이 부르트다 못해 피부가 다 벗겨져도 걸을 수 있다 무표정하게 말할 계집아이다. 그나마 오늘 밤만 버티면 된다 하면 이렇게까지 신경 써주지는 않겠지만, 내일도 하루 종일 혼례식이 이어진다.

식 중에 쓰러지기라도 했다간 곤란한 노릇이었다.

안 된다는 한 마디에 생쥐는 조용히 황제의 어깨에 머리를 기대었고 그런 두 사람을 바라보는 궁인들의 얼굴에는 초조함이 짙게 깃들어갔다.

아직은 보는 눈이라고 해봐야 시녀, 시종들뿐이었지만 연회장에서는 달랐다.

불행 중 다행으로 황태후는 불참했으나 이미 심기가 많이 상하였을 황녀가 도사리고 있는 것이다.

그뿐만 아니라 수많은 귀족들은 이런 꼴을 보고서 또 어찌 생각하고 속닥거려댈지.

하지만 황제의 앞을 감히 막아서는 자는 없었다. 어차피 조언한들 순순히 따라줄 군주도 아니었다. 수많은 미녀들을 거들떠보지도 않았던 주제에 이제 와서 어린 애첩에게 푹 빠진 흉내를 내는 꼴에 그저 한숨만 꾸역꾸역 삼킬 뿐이었다.

귀부인들을 위한 의자는 우아하게 부풀린 스커트 자락과 물결치는 레이스의 아름다운 자태를 흠 입히지 않기 위해 팔걸이도, 등받이도 없는 밋밋한 모양새를 하고 있었다. 그 조그만 의자에 만개하다 못해 곧 스러지고 말 꽃과 같이 풍성히 드레스를 펼치고 앉은 로제시아 공주는 불편한 속내를 감추지 않은 채 빈 상석을 연신 힐끔거렸다.

　황제는 아직 도착하지 않았다. 그뿐만 아니라 그녀보다 먼저 당도하여 역시나 작은 의자에 자리해야 했을 계집 또한 보이지 않았다. 황제와 정식으로 혼례를 치른다 해도 황후가 아닌 이상 공주 작위를 받은 황녀보다는 신분이 낮았다. 그럼에도 여태껏 치마 끝자락조차 드러내질 않은 것이었다.

　불손하고도 천박한 계집.

　황녀는 부채로 가린 입술 끝을 잘근 깨물었다. 아직 후궁 후보 정도에 불과했다 하나 여염집도 아닌 황궁에서 맨발로 슬리퍼를 끌고 다니던 꼴이 눈앞에 선하였다.

　그때 확실히 짓밟아 놓을 것을. 시녀의 조언을 순순히 받아들인 것이 후회되었다. 열 대의 채찍을 꽉 채움은 물론이요, 스무 대, 서른 대를 치라 하여 숨 줄기를 끊어놓았어야 했는데.

보라색 눈동자가 노기로 짙게 불타올랐다. 연적에 대한 질투보다는 볼품없는 천것에게 패하였다는 분노가 더욱 컸다. 채찍질 정도가 아니라 갈가리 찢어 개먹이로 던져줘도 시원찮았지만, 이제는 전처럼 직접적인 위해는 가할 수 없는 처지였다. 그저 속으로 삭이며 이를 갈 뿐이었다.

"황제 폐하 납시오!"

그때 황제의 등장을 알리는 외침이 너른 홀 가득 퍼져 나갔다. 황녀는 부채 장식에 달린 작은 거울로 입술의 상태를 재빨리 확인한 뒤 시녀의 부축을 받아 의자에서 몸을 일으켰다. 다른 귀족들 역시 몸가짐을 바로 한 채 머리를 숙여 예를 표했다.

은은하게 이어지던 궁정악단의 연주가 멈춘 가운데 활짝 열린 정문으로 황제가 모습을 드러내었다. 황제가 연회장을 가로질러 상석에 자리할 때까지 고개를 들 수 없는 귀족들은 발치라도 확인하고자 눈알을 굴려댔다. 하지만 그들이 찾고자 하는 화려한 드레스 자락에 감싸인 자그마한 구둣발은 어디에도 없었다. 금사가 수놓아진 붉은 카펫 위를 걸어가는 발의 주인은 황제와 그 뒤를 따르는 두 명의 시종장 뿐이었다.

그렇다면 내일 혼례를 치를 예비 후궁은 대체 어디 있단 말인가. 의아함 가득한 소리 없는 술렁임 속에 드디어 황제가 준비된 옥좌에 앉았다. 해방된 사람들이 일제히 고개를 들어 올렸고, 동시에 여기저기서 숨 막힌 감탄사가 터져 나왔다. 황제가 입장하기 직전까지 텅 비었던 자리에 조그마한 소녀가 앉아 있었다.

스커트 자락을 부풀리지도, 레이스며 리본 장식 따위를 주렁주렁 매단 것도 아닌 초라한 차림이었지만 베일을 쓴 것으로 보아 틀림없는 새로운 후궁이었다. 분명히 자리에 없었던 그녀가 어느새 나타난 것이었다.

대체 언제, 어디서.

다시 악사들의 연주가 시작되고 음악이 내리깔리는 가운데 여기저기서 조용한 속삭임이 이어졌다. 연회장 내의 사람들은 생쥐가 입장하는 모습을 보지 못했지만 연회장 밖에서 황제가 후궁을 품에 안아 들고 오는 것을 목격한 자들의 증언이 이내 속속 튀어나왔다. 그리고 그 말은 시녀의 입을 통해 로제시아 공주의 귀에까지 닿았다.

황제가 발이 아픈 후궁을 몸소 안아 들고 연회장까지 걸음하였다. 얼마나 총애가 깊었으면 체면이 꺾이는 일까지 마다치 않았을까.

그런 수군거림들에 부채를 쥔 황녀의 손에 힘이 들어갔다. 표정은 차분하였으나 그 속은 달군 돌덩이를 삼킨 양 활활 불타오르고 있었다. 당장에라도 저 천한 계집을 제게 어울리는 흙바닥으로 끌어내려 나뒹굴게끔 만들고 싶다. 그러나 꿈만 꿀 뿐, 황제의 눈이 닿는 이곳에서는 불가능한 일이었다.

그때 신전에서 나온 무녀가 사람들 앞으로 나섰다.

"신전의 점괘 공표가 있겠습니다."

점괘라는 말에 로제시아가 눈에 이채를 띠었다. 틀림없이 형편없는 내용이겠지. 불타는 속내를 조금이라도 식혀주는 점괘를 기대하였건만, 이어지는 말은 시원한 물이 아니라 끓어오르는 기름이었다.

"침잠하는 대양과 흐름의 여신 에브게네스의 신녀가 이르었습니다. 라린 살타토르는 황후의 운명을 타고 난 소녀입니다."

황후. 그 단어에 반응한 것은 황녀만이 아니었다. 친림연회임을 순간 망각하고 여기저기서 술렁이는 목소리가 커졌다. 주변인들의 놀람과 당황함 속에 황녀는 부채로 가리는 것조차 잊은 채 입술을 짓씹었다. 뜨거운 것이 울컥 목구멍을 치고 올라오는 듯하였다.

황후라니, 저런 것이 감히 황후라니!

그녀 또한 모친이나 노회한 귀족들처럼 점괘니 신탁이나 하는 것들 따위에 신뢰를 보내는 성격은 아니었다. 하지만 기분이 상하다 못해 나락으로 떨어지는 것만큼은 어쩔 수 없었다.

심지어 감정 문제 이전에, 저 천한 것을 제치고 자신이 황후가 된다 해도 여신이 정한 황후감은 따로 있다는 수군거림이 꼬리처럼 따라붙게 되고 만 것이다.

어수선한 분위기 속에서 무녀가 황제에게 허리를 굽힌 뒤 뒷걸음질 쳐 퇴장했다. 악사들조차 넋을 놓고 있다가 시종장의 재촉에 다시 연주를 시작했다. 흐르는 음악은 밝고 경쾌했으나 대다수의 사람들은 여전히 충격에서 벗어나지 못한 채 옥좌의 약간 아래쪽에 자리 잡은 조그만 소녀를 연신 힐끔거렸다.

"저 어린 후궁이 황후감이라니, 이게 말이 되는 소린가요?"

"하지만 신전의 점괘가 틀린 적은 긴긴 역사 속에서도 한 손에 꼽힐 정도라던데……."

"허면 공주마마는 어찌 되시는 걸까요."

"그렇잖아도 폐하께서 눈길 한 번 주질 않으시건만 점괘까지 이리 나오다니."

속삭임들은 주위로 흘러나가지 않을 만큼 작았다. 그러나 로제시아 공주는 그들이 속삭이는 내용을 어렵지 않게 짐작할 수 있었다. 어린 후궁 못지않게 이쪽으로도 시선이 슬금슬금 찔러 들어온다.

그녀는 모멸감을 느끼며 자리에서 일어섰다. 황제가 친히 마련한 연회에서 먼저 자리를 뜬다는 것은 무례한 짓이었지만 지금 상황에서 그녀를 탓할 자는 없을 것이었다.

시녀들에게 둘러싸인 채 연회장 입구를 향해 걸어가던 황녀가 문득 발을 멈추었다. 그녀는 불쾌한 낯빛 그대로 마주 서 있는 한 쌍의 남녀를 바라보았다. 수많은 귀족들의 얼굴과 이름을 하나하나 다 기억하고 있는 것은 아니었다. 하지만 저 둘은 이름도 얼굴도 분명 황녀의 머릿속에 자리 잡고 있었다. 정확히는 한 명은 직접 보진 못하고 인상착의만 들은 것뿐이었지만, 알아보기 어렵진 않았다.

황제의 호위기사인 이카르와 살타토르 백작의 딸, 아리에스. 전자도 별로 마음에 드는 상대는 아니었으나 후자는 심히 눈에 거슬렸다. 법정에서 저 계집이 쓸데없이 나서지만 않았더라도 이런 창피를 겪을 일은 없었을 것이다. 그랬다면 천것은 재판에서 패해 사형당하거나 최소한 쫓겨나기라도 했을 터이니. 그리 생각하자 눈에 거슬리는 정도를 넘어서 분노가 치솟았다.

황녀는 부채를 들어 깨문 흔적이 남은 입술을 가리고 우아한 걸음걸이로 두 남녀를 향해 다가갔다.

"어머나, 여기서 마주칠 줄은 몰랐네요."

독을 품은 과일처럼 겉으로만은 붙임성 있게 상냥한 목소리에 대화를 나누고 있던 두 사람이 돌아섰다. 황녀를 발견한 아리에스와 이카르가 동시에 머리를 숙였다.

"로제시아 공주마마를 뵙습니다."

황녀는 눈가를 가느스름하게 접으며 화사한 미소를 장식처럼 매달았다.

"이렇게 직접 대하는 것은 처음이군요, 살타토르 백작 영애. 법정에서의 소문은 익히 들었답니다. 자매의 우애가 몹시 깊은 모양이에요. 감탄했답니다."

"과찬이십니다."

"독녀의 몸이다 보니 부럽기도 하네요."

칼날 위에 바른 꿀과 같은 칭찬이 연신 흘러나왔다. 황녀는 입가를 가린 부채를 교태스럽게 살랑 흔들며 목소리를 낮추었다.

"그 귀애하는 동생이 황후의 운명을 타고났다 하니, 뛸 듯이 기쁘겠어요?"

사근사근한 어투와 달리 보라색 눈동자는 차갑게 얼어붙어 있었다. 날 선 물음에 아리에스가 나직이 대답했다.

"감당할 수 없는 무거운 짐에 걱정이 앞설 따름입니다."

"감당치 못할 리가요. 여신께서 그리 생각하신다는데. 아니면, 혹 백작 영애는 여신의 점괘를 의심하는 것입니까?"

의심한다 말한다면 여신께 무례가 되는 것이요, 믿는다 말한다면 공주의 노여움을 받게 될 것이었다.

어느 한쪽을 선택할 수 없는 질문에 아리에스가 그녀답지 않은 약한 모습으로 머뭇거렸다. 쉽게 입을 열지 못하는 아리에스를 서늘한 시선으로 바라보던 황녀가 부채 너머로 입술 끝을 비틀었다.

"대답이 늦군요. 본 공주와의 대화가 탐탁잖은 모양이에요?"

"아닙니다, 소녀는……."

"아니긴 뭐가 아니야."

짜악! 살과 살이 맞부딪치는 소리가 요란하게 울렸다. 아리에스는 순식간에 붉은 물이 드는 뺨을 두 손으로 감싸며 고개를 숙였다. 독살스런 눈빛이 그녀를 향해 내리꽂혔다.

"천것과 죽이 맞아 본 공주를 업신여기는 속내가 빤한데. 그러지 않고서야 대답을 머뭇거릴 리 있나."

이죽거리며 재차 손이 올라가는 것에 이카르가 그 앞을 가로막아 섰다.

"그만하십시오."

낮게 깔리는 목소리에 화가 난 기색이 엿보였다. 황녀는 자신의 앞을 막아선 남자를 못마땅하게 노려보았다. 분이 풀리기는커녕 여전히 심장이 화끈거렸으나 방해꾼이 끼어든 이상 연이은 손찌검은 과히 패악스럽게 비쳐질 것이었다.

들어 올렸던 손을 순순히 내린 그녀는 고개 숙인 소녀를 향해 차가운 시선을 던지고 말 한마디 없이 휙 돌아섰다.

"……괜찮으십니까?"

공주가 떠나가고 그 뒷모습을 바라보던 이카르가 아리에스를 향해 몸을 돌렸다. 아리에스는 여전히 고개를 숙인 채로 희미하게 끄덕였다. 하지만 전혀 괜찮아 보이는 모습이 아니었다. 구경꾼들의 시선 또한 가감 없이 쏟아지고 있어, 이카르는 곤란해하면서 작게 말했다.

"아무래도……. 자리를 잠시 피하는 편이 좋을 듯합니다."

"……네."

가느다란 목소리의 대답을 듣자마자 이카르는 그녀를 데리고 연회장을 빠져나갔다.

로제시아 공주의 손바닥이 아리에스의 뺨을 후려치는 그 순간, 황제는 재빠르게 팔을 뻗어 앞으로 튀어 나가려는 소녀의 허리를 잡아챘다. 그는 바동바동 발버둥질 치는 생쥐를 품에 억눌러 끌어안고서 나직하게 말했다.

　"얌전히 있어라."

　"하지만, 하지-."

　울음 섞인 목소리가 날카롭게 높아지려는 것에 황제는 다른 쪽 손으로 생쥐의 입까지 틀어막았다. 여기서 난동을 부려서야 곤란한 노릇이다. 다행히 공주와 아리에스의 일에 시선이 몰려 생쥐의 이상행동을 눈치챈 사람은 몇 없었다.

　"네가 나서봐야 상황만 악화될 뿐이다."

　말로 타일러 보았으나 그의 품에 갇힌 조그만 몸뚱이는 흥분을 가라앉히기는커녕 성난 짐승 같은 숨소리를 연신 흘려대고 있었다. 몸이 자유로웠다면 당장에 로제시아 공주에게 달려들어 물어뜯기라도 할 기세였다. 도저히 진정 될 기미가 보이지 않았기에 황제는 작게 한숨을 삼켰다.

　'맹목적인 것에도 정도가 있지…….'

아리에스에게 무조건적인 애정과 사랑을 쏟아 붇는 생쥐의 꼴이 그로서는 달갑게 보이지 않았다. 무엇보다 이렇게 번거로운 처지가 돼버리지 않는가.

황제는 생쥐를 가두다시피 품에 꽉 끌어안은 채 자리에서 일어났다. 아리에스가 이카르와 함께 나가버려 구경거리를 잃은 사람들의 시선이 이번에는 황제와 그 후궁을 향해 우르르 몰렸다. 황제는 호기심 어린 눈길들을 무심하게 흘려보내며 짧게 말했다.

"돌아가겠다."

한 마디 통보를 끝으로 돌아서는 그의 모습에 당황한 속삭임들이 빠르게 퍼져 나갔으나 그 누구도 반발이나 항의의 말을 꺼내지는 못했다. 그저 자기들끼리 수군거리며 시작된 지 얼마 지나지도 않은 연회장을 빠져나가는 황제의 뒷모습을 멍청하게 쳐다만 볼 뿐이었다.

커다란 분수대가 물보라를 뿜어 올리는 후원에는 젖어든 풀잎 특유의 내음이 어둠 사이로 떠다니고 있었다. 가만히 귀를 기울여 보면 물소리에 섞여 풀벌레 소리도 작게 들려왔다.

이카르는 그 인적 없는 후원 한쪽에 서서 어쩔 줄을 몰라 하고 있었다. 연회장 밖으로 나온 아리에스가 급기야 눈물을 뚝뚝 떨어뜨리기 시작한 것이었다. 소리 없이 우는 그녀의 모습에 심장이 덜컥 내려앉았다.

"저기, 살타토르 양……."

연애는 물론이요 젊은 여자와 사적으로 어울려 본 경험조차 거의 없는 그였다. 정확히는, 친하게 지내는 「인간」이라곤 남녀노소 모두 포함하여 한 손에 꼽을 정도였다. 당연하게도 지금과 같은 상황에 대응하는 것도 무척이나 서투를 수밖에 없었다. 그에 더해 심지어 죄책감까지 느껴지고 있었다. 자신이 에스코트 한 레이디니만큼 보호하지 못한 책임이 없지는 않았으니까.

하지만 솔직히, 어떻게 해야 할지를 모르겠다.

고개를 푹 숙이고 있는 아리에스를 앞에 놓고 죽어가는 붕어처럼 입만 뻐끔뻐끔 거리던 이카르가 크게 한숨을 토해놓았다.

"……제가 어떻게 하면 좋겠습니까……?"

모르니까 물어보자. 풀죽은 목소리에 아리에스가 고개를 살짝 들어올렸다. 어느새 눈물은 멎고 그 흔적만 기다란 속눈썹 아래 희미하게 남아 있었다.

"저는, 괜찮답니다……."

전혀 괜찮지 않은, 가느다랗게 떨리는 음성으로 그녀가 말했다. 외로 기울인 새하얀 목덜미가 금방이라도 부러질 듯 위태로워 보여 이카르의 가슴 안쪽 어딘가가 덜컥 쑤셔왔다.

"그, 저기, 이렇게 된 거, 침궁으로 돌아가시는 게……. 바람도 차고요."

"정말로 괜찮으니까, 먼저 돌아가세요."

"아리에스 양께선……."

"저는 잠시간 어둠의 자애로움에 의지하고 싶습니다. 이미 꼴사나운 모습을, 너무 많이 보여드렸어요."

이카르가 황급히 손사래를 쳤다.

"아니요! 전혀요. 어, 괜찮으시다면 곁에 있겠습니다. 황궁 안이라지만, 밤이기도 하고……."

"그럼……."

애달프게 여린 미소가 푸른 눈동자 위로 살며시 드리워졌다.

"조금 걸을까요?"

"저야 괜찮습니다만, 피곤하시지 않겠습니까?"

"걱정 마세요."

아리에스는 한쪽 손끝으로 드레스 자락을 붙잡고 사르르 몸을 돌렸다. 발걸음을 옮기는 그녀의 얼굴에서 조금 전까지의 처연함은 일말도 찾아볼 수 없었으나 어둠은 겹겹의 짙은 베일이 되어 그 변모를 가렸다. 이카르는 반 보정도 뒤처진 채 후원 샛길을 걸어가는 아리에스의 곁을 따랐다.

일부러 가로등을 피해 걸어가던 아리에스가 천천히 입을 열었다.

"이런 질문, 실례가 될 듯싶지만……."

"괜찮습니다. 뭐든 물어보세요."

"이카르 경께서는, 성이 없으시잖아요. 알려지기론 고아이신 탓이라 들었지만, 혹 다른 사연이 있으신 것은 아닌가요?"

평민인 가족이 있을 수도 있고 드문 일이지만 가문에서 절연 당해 성을 잃는 경우도 있었다. 어느 쪽이든 확실히 알아두지 않으면 안 된다. 아리에스의 물음에 이카르가 짧게 대답했다.

"없습니다."

"그럼 정말로 고아세요?"

"네. 너무 어릴 적 일이라 잘 기억나진 않지만 폐하께서 주워주셨죠."

그 말에 아리에스가 이카르를 힐끔 돌아보았다.

"보통 그런 경우에는 작위와 함께 성을 하사받곤 하던데요."

"폐하께서 시기상조라 하셨습니다. 아직 제가 너무 어리다고요. 사실 그렇기는 하지요."

가문의 후계자가 작위를 물려받는 경우가 아닌, 황제로부터 새로이 작위를 하사받는 것에는 기본적인 자격 조건이 필요했다.

서른 살을 넘긴 건실한 가정을 갖춘 평민 이상 신분의 남성. 물론 큰 공을 세웠다면 서른 이전의 젊은 나이에 미혼이라 해도 작위를 하사받을 수 있었지만 이카르에게는 해당되지 않는 사항이었다.

"하지만 기사잖아요? 기사직도 준작위인데."

　오등작에 속하지는 않지만 귀족 취급을 받을 수 있는 준작위였다. 이카르가 뺨을 긁적이며 대답했다.

"그래서 제 호칭에 문제가 좀 있긴 하죠. 보통 성으로 불리니까요. 하지만 폐하께서 안 내려주시는데 어쩌겠습니까. 직접 멋대로 지을 수도 없는 걸요."

"언젠가는 하사해주시겠지요. 아니면, 부인의 성을 따르는 것도 괜찮다고 생각해요."

　어둠 속에서 아리에스의 눈동자가 살짝 이채를 띠었다.

"새로운 가문을 건사하는 것은 어지간한 수완가가 아니고서야 힘겨운 일이니까요."

"그렇습니까?"

"보통은 그렇답니다. 늑대 소굴에 어린 양을 던져놓는 것과 다름이 없으니까요. 물론 이따금은 어린 양이 아닌 사자가 뛰어들거나, 혹은 사자를 등에 업은 양인 경우도 있긴 하지만요."

　아리에스의 목소리는 어느새 평소와 다름없이 밝아져 있었다. 그에 안도하면서 이카르가 고개를 끄덕였다.

"그렇군요. 하지만 저는, 솔직히 제대로 된 귀족가 영양을 아내로 맞이하기 힘든 형편입니다."

"어머, 어째서요?"

그 이유를 훤히 알고 있으면서도 아리에스는 영문을 모르겠다는 표정으로 눈을 동그랗게 떴다. 이카르가 멋쩍어하며 말했다.

"일단 출신부터가 문제니까요. 지방의 하급 귀족이라면 모를까, 수도의 중앙 귀족은 절 거들떠도 안 볼 겁니다."

"그래도 뒷배는 든든하잖아요?"

아리에스의 말에 이카르의 입가에 씁쓸한 것이 배어들었다.

"……폐하께서, 제 처가 일을 부러 돌봐주실 분이십니까?"

"하긴 그러네요."

"귀족들도 잘 압니다. 아니, 오히려 곁에 머무는 저보다 더 눈치가 빠르지요. 폐하께서 궁정 일에 관심 없으시고 귀족들 사이를 조율하며 나설 생각도 없으시다는 걸 다들 알고 있기에 제 가치는 낮습니다."

황제가 총애하는 호위기사. 듣기로는 그럴듯했다. 처음에야 훌륭한 연줄이라 생각하고 관심을 두는 사람도 더러 있었다.

하지만 현 궁정에서는 황제와 연을 둔다고 하여 해가 된다면 되었지 득이 될 일은 별로 없었다. 황제의 권위와 지배력은 강건하였으나 그 범위가 극히 좁았다. 황제에게는 자신의 세력이 없었으며 소수의 측근 또한 출신 불명의 평민일 뿐이었다. 황태후와 카얄룬 공작이라는 양대 세력에 비하자면 초라하다 못해 보잘것없었다.

그럼에도 황제는 황태후가 내민 손을 무시하고 그녀와 대립의 각을 세우고 있었다. 만약 황제에게 가 붙는다면 과연 황태후의 드넓은 치맛자락 아래서 무사할 수 있을 것인가. 장담할 수 없는 일이었다.

물기 섞인 시원한 바람 내음이 느껴질 듯한 푸르른 눈이 가느다랗게 미소를 머금었다. 아리에스가 꿈을 꾸는 천진한 소녀의 몸짓으로 입술을 열었다.

　"그래도 저는 이카르 경이 좋아요."

　"……예?"

　얼빠진 목소리가 돌아왔다. 아리에스는 당황하는 사내를 즐겁게 바라보며 소리 내어 웃었다.

　"친하게 지내고 싶다는 거랍니다."

　"아, 예, 저도……."

　이카르가 쑥스러워하며 고개를 끄덕였다.

　"저도 그렇습니다."

　"그 말을 들으니까 울적한 기분이 싹 날아가는 걸요?"

　애교스러운 미소가 보는 이의 눈을 홀렸다. 이카르도 덩달아 어색한 미소를 지었다. 그때 그 화기애애한 분위기에 불청객이 불쑥 끼어들었다.

　"살타토르 백작 영애, 오랜만에 뵙습니다."

　성큼성큼 다가오는 남자의 모습에 아리에스가 눈가를 살짝 휘었다. 그녀도 반기는 기색은 아니었지만 이카르의 안색은 아예 어두침침해졌다. 불청객이 절대 마주치고 싶지 않은 상대였기 때문이었다.

　"죄송하지만 기억 속에서 찾을 수 없는 분이시네요."

　남자가 옆에 선 이카르는 안중에도 없는 태도로 아리에스를 향해 하하 웃었다.

"꽤 오래전의 만남이기는 하였지요. 헤세시 후작의 3남, 드보시오 헤세시입니다."

"아……. 3년 전쯤에 혼담이 있었지요."

아리에스가 기억을 더듬으며 말했다. 살타토르 백작가의 유일한 적녀인 아리에스에게 들어오는 혼담은 많았다. 그 대부분이 혼인으로 백작가를 집어삼킬 속내를 품은 것이라 받아들이지는 않았지만, 눈앞의 남자 또한 그런 청혼자들 중 한 사람이었을 터였다. 여전히 얼굴은 기억나지 않는 것이 좋은 인상은 아니었던 모양이었다. 그리고 지금도. 태도도 그렇고 낯짝도 그렇고 아리에스의 눈에는 차지 않았다. 하지만 드보시오에게는 정 반대로 느껴진 모양이었다.

"저도 백작 영애를 쉽게 알아볼 수 없었습니다. 정말 아름다운 숙녀로 성장하셨군요."

"감사해요."

아리에스는 새침하게 대답했다. 갑자기 꼬여 든 벌레도 달갑지 않고 그 벌레를 퇴치해줘야 할 이카르가 조용한 것도 마음에 들지 않았다. 레이디를 에스코트하는 남자라면 보통 이쯤에서 커트가 들어가야 하는데. 이카르가 이런 상황에 익숙지 않다는 것을 알면서도 기분이 살짝 상했다.

"그런데 왜 영애께서 이런 놈과 함께 계시는 겁니까?"

"……이런 놈이라니요?"

드보시오가 묵묵히 입을 다물고 있는 이카르를 힐끔 쳐다보았다.

"소문도 좋지 못한 평민과 어울려서야 레이디의 명예에 누가 되지 않겠습니까. 괜찮으시다면 이제부터라도 제가 모시지요."

드보시오는 그렇게 말하면서 아리에스가 당연히 자신에게 올 것이라는 태도로 팔을 내밀었다. 그 자만심 넘치는 태도를 쳐다보는 아리에스의 미간에 골이 살짝 패였다. 이 모양인데도 망부석이라도 된 것처럼 여전히 나서지 않는 이카르의 모습에 스멀스멀 짜증이 치솟아 올랐다.

"저는 헤세시 경처럼 헛소문에 휘둘리는 성격이 못 된답니다. 또한 기사직은 준작위에 속하니 평민이라 할 수도 없죠. 그러니 경께서는 다른 레이디를 찾아보시는 편이 좋겠네요."

줄여 말하자면 너 맘에 안 드니까 꺼지라는 소리였다. 아리에스의 거절에 드보시오가 엄한 이카르를 노려보았다.

"주제를 안다면 알아서 몸을 사려라."

협박 어린 어조에 이카르가 시무룩하게 아리에스를 바라보았다.

"원하신다면 물러가겠습니다."

"……네?"

생각지 못한 대응에 아리에스의 눈이 동그랗게 커졌다. 에스코트하는 레이디 앞에서 이런 무례를 당하면 보통은 맞서 열을 내다 못해 결투도 종종 벌이질 않던가. 평범한 귀족도 아닌 기사라면 더더욱.

그런데 이카르의 태도는 무기력하기 그지없었다. 원래 이렇게 소심한 건지, 내가 마음에 들지 않는 건지. 하지만 전자라기에는 후작 자제보다 신분 높은 황녀 앞에서는 잘만 막아서 주었다. 설마 후자인가. 아리에스는 불쾌해진 시선을 두 남자에게 던졌다.

"이카르 경. 대답이 뻔한 질문을 하시는 저의가 궁금하군요. 그리고 헤세시 경. 이 이상 이카르 경을 깎아내리는 언행은 이카르 경에게

에스코트를 요청한 저의 명예 또한 깎아내리는 것으로 느껴집니다."

"……백작 영애께서 요청하신 겁니까?"

"네."

단호한 대답에 드보시오의 입가가 실룩거렸다.

"왜 이런 자식을……."

"헤세시 경."

"……실례했습니다."

드보시오는 이카르를 사납게 노려보고 발걸음을 돌렸다. 그의 뒷모습이 멀어지자 아리에스가 크게 한숨을 토해냈다. 그녀의 기분은 엉망진창으로 망가져 있었다.

"이카르 경."

"……예."

"솔직히 말씀드려 실망입니다."

실망했다. 정말로. 쉽게 다룰 수 있는 남자를 원하기는 했지만 이렇게까지 맥없어서야 곤란했다. 아무리 데릴사위라 해도 남편은 남편이다. 어느 정도는 의지가 되어주어야지. 아리에스는 눈꼬리를 날카롭게 치켜올리며 이카르를 책망했다.

"원하면 물러나겠다니요? 그렇게 쉽게 포기할 정도로 제가 마음에 안 드시는 건가요, 아니면 자신감이 없으신 건가요?"

전자면 뺨 한 대 올려치고 깔끔하게 떠나주겠다. 그렇게 다짐하는 아리에스에게 이카르가 덤덤히 대답했다.

"후자입니다."

"······후자라고요?"

그나마 전자보다는 나았지만 이것 또한 탐탁지는 않았다.

"어째서죠? 공주 앞에서는 당당했잖아요."

"그야······. 황녀의 행동은 잘못되었으니까요."

"예? 그럼 헤세시 경의 행동은 올바른 거예요?"

이카르가 약간 부루퉁하게 대답했다.

"틀린 소린 아니지 않습니까. 저는 평민 출신이고 아직 제대로 된 작위도 받지 못했습니다. 거기에 소문까지 나쁘니 백작 영애께서 가까이하기 좋은 상대는 못됩니다. 저보단 헤세시 경 쪽이 더 어울리는 게 사실이긴 하지요."

말은 그렇게 하였지만 자기도 기분 좋다는 투는 아니었다. 아리에스는 어머나, 하고 입술을 동그랗게 오므렸다.

"이미 말씀드렸지만 저는 그런 소문 신경 쓰지 않아요."

"헤세시 경의 말대로 레이디의 명예에 누가 됩니다."

"저는 괜찮대도요."

"제가 안 괜찮습니다."

그 골이 난 표정이 귀엽게 느껴져 아리에스가 고개를 갸우뚱 기울였다. 어린 소년도 아닌 다 큰 남자도 귀엽게 느껴질 수가 있구나 싶었다.

"하지만 이카르 경. 아까 그 무례한 남자보다야 이카르 경이 훨씬 나은걸요. 심지어 그자는 제게 속셈이 따로 있어서 접근한 거라고요. 그런데 무책임하게 손 놓으려 드시다니, 너무했어요."

"속셈이요?"

이카르가 당황하며 물었다.

"네에. 살타토르 백작가를 꿀꺽 삼킬 욕심 만만인 사람이니까요. 저 자신에게는 관심도 없을 걸요."

"……그건 아니었던 것 같습니다만."

아리에스는 따라오는 콩고물이 없더라도 남자의 관심을 충분히 끌 만큼 예쁘고 매력적인 소녀였다. 이카르의 말에 아리에스가 손사래를 살짝 쳤다.

"어쨌거나 저는 이카르 경이 훨씬 낫다고 생각하니까 자신감을 가지셔도 되어요. 적어도 제 앞에서만큼은 말이죠."

"하지만……."

"아니, 도대체 왜 그렇게 자신 없어 하세요? 솔직히 얼굴만 가지고도 아가씨 여럿 홀리고 다닐 수 있을 거 같은데."

윽, 하고 이카르가 혀를 깨문 듯한 표정을 지었다.

"……폐하께서 툭하면 하시는 말이 그겁니다."

"예?"

"얼굴 말고는 쓸모가 없다고요."

주인으로부터 허구한 날 한심하다는 눈총만 받다 보니 위축되지 않을 수가 없었다.

그래도 황궁에 들어오기 전에는 이 정도는 아니었다. 인간의 기준을 벗어 난 황제의 눈이 과히 높기 때문이라는 걸 알고 있었으니까. 하지만 입궁한 뒤에는 주위 사람들까지 그에 대해 이러쿵저러쿵 떠들어 대었다. 마구잡이로 헐뜯는 소리에 처음에는 반발도 했었으나 그것도 하루 이틀이지, 애꾸 나라에는 두 눈 멀쩡한 사람이 병신이라고 하지 않던가. 들려오는 말이 험담뿐이니 결국엔 스스로도 정말 그런가, 하는 마음이 들지 않을 수가 없었다.

그런 속내를 중얼중얼 털어놓은 이카르가 땅이 꺼지라 한숨을 내쉬었다.

"폐하만 아니었으면 일찌감치 궁정에서 뛰쳐나갔을 겁니다. 귀족들 사이가 아니면 잘난 놈 취급받을 수 있으니까요."

뛰어난 미남에 검 실력도 수준급이다. 출신 문제에 황제가 아끼는 측근이라는 것만 아니었으면 충분히 좋은 대접받고 살 수 있었다. 그런데 그놈의 혈통만 빼면 꿀릴 거 없는 상대들에게 한없이 얕보이고 있는 것이다.

"저런. 마음고생이 많으셨군요."

아리에스가 혀를 쯧쯧 차며 말했다. 문득 자신보다 훨씬 연상의 남자 상대인데도 눈앞의 청년을 끌어안고 머리를 쓰다듬어 주고 싶다는 생각이 들었다. 다른 사람이었다면 사내놈 주제에 징징대는 소리가 한도 끝도 없다 하고 한심하게 쳐다보고 말았을 것인데 이카르의 약한 모습은 싫지가 않았다. 온갖 미사여구가 일상이며 말 한 마디 한 마디에 쓸데없는 의미를 붙이는 귀족들과 달리 솔직담백하기 때문일까.

"궁정인들의 험담 따위 시기 질투라 생각하고 무시하세요. 사실 태반이 질투 맞을 걸요? 이카르 경은 잘생겼고 실력도 좋고 황제 폐하의 총애도 받고 있고. 또 이렇게나 예쁘고 사랑스러운 여자의 에스코트

요청까지 받았으니까요. 질시할 만한걸요?"

너무 잘난 남자네, 하고 너스레를 떠는 아리에스의 태도에 이카르가 살짝 웃었다.

"살타토르 양의 말을 들으니 그런 것도 같습니다."

"그럼 두 번 다시는 아까처럼 행동하지 마세요? 저 꽤 화났었답니다."

"죄송합니다."

이카르는 진심을 담아 사과하며 손을 내밀었다. 아리에스는 마주 생긋 웃으며 그 손을 잡고 몸을 기대었다.

황제의 손에서 풀려 난 생쥐는 한동안 말이 없었다. 그녀는 넋이 나간 듯 멍한 얼굴로 바닥에 주저앉아 있다가 한참만에야 황제를 올려다보았다. 소파에 앉아 있는 그에게로 슬금슬금 다가가 딱딱하게 굳은 연녹색 두 눈을 크게 치떴다.

"공주가 미워요."

한 자 한 자 새기듯 또박또박 말했다.

"하지만 제가 할 수 있는 일은 없습니다. 저는 힘이 없어요."

활화산처럼 왈칵 솟구치던 분노가 어느 정도 가라앉고 이성을 되찾은 생쥐는 열심히 고민했다. 생각하고 또 생각했지만 자신이 아리에스를 위해 할 수 있는 일은 없었다. 감정대로 무작정 달려드는 것에 따른 결과는 익히 보아 잘 알고 있었다.

죽는다. 그것뿐이다. 옷자락 한 번 움켜쥐지 못한 채 우스울 정도로 쉽게, 쓰레기처럼 처리될 것이다.

그것을 잘 알고 있기에, 두 눈으로 직접, 여러 차례 보아왔기에 만약 공주의 손이 내리친 뺨이 자신의 것이었다면 생쥐는 조용히 입을 다물고 고개를 숙였을 터였다. 억울함도 분노도 나타내지 않고 어떤 불합리한 처사라도 순종적으로 받아들였을 것이었다.

하지만 아리에스는 안 된다.

왜 자신은 괜찮고 그녀는 안되는지, 복잡한 감정의 이유까지는 생각지 않았다. 그냥 안 된다. 무조건 안 돼. 그래서 화가 났다. 화가 났지만 할 수 있는 건 없었다. 아무것도 할 수 없는 거 아는데도, 그런데도 평소와 달리 포기가 되질 않았다.

생쥐는 어찌할 바를 모른 채 전신을 바르르 떨었다.

"어떻게든 하고 싶은데, 할 수 있는 게 없어요. 못하면 가만히 있어야 하는데, 그럴 수가 없습니다."

목 안쪽이 까맣게 타들어 가는 기분이었다. 이전에도 지금과 다름없이 무력했지만 이런 감정은 느껴본 적 없었다. 아무것도 못 한다는 건 항상 있는, 당연한 일이었고 당연한 일에 화를 내거나 슬퍼할 필요는 없었으니까. 하지만 지금은 달랐다. 무력한 스스로가 숨이 막힐 정도로 가슴 아프게 다가왔다.

그렁그렁 젖어 들어가던 생쥐의 눈에서 기어이 물방울이 뚝 떨어졌다.

"……전 정말로 아무것도 못 해요? 할 수 있는 일, 없어요?"

혹시 황제라면 알고 있지 않을까. 자신보다 더 오래 살았고 아는 것도 훨씬 더 많으니까. 울음 섞인 물음에 묵묵히 그녀를 바라보고 있던 남자가 입을 열었다.

"없다."

"……없어요?"

"그래."

제국 내에서 가장 고귀한 핏줄의 여인과 부모도 모르는 뒷골목 고아 소녀. 복수 따위 언감생심 꿈도 꿀 수 없으리만큼 신분의 차이는 명확했다.

할 수 있는 일은 아무것도 없었다. 사과를 받아내기는커녕 허락 없이는 눈조차 마주치지 못하는 상대였다.

생쥐는 고개를 숙였다. 눈앞이 뿌옇다.

"……저는 왜 아무것도 못 해요?"

이제까지 가지지 못했던, 혹은 일부러 모른 척했던 의문을 입에 담았다. 좀 더 나은 삶을 바란 적은 있다. 욕심낸 적도 있다.

하지만 의문을 가진 적은 없었다. 왜 자신은 남은 음식을 주워 먹고 떨어진 옷을 얻어 입어야 하는지, 불만을 표한 적도 억울하다 화를 낸 적도 없었다.

하지만 지금은 억울했다. 로제시아 공주보다 못해서, 한참 낮은 신분으로 태어나서 아무것도 할 수 없다는 현실에 화가 났다.

"저는 왜, 아무리 발버둥 쳐도, 안 돼요?"

새처럼 날개가 있다면 좋겠다고 바랐다. 아무리 바라도 그건 절대 불가능한 일이었다. 그처럼 무슨 수를 쓴다 해도 안 되는 일이 존재한다는 건 알고 있었다. 하지만 이건 다르다. 새가 아니라, 같은 사람인데. 그런데도 혼자 힘으로는 같은 자리는 물론이요 그 발치조차 따라갈 수가 없다.

수많은 감정과 생각이 색색으로 뒤섞였지만 떨어지는 눈물은 투명했다. 멈출 줄을 모른 채 발치를 적시고 또 적셨다.

"……."

황제는 소리 없이 울고 있는 소녀를 묵묵히 바라보았다. 울어대는 계집애는 좋아하지 않는다. 사내놈도 마찬가지다. 대부분은 손 내밀어 위로하는 일 없이 시끄럽다 투덜거리며 무시했다.

하지만 눈앞의 조그만 것은 그냥 내버려두기가 힘들었다. 생살이 찢어져도 묵묵히 입 다물 뿐인 독한 어린애의 눈물. 그 억센 성질을 알고 있기에 눈물의 무게 또한 다르게 느껴졌다.

그리고…… 어쨌거나 협조가 필요한, 적당히 달래어 둘 가치가 있는 상대이기도 했으니.

결국 황제는 소파에서 몸을 일으켰다.

"이리 와라."

생쥐는 흠뻑 젖어든 눈을 깜박이며 황제의 앞으로 바짝 다가갔다. 커다란 손이 조그만 몸뚱이를 익숙하게 안아 들었다. 생쥐는 황제의 옷깃을 붙잡고 코끝을 살짝 찡그리며 작게 물었다.

"어디 가요?"

"아리에스에게."

"언니에게요? 어째서입니까?"

황제는 발코니 쪽으로 걸음을 옮겨가며 대답했다.

"황녀 상대로는 아무것도 못 하겠지만 그 여자상대로는 위로라도 해 줄 수 있겠지."

생쥐는 멍하게 입을 벌렸다가 얼른 고개를 끄덕였다.

"맞아요. 언니가 많이 아파 보였습니다."

"별로."

"······네?"

생쥐는 갸웃거렸고 황제는 혀를 쯧 찼다. 고작 뺨 좀 맞았다고 끙 끙거릴 계집이 아니건만. 하지만 네 그 죽고 못 사는 언니는 아무렇 지도 않을 거라 말해봐야 믿을 꼬마가 아니다. 황제는 한숨을 삼키며 발코니 난간을 뛰어넘었다.

툭툭.

발코니로 통하는 유리문을 두드리는 소리에 욕실에서 막 씻고 나오던 아리에스는 소스라치게 놀라고 말았다. 그녀가 유달리 겁이 많은 것은 아니었다. 밤중에 발코니를 통해 들이닥치는 불청객의 목적이 달가운 것이긴 힘든 탓이었다. 특히나 황태후와 공주에게 밉보인 지금의 처지로서야 더더욱 경계심이 들 수밖에 없었다.

"……누구세요?"

하지만 불순한 목적의 침입자라면 일부러 노크를 하여 기척을 내진 않을 것이다. 그렇게 생각한 아리에스는 어깨 위로 얇은 숄을 걸치며 발코니 쪽으로 다가갔다.

"어머나, 폐하. 생쥐야."

늘어진 커튼 너머로 나타난 인영은 안면 있는 자들의 것이었다. 이 시간에 갑자기 무슨 일일까, 하고 눈을 동그랗게 뜨는 아리에스의 품으로 생쥐가 와다다 달려들었다.

"언니!"

"그래, 일단 목소리는 좀 낮추렴. 바깥에 듣는 귀가 있을지도 모르니까."

시집도 안 간 처녀 침실에서 대화 소리가 새어나가서야 곤란했다. 아리에스의 말에 생쥐가 얼른 입을 꾹 다물었다가 소곤소곤 다시 말했다.

"언니, 괜찮으세요……?"

"응? 나야 괜찮지."

아리에스는 품에 안긴 생쥐를 두 팔로 감싸면서 황제를 힐끔 올려다보았다. 무슨 일이냐는 눈짓이었다. 황제가 못마땅한 표정으로 입을 열었다.

"누군가가 쓸데없이 실감 나게 연기 한 덕분이지."

목소리에 빈정거림이 담겨 있었다. 밤중에 질질 짜는 어린애 데리고 돌아다니는 것은 그리 기분 좋은 일이 아니었으니까. 황제의 말에 아리에스가 두 눈썹 사이를 살짝 좁혔다.

"앞으로는 조심해야겠군요."

안 하겠다 하지는 않는다. 아리에스는 품 안의 소녀를 다독이며 숄의 끝자락으로 젖은 뺨을 닦아주었다.

"그냥 조금 놀랐을 뿐이란다. 아무렇지도 않은걸."

"하지만, 하지만……."

말이 다 되지 못한 채 울먹임이 커졌다. 참으려고 노력했지만 생쥐의 눈가는 이내 다시 젖어들었다. 억울하고 분하고 화가 났다. 이렇게나 상냥하고 착한 언니인데 아무것도 해주지 못하는 스스로의 신세가 서러웠다.

"흐윽……."

손등으로 눈두덩을 꾹 눌리고 비볐지만 눈앞은 연신 흐려지고 또 흐려졌다. 죽기 직전까지 매를 맞아도 이렇게 눈물이 나오진 않았는데. 온갖 욕설을 들어도 묵묵히 흘려 넘길 수 있었는데. 그런데 왜 지금은 울음이 멈추지 않는 것인지. 생쥐는 이상하다고 생각하며 히끅거렸다.

그리고 다른 것은, 한 가지 더 있었다. 이렇게 울고 있는데도 싫은 소리 하나 들려오지 않았다. 오히려 울어도 괜찮다는 듯 머리를 쓰다듬는 다정한 손길이 느껴졌다. 그 손길에 더더욱 눈물을 쉽게 멈출 수가 없었다. 화를 내거나 때리면, 금방 멎어질 텐데. 하지만 시끄럽다는 욕설도, 꼴 보기 싫다는 짜증도 들려오지 않았다. 두 개의 시선은 묵묵하게 그녀를 지켜봐 줄 뿐이었다.

생쥐의 소리 죽인 울음은 아무런 방해 없이 제법 긴 시간 동안 이어졌다. 아리에스는 눈물범벅으로 엉망이 된 얼굴의 소녀를 자신의 품에서 살짝 떼어놓으며 황제를 올려다보았다.

"시간이 많이 늦었네요. 내일 일이 있으니 이만 돌아가시는 편이 좋으실 듯합니다."

종일 혼례식 행사가 이어질 예정이었으니 황제야 그렇다 쳐도 생쥐는 일찍 재워야 할 것이었다. 황제는 고개를 끄덕이고 손을 뻗어 생쥐를 안아 들었다. 조그만 소녀는 아리에스를 만나 한참을 운 덕에 울분이 풀렸는지 별 투정 없이 그의 품에 안겼다. 황제에게 안긴 생쥐를 올려다보던 아리에스가 문득 입을 열었다.

"실례지만 혹 생쥐의 후궁명을 들을 수 있을까요?"

"······뭐?"

그녀의 물음에 황제의 얼굴 위로 짙은 당혹감이 짧게 스치고 지나갔다. 일순간이었지만 그것을 놓치지 않고 본 아리에스가 역시나 당황스럽다는 표정으로 말했다.

"설마, 폐하. 아직 후궁명을 정하지 않으신 것입니까?"

"······."

황제는 침묵을 지켰고 아리에스는 한숨을 흘렸으며 생쥐는 고개를 갸웃 기울였다.

"세상에. 내일이 혼례식이라고요?"

혼례식은 바로 내일이고 후궁명은 그 혼례식 중에 내려지는 것이었다. 그런데도 정하기는커녕 아예 까맣게 잊고 있었다는 반응이라니. 아리에스는 재차 한숨이 푹푹 새어나오려는 것을 눌러 참으며 말을 이었다.

"지금이라도 알게 되어 천만다행입니다. 어차피 깊게 고민하시지도 않을 터, 적당히 지어주세요."

황제의 시선이 자신의 품에 안겨있는 조그만 소녀를 향하였다. 물기 젖은 연녹색 눈동자가 그의 금안을 빤하게 마주 올려다보았다. 후궁명을 지으라고 해도 생쥐라는 두 글자 외에는 딱히 떠오르는 것이 없다.

고민하던 황제의 눈에 한시도 떼놓지 않고 달고 다니는 나비 머리핀이 문득 들어왔다.

"······나비."

"네? 나비요?"

"그래."

황제는 짧게 대답한 뒤 몸을 돌렸다. 테라스 너머로 비치는 하늘의 달이 이미 높다랬다. 아리에스는 소리 없이 조용히 사라지는 그의 뒷모습을 지켜보다 테라스로 통하는 문을 닫았다.

엉망이 된 얼굴을 깨끗이 씻고 침실로 돌아온 생쥐는 너른 침대 위를 엉금엉금 기어 가운데, 황제의 옆자리로 향했다. 아직 두 뺨과 코끝이 발갰지만 눈물의 흔적은 말끔히 사라졌다.

생쥐는 늘 그래 왔듯이 부푼 베개를 가볍게 두드려 머리를 받치기 좋게 만든 뒤 익숙하게 이불 속으로 꼼질꼼질 몸을 밀어 넣었다. 그녀는 머리만 밖으로 내민 채 자리에 누워 눈을 깜박, 옆자리에 기대 앉아있는 황제를 올려다보았다.

그가 잠이 든 모습은 본 적이 없었다. 황제는 언제나 생쥐보다 늦게 잠들고 일찍 일어났다. 침대에 자리하였어도 눕는 일은 거의 없이 불도 없는 어둠 속에서 업무를 보는 것이 보통이었다.

혼례식 전날인 오늘 밤도 마찬가지였다. 후궁을 들이느라 빼앗긴 시간을 보충하기 위해 평소보다 일감이 더 늘어났다. 일 년 중 가장 바쁜 시기인 추수기가 다가온 탓도 있었다.

생쥐가 자리를 잡고 나자 황제는 쓰고 있던 안경을 벗은 뒤 침실을 밝히는 십 수 개의 촛불을 힐끗 쳐다보았다. 발갛게 타오르던 불꽃들이 일시에 혹, 숨을 멎고 어둠이 빈 공간을 대신 차지해온다.

한 치 앞도 분간할 수 없는 시꺼먼 밤의 장막 속에서 생쥐는 천천히 눈을 감았다 뜨기를 반복했다. 얼마쯤 시간이 흐르자 눈이 어둠에 익어가기 시작했다. 흐릿하게나마 사물이 분간되고 옆에 비스듬히 앉은 남자의 실루엣 또한 제법 뚜렷이 알아볼 수 있었다. 그리고 황금색 눈동자.

낮과는 달리 동그랗게 펼쳐진 동공이 은은한 빛무리를 흘리고 있다. 생쥐는 홀린 듯이 그 광경을 바라보았다. 예쁘다고 생각했다. 매일 밤마다 봐왔지만 조금도 질리지 않았다. 고요한 밤에, 침묵이 내려앉은 어둠 속에서, 두 개의 작은 금빛 달과 같은 눈동자. 진짜 달이나 별과는 달리 손에 잡힐 듯이 가까운 그 빛이 좋았다.

그렇게 코앞의 금빛 달을 바라보다가, 희미한 커피 향에 감싸여 빠져드는 잠은, 이전의 것과는 전혀 달랐다. 지쳐 기절하듯 의식을 잃던 때와는 정말로 다르다. 물론 아리에스의 곁이 조금 더 좋았지만 황제의 곁에서 잠드는 것 또한 녹아내리는 초콜릿처럼 달콤한 것이었다.

새털처럼 부드럽게 졸음이 밀려든다. 생쥐는 소리 없이 입만 살짝 벌려 하품을 했다. 마지막으로 금빛을 바라보기 위해 무거운 눈꺼풀을 들어 올렸을 때였다. 그녀의 시선이 황제의 것과 딱 마주쳤다. 어느샌가 황제가 그녀를 내려다보고 있었다.

"폐하."

생쥐는 작게 그를 불렀다. 무슨 일이냐는 물음이었다. 황제는 잠시 간 뜸을 들인 후 나직이 입을 열었다.

"내일이 혼례식이다."

"네. 알고 있습니다."

"따로 목적이 있는 정략결혼이라 해도 결혼은 결혼이다. 한 번 후 궁으로 들어온 이상 재가는 불가능하다."

황후는 물론이요 후궁 또한 황제가 사망하거나 버림받아 궁에서 쫓 겨난다 해도 재혼은 법적으로 금지되어 있었다. 다시 말해 이 조그만 소녀는 내일 이후로 여자로서의 행복을 손에 쥘 수 없게 된다는 뜻이 었다. 사랑하는 남자를 만나고 아이를 가져 가정을 꾸리는 일상적인 행복은 영영 멀어지고 마는 것이다.

물론 그 전에, 목숨을 부지한 채 황궁을 벗어날 가능성부터가 희박 하였지만.

황제의 말에 생쥐는 이불 아래의 손을 꺼내어 무거운 눈두덩을 눌 러 비볐다.

"그러고 보면, 결혼은 영영 못할 줄 알았어요."

"……영영?"

"네."

얇은 네글리제에 감싸인 작은 몸이 부스럭부스럭 이불 속을 벗어났 다. 생쥐는 베개를 세워 황제와 비슷한 자세로 기대앉은 채 말을 이 었다.

"운이 좋으면 남자에게 팔려 갈 거라고 생각했습니다. 정부인은 아 니고 그냥 첩이요. 볼품없는 식당 하녀를 아내로 맞이할 만한 사람은, 제 몸값을 지불할 수 없을 정도로 가난할 테니까요."

뒷골목에서 생쥐가 떠올릴 수 있었던 가장 좋은 미래가 바로 그것 이었다.

어느 돈 많은 남자가 자신을 맘에 들어 해 식당 주인에게 몸값을 지불하고 사가는 것. 그것은 대부분의 빈민가 여자들의 바람이기도 하였다.

"……따지고 보면 지금도 첩으로 팔려온 것이기는 하다만."

"아, 그렇습니까?"

몰랐어요, 하고 생쥐가 배시시 웃었다.

"제가 아는 것과는 너무 많아 달라서요. 뒷골목 제일 부자가 정실 맞이하는 것보다 훨씬 더 화려하게 혼례식을 하는 걸요. 드레스를 열 벌 넘게 새로 맞췄습니다."

처음에는 몸에 걸치는 것이 두려울 정도로 부담되던 화려한 드레스가 이제는 지겹고도 거추장스럽게 느껴졌다. 현실이라 믿기 힘들 정도의 변화였다.

"그리고요, 무엇보다도 저는 폐하가 좋습니다."

과장도 축소도 없는 사실 그대로만을 말하는 담담한 목소리였다.

"좋아하니까 결혼하는 것도 좋아요."

그녀는 목을 약간 기울이며 어둠에 짙어진 녹안이 곁의 남자를 올려다보았다.

"하나 여쭈어도 될까요?"

"말해."

"내일 폐하와 결혼하게 되면, 제가 죽을 때까지 곁에 있어 주시나요?"

평생 함께 해달라는 뜻이 아니었다.

그리 오래 살지 못할 거라는 스스로의 운명을 받아들이고, 죽어 쓸모가 없어질 때까지 곁에 두어달라는 물음이었다.

그 속내를 짐작한 황제가 낮게 울리는 목소리로 대답했다.

"그래."

"황후나 다른 후궁이 생기더라도요?"

"아니."

생쥐는 자신의 머리를 부드럽게 쓸어내리는 손길에 어깨를 살짝 움츠렸다.

"내 후궁은 너 하나뿐이다."

"더 결혼 안 하세요?"

"안 해."

"황후는 꼭 있어야 한다고 했어요?"

"필요 없다."

회색 머리칼 사이의 동그란 귓가를 매만지며 황제가 말을 이었다.

"꼬마 너만 있으면 된다."

"그럼 저도 폐하만 있으면 됩니다. 아리에스 언니가 많이 좋지만, 괜찮아요. 참을 수 있습니다."

"……그래."

그래. 재차 중얼거리듯 말하고 황제는 매끄럽게 감겨오는 머리카락으로부터 손을 떼었다.

"이제 그만 자라. 내일은 오늘보다 더 피곤한 하루가 될 터이니."

"네."

얌전히 대답하고 생쥐는 다시 꾸무적꾸무적 이불 속으로 기어들어
갔다. 눈을 감기 직전 그녀가 작게 속삭였다.

"안녕히 주무세요."

"……잘 자라."

잠은 이내 그녀의 전신으로 상냥하게 스며들었다.

야생의 들판 한 자락을 뚝 떼어 옮겨다 놓은 듯한 정원이었다. 사람의 손길이 전혀 닿지 않은, 멋대로 얽혀 자라난 풀들과 자유롭게 가지를 펼친 나무들. 제국의 실세 중 하나이자 중앙귀족의 거두인 카얄룬 공작저의 정원이라기에는 심히 어울리지 않는 모습이었다.

노인은 풀벌레 소리 높게 울리는 담 안의 가을 들판을 내려다보았다. 완연한 추기라기엔 아직 이른 감이 있었으나 달이 떠오르자 제법 풍취가 흐른다. 그는 정원에서 눈을 돌리지 않은 채 근처에 서 있는 자신의 장남, 마노로스 카얄룬에게 말했다.

"점괘가 그리 나왔다고."

"예."

노인, 카얄룬 공작의 주름진 입가에 옅은 미소가 맺혔다.

"황태후가 더더욱 독을 품겠구나."

"슬슬 움직여야 하지 않겠습니까?"

"아직이다."

카얄룬 공작이 단호히 말했다.

"족쇄를 더욱 튼튼히 하지는 못할지언정 끊어버려서야 되겠느냐."

"……누구의 족쇄입니까?"

마노로스가 이해하지 못하겠다는 표정으로 부친을 바라보았다. 노쇠하였지만 빛을 잃진 않은 눈이 정원을 떠나 그에게로 향하였다.

"거슬리는 것을 없애지도 못하고 바라지 않는 자리를 떠나지도 못한다. 안 하는 것은 아니야. 그럴 능력은 충분히 있으나 못하는 것이지."

"예……?"

"모르겠다면 아직은 알 것 없다. 그 아이는 잘하고 있느냐."

마노로스가 짧게 고개를 끄덕였다.

"가능한 한 지켜보라 말해두었습니다만, 역시 평범한 인간으로 보인다 하였습니다."

"예상은 했다만 아쉬운 일이로군."

혀를 짧게 차고 카얄룬 공작이 말을 이었다.

"폐하께서 원하시는 바대로 따르되, 황태후 또한 활개치도록 내버려두거라. 이제까지 해왔던 그대로."

8 결혼식

　내내 표정이 좋지 않았던 아리에스는 대기하고 있던 마차에 올라타는 것과 동시에 커다란 한숨을 내쉬며 투덜대기 시작했다.

　"역시 마음에 안 들어! 왜 하필 저런 남자야! 생쥐 넌 아직 어리고, 작고, 아무튼 어리고! 저런 아저씨보다는 훨씬 더 착하고 상냥하고 쓸데없이 얽매이는 거 없는 지위의 남자가 어울리는데! 일부다처가 합법인 황제 따위가 웬 말이니! 황제 따윈 줘도 안 가질 남편감이란 말이야! 심지어 황후도 아닌 후궁이야! 속상해, 짜증 나! 황후도 절대 편한 자리는 아니지만, 차라리 후궁이 속 편할지도 모르겠지만, 그래도 이게 뭐니! 열여섯 살짜리 어린애가 몇 살인지도 모를 늙고 무뚝뚝한 아저씨한테!"

　신랄하다 못해 모독죄로 처벌이 내려질 수준의 소리라 마차의 방음이 훌륭하다는 사실이 천만다행이었다.

숫제 울부짖는 언니를 멍하니 바라보던 생쥐가 작게 대답했다.

"세 자릿수 넘은 뒤론 안 셌다고 하셨습니다."

"뭐? 나이가? 애한테 뻔한 거짓말까지 지껄였어!"

세 자릿수라니, 용혈이 짙은 황족은 수명이 길다고 하지만 그 얼굴에 백 단위는 절대 무리다. 차라리 대외적으로 알려진 나이를 믿으면 믿었지. 아리에스는 씨근덕거리면서 고개를 절레절레 저었다.

"아무튼 속내를 모를 이상한 아저씨라니까. 헷갈려, 진짜. 어쩌고 싶은 건지도 모르겠고. 그래도 생쥐 너나 이카르 경한테 하는 거 보면 나쁜 인간 같지는 않은데."

"나쁘지 않습니다."

맞은편에 앉은 아리에스에게 빤하니 시선을 둔 채 생쥐가 말했다.

"폐하는 나쁘지 않아요."

또박또박한 목소리에 아리에스가 약하게 한숨을 내쉬었다.

"뭐 나도 나쁘다곤 생각지 않는데⋯⋯. 아니, 솔직히 좋은 사람도 아니잖아? 어쨌거나 그 많은 여자애들을 죽게 내버려두었고."

"여자애들이요?"

"그래. 그⋯⋯ 내가 전에 말해준 적 있잖아."

약간 불편해진 표정으로 아리에스가 말을 이었다.

"황제의 후궁으로 들어간 여자들이 모두 죽었다고."

"폐하께서 죽이지 않으셨습니다."

생쥐가 고개를 갸웃 기울였다.

"잡아먹으셨는지는 잘 모르겠어요? 저는 작아서 먹을 게 없다고 했습니다.”

“……아니, 그 먹는 건 아마 네가 생각하는 거랑은 좀 다를걸?”

아리에스가 손사래를 살짝 치며 쯧, 하고 못마땅한 혓소리를 냈다.

“애한테 뭔 소리를 한 거야?”

“네?”

“아냐 아냐, 몰라도 돼. 하지만 다른 사람에게는 폐하가 잡아먹느니 어쩌느니 하는 소리 절대 하지 마라. 절대로!”

“네. 안 할게요.”

“그래그래, 언제 어디서나 입조심이 최고야. 황궁에서라면 더더욱.”

황궁은 혀 한 번 잘못 놀렸다가 머리가 떨어져 나갈 수 있는 마굴인 것이다.

짧은 침묵이 내려앉은 사이로 길을 달리는 마차 바퀴의 삐걱거림이 희미하게 들려왔다. 아리에스는 흥분으로 올랐던 열을 가라앉히며 얌전히 앉아 있는 자그마한 소녀를 바라보았다. 생쥐는 아직 붉은 혼례복을 걸치지 않아 가벼운 드레스 차림이었다. 그새 살이 많이 올랐다곤 하나 아직 야윈 뺨과 가느다란 손목이 애처롭게 느껴졌다.

객관적으로 보아 황제는 최악의 남편감은 아니었다. 사람만 놓고 본다면 오히려 그 반대다. 용혈이 섞였으니 설사 황제가 아닌 동전 한 푼 없는 천민이라 할지라도 제 가족 지키고 먹여 살릴 능력은 충분하고도 남는다. 주색잡기를 하는 것도 아니요 폭력을 휘두르거나 험한 말을 지껄이지도 않았다. 무뚝뚝해 보이지만 생쥐를 퍽 잘 챙겨주기도 하였다.

그 모든 것을 제쳐놓고 외모만 가지고도 혹할 여자들이 널렸을 것이다.

하지만 그는 황제이며 그의 앞에 놓인 장벽은 농담으로도 낮다고는 할 수가 없었다. 황태후를 지지하는 세력은 상당수의 사병을 거느린 변경백이 대다수이니 자칫 서투르게 치워내려고 했다간 반란이 일어날 가능성도 있었다. 그런 상대를 치워내고 싶다면서 황제가 보이는 행동은 허술하기 그지없다.

아리에스는 속이 답답하다 못해 끓어오르는 것을 느끼며 미간을 좁혔다. 겨우 내린 열이 또다시 정수리까지 뻗치는 것만 같았다.

그녀의 눈으로 보았을 때 지금의 황제는 도무지 대책이 없었다. 무슨 일대일 정당한 결투 같은 것도 아니고 단단하게 뭉치고 완성되어 기세등등한 세력을 상대하면서 홀몸으로 무얼 하겠다는 것인지.

그렇다고 따로 결탁하지 않아도 나를 따르라, 깃대 올리면 귀족들이 우르르 뒤를 쫓을 만큼 황권이 강력한 것도 아니었다. 오히려 그 반대다. 수호룡이 떠난 이후 기울기 시작한 황실의 권위는 전대 황제의 개혁 실패로 결국 바닥을 치고야 말았다. 지금의 황제는 용혈이 강한 만큼 그 위세는 절대 약하다 할 수 없었으나 어디까지나 개인적인 힘에 불과할 뿐, 군중을 아우르고 휘어잡아 이끄는 힘은 여전히 부족했다.

그러한 상황이니 아리에스로서는 걱정을 하지 않으려야 않을 수가 없었다. 별 소득 없이 엄한 애만 잡고 끝나는 게 아닌지 불안한 예감이 불쑥불쑥 고개를 치켜들고 튀어나왔다.

'……정 안 되겠다 싶으면 요정들과 케이어스 씨가 도와주기로 했지만.'

황제가 생쥐에게 붙여 놓은 두 시녀의 정체를 알아챈 것은 불과 사흘 전의 일이었다. 드레이크도 있는 마당이라 요정 정도로는 별로 놀라지도 않았다. 요정들은 이미 한 번 계획 된 일이었다면서 생쥐가 죽을 거 같으면 들고튀면 된다고 낄낄대며 말하였다.

글러 먹었다 싶으면 정말로 그 방법이라도 써야지. 아리에스가 푹푹 한숨을 토하는 사이 마차의 속도가 느려지더니 우뚝 멈추어 섰다. 마차 문을 열기 전, 아리에스가 생쥐에게 당부했다.

"아침에 말했던 거 기억하고 있지? 오늘부터 넌 후궁마마님이니까 라지예, 사지예는 물론이고 나나 이카르 경보다 신분이 높은 거야. 아예 말을 안 하는 편이 좋겠지만 어쩔 수 없을 땐 최대한 조심하렴."

"네."

"그럼 가실까요, 마마."

마차의 문이 열렸다. 생쥐는 마른 침을 꼴깍 삼키고서 발을 내디뎠다.

서른두 개의 첨탑 끝에 경사를 알리는 황금문양의 붉은 기가 높게 걸렸다. 후궁의 혼례식은 황후의 것과는 달리 일반 국민에게까지는 공개가 되지 않았지만 귀족들은 늦가을 철새 떼처럼 빼곡히 몰려들었다.

　황궁 내에서 두 번째로 큰 카네레 광장과 그와 이어지는 클라메르 궁이 예식을 위해 단장되었다. 새하얀 꽃 기둥 사이로 붉은 카펫이 길게 깔리고 역시나 새빨간 휘장이 빈틈없이 쳐져 바람결에 몸을 떨었다.

　광장에 모인 하객들은 대부분이 흰색 의상으로, 옷은 물론이요 작은 장신구 하나에도 붉은색은 쓰지 않았다. 오늘 붉은색의 몸치장을 할 수 있는 사람은 혼례식의 주인공, 황제와 후궁뿐이기 때문이었다.

　새파랗게 맑은 하늘 위로 해가 높아지고 정오가 가까워지자 예식용 검을 찬 궁정 기사단이 열을 맞춰 등장했다. 후궁이 입장할 카펫 길 양옆을 따라 기사들이 질서정연하게 늘어선다. 이어 시녀들이 갓 따온 색색의 꽃잎들을 흩뿌리고 시종들은 붉은 음료가 담긴 샴페인 잔을 하객들 한 명 한 명에게 일일이 건네주었다.

　그러는 사이 정오를 알리는 종소리가 묵직하게 울려 퍼졌다.

이어 둥글게 굽이친 거대한 나팔 한 쌍이 우렁찬 함성을 토해내기 시작했다.

우우웅오옹.

거대한 짐승의 울음소리와도 같은 나팔성이 혼례식의 시작을 선포했다. 카네레 광장의 나팔성이 멈추자 이번에는 황궁 사방 첨탑의 나팔이 울리기 시작했다. 그 소리를 들은 사람들은 모두 하던 일을 멈추고 식의 끝이 알려질 때까지 예의를 갖추어 서 있어야만 한다.

나팔성이 꼬리를 물고 꼬리를 물어 수도 전역으로 퍼져 나갔을 즈음, 스물두 계단으로 높게 쌓은 단상에 대법관과 신녀가 모습을 드러내었다. 검은 예복과 흰 예복을 차려입은 두 사람이 가운데 자리를 두고서 마주 보고 섰다.

엄숙한 공기가 흐르는 가운데 앞의 것보다 짧고 높은 나팔 소리가 울렸다. 혼례식의 주인공 중 하나, 새로운 후궁의 입장을 알리는 소리였다. 나팔성이 울리는 것과 동시에 하객들의 시선들이 일제히 붉은 카펫 길의 끝을 향하였다. 화려하게 장식된 마차가 멈추어서고 붉은 베일을 휘감은 소녀가 시녀들의 부축을 받아 카펫 위로 내려선다. 길게 흘러내린 베일에 대비되어 새하얀 드레스가 햇살을 받은 첫눈처럼 빛이 났다.

생쥐는 한 발짝 두 발짝 천천히 걸음을 떼어놓으며 눈앞에 펼쳐진 붉은 길을 바라보았다. 자신의 결혼식이라고 해도 별로 실감이 나진 않았다. 조금 피곤하고, 또 머릿속이 약간 멍했다.

빨리 끝내버리고 싶다는 생각이 들었다.

조급함이 가슴 안쪽으로 깃들었지만 걷는 속도를 높일 수는 없었다. 키를 훨씬 넘어 발치 뒤로 길게 이어지는 베일을 들고 따라오는 시녀들을 무시한 채 내달렸다간 이내 단단히 고정된 머리가 당겨 뒤로 넘어지고 말 것이다. 그게 아니더라도 예식에 어긋난 행동을 보여서는 안 되었다.

생쥐는 짧게 숨을 들이켰다. 수많은 사람들이 그녀 하나만을 바라보고 있었다. 이제는 조금쯤 익숙해진 상황이었다. 법정에서도 연회장에서도 그랬으니까. 그래도 달갑지는 않았다. 얄팍한 천자락은 물론이요 피부며 살덩이 속까지 샅샅이 꿰뚫어 보고 싶어 하는 탐색하는 시선들. 그 압박감은 수없이 반복하여 경험한대도 쉬이 감당하기 힘든 것이었다.

쏟아지는 시선들을 피해 도망치고 싶다는 충동을 몇 번이고 내리누른 끝에 드디어 첫 계단이 발치에 다가왔다. 생쥐는 연녹색 눈을 들어 위를 바라보았다. 아직 황제의 모습은 없었다. 두 사람이 결합하는 혼례식이었지만 황후도 아닌 후궁 상대로 지고의 몸이 여느 부부처럼 동시에 입장할 수는 없는 것이다.

생쥐는 천천히 계단을 올랐다. 배운 대로 대법관과 신녀 사이에 멈추어 서 무릎을 꿇었다. 이것은 분명 그녀가 알고 있는 결혼식 같지는 않았다. 두 남녀의 사랑의 증명이 아닌 경건하고 딱딱한 의식에 가까웠다.

시녀들이 늘어진 베일을 보기 좋게 펼치고 나자 다시 한 번 나팔이 울었다. 생쥐가 걸어온 방향의 반대편에 우뚝 선 클라메르 궁의 닫혀 있던 정문이 활짝 열렸다. 신부는 마차를, 신랑은 말을 타고 식장에 들어서는 것이 혼례의 전통이었다.

생쥐는 고개를 숙인 채 황제가 당도하기를 기다렸다. 그래선 안 될 일이었지만 그가 평소처럼 자신을 안아 올려 주었으면 좋겠다는 생각이 들었다. 강한 팔에, 너른 품에 안겨 있으면 아무것도 무서워할 필요가 없었으니까. 그건 정말로 편안한 기분이었다. 탁 트인 초원에 풀려 난 토끼가 불안에 휩싸여 이리 뛰고 저리 뛰고 하다가 몸에 딱 맞는 아늑하고 깊은 굴을 발견한 것과 같았다.

그 온화한 감각을 떠올리자 무심코 입가가 느슨해졌다. 동시에 지금 벌어지고 있는 것이 자신과 황제의 결혼식이라는 실감이 터진 둑의 물처럼 화악 밀려들었다.

가슴 안쪽 깊숙한 곳이 간질간질해졌다. 여느 신부가 느낄 법한, 사랑하는 사람과 함께 한다는 기쁨은 아니었다. 안전하고 포근한 보금자리를 갖게 되었다는, 그런 종류의 감각이었지만 그래도 기뻤다. 적어도 생쥐 스스로에게 있어서는 행복한 결혼식이라고 해도 좋았다.

이제 죽을 때까지, 확실하게 있을 곳이 생겨났다. 버리지 않겠다고 말했다. 곁에 있어 주겠다고 약속했다. 남을 속이고 배반하는 일은 흔했고 여러 번 직접 보기도 하였지만 황제는 그럴 것 같지 않았다.

그러니까, 어쩐지 눈물이 날 거 같아서……. 생쥐는 입을 꽉 다물었다. 눈에 힘을 잔뜩 주었다. 새신부 주제에 이상한 얼굴이 되었다. 그리고 어느샌가, 익숙한 손길이 가늘게 떨리는 뺨에 닿아왔다. 익숙한 목소리도 들려왔다.

"일어나라."

"아⋯⋯."

황제의 목소리에 생쥐는 허둥지둥 몸을 일으켰다. 원래라면 황제가 오는 것을 눈치껏 살피어 알아서 일어섰어야 했는데, 야릇한 감정에 푹 빠져 정신을 놓고 있었다. 옆에서 대법관의 찌푸린 눈길이 느껴졌다.

생쥐는 마른침을 삼키며 자신의 앞에 선 남자를 올려다보았다. 붉은 예복을 차려입었지만 평소와 똑같은 얼굴이었다. 긴장도 불안도 한 줌 찾을 수 없는, 언제나와 같은 무게감을 지닌 황금빛 두 눈이 그녀를 마주 내려다봐 왔다.

"손."

"네."

생쥐는 내밀어 온 손 위에 자신의 손을 얹고, 끌어올리는 힘에 의지하여 몸을 일으켜 섰다. 자세를 바로잡는 생쥐에게 대법관이 혼인 서약서를 건넸다.

후궁은 황후와 달리 황제의 곁에 나란히 서지 못한다. 따라서 혼인 서약문 또한 후궁이 황제를 향해 일방적으로 순종과 봉사를 맹세하는 내용이었다. 생쥐는 비단을 덧댄 종이를 길게 펼쳐 들었다. 아직 까막눈을 면치 못한 그녀였기에 글의 태반은 알아볼 수가 없었다. 그래도 그간 노력한 것이 있어 작은 목소리로 그럭저럭 읽어 내려가기 시작했다.

"그러므로 오스퀸트스의 배⋯⋯ 예⋯⋯?"

역대 후궁의 모범적인 선례를 본받아 배우겠다는 부분을 읽던 생쥐가 고개를 갸웃 기웃거렸다. 이어지는 단어가 잘 기억나질 않았다. 생쥐는 눈을 살짝 들어 황제를 올려다보며 조그맣게 속삭였다.

"……뭐였죠? 이거요."

기억나지 않습니다, 라는 말에 황제가 역시나 작게 대답했다.

"대충 넘겨. 어차피 저 밑의 놈들은 못 들으니 상관없다."

이미 들은 대법관이 모가 난 눈으로 째려보고 있었지만 황제는 무시했다. 예법에 까다롭게 굴기는 해도 이런 일을 떠들고 다닐 사람은 아니었고 신녀 쪽은 더더욱 걱정할 필요가 없었다.

황제의 말에 생쥐가 눈을 커다랗게 뜨고 다시 물었다.

"진짜 그래도 돼요?"

"그래도 돼."

둘의 대화를 듣고 있는 대법관의 입가가 울분으로 실룩거렸다. 안 된다. 안 되는데 식 중이라 말할 수가 없었다. 말해봤자 들을 황제도 아니었지만.

생쥐는 황제의 조언대로 어려운 단어를 휙휙 건너뛰며 서약서를 낭독했다. 덕분에 내용은 엉망이 되었지만 진도는 빨랐다. 어려운 단어가 더러 섞인 서약문을 물 흐르듯 막힘없이 술술 읽어 내려가는 모습이 멀리서 보면 교양 있는 귀족가 숙녀로 비춰질 터였다.

절대적인 순종과 헌신을 맹세하는 마지막 구절을 끝으로 생쥐가 다시 두 무릎을 바닥에 꿇었다. 그녀는 머리를 깊숙이 다섯 번 조아린 뒤 손을 뻗어 황제의 손을 감싸 잡았다. 손바닥 정 가운데 하는 키스는 충성의 표시였다.

생쥐는 미리 교육받은 대로 커다란 손에 입술을 가져다 댔다.

입술 끝에 닿은 손바닥은 의외로 부드러웠고 약간 차가웠다. 발갛게 발라놓은 연지가 손바닥에 옅은 흔적을 남겼다. 그 흔적이 어째선지 마음에 들어, 생쥐는 잠시간 황제의 손바닥을 빤하게 바라보았다.

"이제 다 한 거 같아요. 맞습니까?"

작게 묻는 생쥐를 향해 황제가 고개를 끄덕여 대답했다. 물론 혼례 절차는 아직 길게 남아있었지만 생쥐가 혼자 해야 하는 부분은 서약문 낭독으로 끝이었다.

생쥐는 벌떡 일어나 황제의 옆으로 가 섰다. 그러곤 키스 자국이 남은 손을 꽉 붙잡았다. 원래라면 나란히가 아닌 약간 뒤쪽에 서야 하며 손을 잡아서도 안 된다. 그것을 한발 늦게 떠올린 생쥐가 눈치를 슬쩍 살폈으나 황제는 자신에게 매달린 조그만 손을 뿌리치지 않았다.

그는 무심결에 튀어나온 어리광을 당연하다는 듯 받아주었다.

"구두 안쪽에 벨벳을 덧대었어."

아리에스가 진주 장식을 주렁주렁 휘두른 굽 높은 하이힐을 비장의 무기처럼 내밀며 말했다. 구두는커녕 신발 자체를 신어본 일 없었던 생쥐였기에 원래는 황제와의 키 차이를 감안하고서라도 굽이 거의 없는 단화를 준비했었다. 그런데 예기치 못하게 황녀로부터의 선물이 도착한 것이다.

로제시아 공주가 보낸 선물은 광택이 도는 검은 보석 뱀 가죽에 완벽하게 둥근 최고급 백진주만을 사용해 장식한, 무척이나 아름다운 구두였다. 다만 문제는 그 굽이 여느 키 작은 귀족 아가씨들이 애용하는 하이힐 이상으로 아찔하게 높다는 것이었다. 말하자면 사교계에서 흔히 있는, 자기들끼리는 우아한 행동이라 여기는 값비싼 심술의 표현이었다.

가슴이 빈약한 여자에게는 노출이 심한 드레스를, 아름다운 손을 지닌 여자에게는 장식이 과한 장갑을, 물결치는 머릿결을 자랑하는 여자에게는 길게 늘어지는 베일 등을 연회가 시작되기 직전에 선물하는 것이다. 다만 선물 받은 물건보다 더욱 고급품을 가지고 있다면 사양해 돌려보낼 수 있었다. 그야말로 사치스러운 짓궂음이었다.

로제시아 공주는 생쥐의 키가 작은 것을 감당키 힘들 정도로 높은 굽의 신발을 보내는 것으로 비웃었다. 받은 구두를 거절하려면 그보다 더 값비싼 구두가 필요했지만 궁정 의상실에 그 정도 보물은 구비되어 있지 않았다. 정확히는 생쥐의 발 사이즈에 맞는 것이 없었다.

아리에스와 두 요정은 그냥 무시하자고 말하였지만 의외로 생쥐가 매섭게 눈을 홉떴다. 아리에스가 이런 선물을 무작정 거절하는 것은 상대에게 패배한 것으로 간주 된다 설명해준 탓이었다.

정말 좋아하는 언니에게 해코지한 황녀에게 지기 싫다. 생쥐는 그런 생각으로 발 좀 다치는 것쯤 아무렇지도 않다고 우겨댔고 쇠고집에 진 아리에스는 한숨을 쉬며 시녀들을 재촉하여 구두를 조금이라도 편하게끔 손보았다.

"솔직히 그냥 안 신었으면 좋겠는데."

"괜찮습니다."

생쥐는 두 주먹을 불끈 쥐었다.

"얼어붙어서 찢어진 적도 있고요, 가시에도 수없이 찔렸고요, 쥐나 개한테 물린 적도 있습니다. 피부가 까지는 건 아무렇지도 않아요. 넘어지는 것만 조심하면 됩니다."

"……그래도 아프긴 아프잖니."

"참을 수 있어요."

참는 건 쉽다. 아무렴 밑창에 가시가 박힌 것도 아닌데 채찍질 당했을 때보다야 아플까. 생쥐는 자신 있게 구두 위로 올라섰다. 동시에 키가 껑충 자라나 아리에스와 엇비슷해졌다.

"설 수 있겠어?"

"……네. 서는 건 됩니다."

그리고 이제 걸어야 한다. 심지어 화려한 만큼 무겁고도 거추장스러운 무도회용 드레스를 걸치고. 생쥐는 조심스럽게 한 발짝 앞으로 내디뎠다. 약간 비틀거리긴 했지만 걷는 것까지도 그럭저럭 할 만했다.

"걷는 것도 됩니다."

"그리고 춤도 춰야 하지."

아리에스가 걱정 가득한 눈빛을 던졌다. 무슨 서커스 광대용 신발쯤 되지 않고서야 사람 신으로 만든 것이니 천천히 걷는 것까지야 미숙련자라도 가능했다. 하지만 문제는, 오늘은 얌전히 앉아만 있는 연회가 아니라 춤을 추는 무도회라는 것이었다.

"적어도 한 곡은 춰야 할 텐데. 그냥 발목을 다쳤다고 핑곌 대 버릴까?"

춤만 안 춘다면 저 구두를 신고도 버텨낼 수 있었다. 하지만 생쥐는 이번에도 고개를 절레절레 저었다.

"폐하와 연습했어요."

"그래도."

"잘한다고 했습니다. 오늘 말고는 출 일도 없어요?"

오늘이 처음이자 마지막 무도회라는 것은 사실 별 상관없지만 황제에게 칭찬을 받은 것엔 미련이 남았다. 생쥐는 손끝으로 드레스 자락을 붙잡고 제자리에서 천천히 한 바퀴 돌아 보였다.

"보세요. 할 수 있습니다."

"······느린 무곡이라면 불가능한 건 아니겠지만."

드물게 피우는 고집에 아리에스는 하는 수 없다는 표정으로 고개를 끄덕였다. 욕심부릴 줄 모르던 애가 이렇게나 원한다는데 막아설 수가 없었다.

"힘들면 중간에 빠져나와도 괜찮아. 손등을 이렇게 이마에 대고 풀썩 쓰러지는 거야. 나이에 비해 훨씬 작은 몸집의 병약한 후궁이 혼례식의 피로를 못 견디고 혼절했다, 이딴 식으로 말 뿌리면 되니까."

코르셋으로 바싹 조인 허리에 헉헉대다 창백한 얼굴로 쓰러지는 귀부인의 모습은 흠이 아니라 전통적인 매력 포인트였다. 아리에스는 생쥐의 주위를 돌며 마지막으로 옷매무새를 점검했다.

"그 누가 말을 걸어와도 벙어리 흉내만 내는 거야. 황태후나 공주는 폐하께서 막아주시겠지."

몇 번이고 반복했던 당부를 끝으로 한 발 물러선 아리에스가 공손하게 머리를 숙였다.

"이제 나가실까요, 나비 후궁마마님."

생쥐는 무심코 튀어나오려는 경어를 입 다물어 삼킨 채 발을 내디뎠다. 아리에스가 앞서 걸어가 닫혀 있던 문을 열자 줄줄이 늘어선 시녀들의 모습이 보였다. 그 사이에 있던 요정들이 재빨리 생쥐의 양옆으로 다가붙었다. 생쥐는 그 둘에게 부축을 받으며 복도를 걸어가다가 문득 어제의 일을 떠올렸다. 익숙지 않은 굽 높은 구두를 신어 걸음이 느려진 자신을 커다란 손이 안아 올렸었다.

생쥐는 눈을 조금 깜박였다.

오늘은 어제보다도 더 신기 힘든 하이힐이다. 하지만 오늘은 어제처럼 황제가 와서 안아 줄 일은 없을 것이었다. 아리에스가 있으니까. 자신은 황제보다는 아리에스 언니를 더 좋아한다. 그러니까 그녀가 있는 편이 더 좋다.

분명 그랬는데, 어째서인지 가슴에 서운함이 스며드는 것에 생쥐는 고개를 살짝 갸웃거렸다.

거대한 샹들리에가 태양처럼 빛나는 아래 꽃과 같은 여인들이 그
어떤 꽃보다 짙은 향기를 흩뿌렸다. 황궁에서 가장 큰 대무도회장이
좁게 느껴질 정도로 잔뜩 몰려든 인파 탓에 온갖 향기와 냄새가 섞이
고 섞여 후각이 예민하다면 괴롭기까지 할 지경이었다. 그리고 바로
그 머리 아픈 냄새가 황제가 연회석을 싫어하는 가장 큰 이유였다.

　생쥐 또한 귀족들은 익숙해지다 못해 무뎌진 그 냄새에 콧등을 조
금 찡그렸다. 그보다 더 지독한 냄새도 종종 맡아왔지만 이곳의 악취
아닌 악취는 낯설었다. 억지로 몸에 바른 갖가지 향유와 향수도 지금
이 냄새만큼 독하지는 않았다. 짙은 사향에 박하, 라벤더, 계피, 온갖
종류의 기름과 동물, 식물은 물론이요 광물에서 채취한 향료까지. 전
날의 연회에서보다 배로 멋을 내느라 배로 뒤집어쓴 매력적인 향기
들이 뒤섞이고 뒤섞여 머리 아픈 괴성을 내지르고 있었다.

　생쥐는 속이 조금 메슥거리는 것을 느끼며 주위를 둘러보았다. 곁
의 두 요정은 그녀와 비슷한 표정을 짓고 있었지만 다른 사람들은,
아리에스조차 아무렇지 않아 보였다.

　"안쪽으로 가시죠."

　아리에스는 사람이 적은 구석으로 생쥐를 안내했다.

황실의 가장 웃어른인 황제는 마지막에 입장하기에 그가 들어오기 전까지 사람들의 호기심 어린 접근 속에서 최대한 생쥐를 보호해야 했다. 벌써부터 쏟아지는 시선이 빛나다 못해 날카로웠지만, 다행히도 섣불리 다가오는 사람은 없었다.

"무언가 마실 것을 드리올까요?"

아리에스의 나직한 물음에 생쥐가 짧게 고개를 저었다. 입안이 약간 마르긴 했지만 무언가를 먹거나 마시고 싶진 않았다. 입고 벗기 불편한 드레스를 껴입고 있으니 화장실이 급해지기라도 한다면 무척이나 곤란했다. 그냥 아무것도 안 먹는 게 마음 편했다.

"로제시아 공주마마께서 입장하십니다!"

황녀의 등장을 알리는 외침이 무도회장에 울려 퍼졌다. 그와 동시에 아리에스와 두 요정이 생쥐의 주위를 몸으로 가리며 둘러쌌다. 생쥐를 지키는 데 가장 큰 고비는 당연하게도 황녀와 황태후였다. 특히 황태후에 비해 신중치 못하고 훨씬 감정적인 로제시아 공주는 무슨 짓을 벌일지 알 수 없었다.

이미 황녀는 구두를 보내 불편한 심기를 표현했다. 정 위험하다 싶으면 요정 중 한 명이 몸 바쳐 막아내기로 계획했지만 긴장을 늦출 순 없었다.

그냥 못 본 척 지나쳐주었으면 싶었지만, 황녀의 시선은 곧장 생쥐가 있는 곳으로 향하였다. 짙은 보라색 눈동자에 날카로운 빛이 깃들었다. 로제시아 공주는 마치 수많은 암컷을 거느린 수컷 공작새처럼 거만하게 뽐내며 시녀, 시종을 비롯한 추종자들을 이끌고서 생쥐에게로 다가갔다.

"명색이 후궁이라는 여자가 어쩜 이렇게도 마르고 초라할 수 있을까. 볼품없어라. 마치 털 빠진 시궁쥐 같아."

황녀의 말에 주위 사람들이 일제히 웃음을 터뜨렸다. 황녀 또한 기품 있게 부채를 살랑이며 자신의 말이 재미있다는 듯 미소를 지었다.

"구두를 선물 받지 않았더라면 아예 눈에 띄지도 않았겠는걸. 너도 그렇게 생각하지 않느냐?"

탁, 하고 접힌 부채 끝이 입을 앙다문 채 서 있는 생쥐를 가리켰다. 아무리 그녀가 공주 작위를 받았다곤 하나 유일한 정식 후궁 상대로 한참 아랫사람 대하듯 말을 놓는 것은 예법에 어긋났다. 하지만 황녀의 무례한 태도를 나무랄 수 있는 사람은 지금 이곳에 존재하지 않았다. 오히려 대부분의 사람들이 그런 고압적인 황녀의 태도가 걸맞다 받아들이고 있었다.

"그래도 선물을 챙겨 나온 것을 보니 아주 예의를 모르는 천것은 아니야. 허니 내 특별히 아량을 베풀어 아무도 거들떠보지 않을 네 메마른 손을 잡아 줄 상대를 소개시켜 주도록 하마."

말은 호의를 표하고 있었지만 그 내심은 지독한 심술이었다. 황녀는 생쥐에게 위태하게 높은 구두를 신겨놓고 춤출 상대를 여럿 붙여놓으려는 심산이었다. 그것을 순순히 받아들였다간 어떤 꼴이 벌어질지는 불 보듯 뻔했다. 생쥐가 서툴게 대답할세라 아리에스가 얼른 나섰다.

"황송하옵니다만 공주마마. 나비 마마는 오늘 막 혼례를 치른 참입니다. 당연히 몸가짐을 조신이 하여 황제 폐하의 옥수를 기다려야

함이 옳다 싶습니다."

황제랑 춤춰야 하니까 다른 떨거지들은 필요 없다. 아리에스의 공
손한 거절에 황녀의 눈썹이 힐끗 사납게 올라갔다. 황제를 핑계 삼는
말이 그렇잖아도 불편한 그녀의 속을 더욱 깊게 할퀴어 내렸다.

"물론 처음이야 폐하와 발맞춤이 옳지. 허나 오늘은 후궁의 사교데
뷔가 아니던가. 본 공주는 두 번째, 세 번째 상대를 짝지어주려 하는
것이야."

분명 사교데뷔를 하는 남녀는 인사치레로 여러 사람들과 어울려 춤
을 추는 게 보통이었다. 아리에스는 신랄한 거절의 말을 쏟아 붓고
싶은 속내를 감추고서 공손히 고개를 숙였다. 어차피 첫 번째가 황제
라면 두 번째, 세 번째는 존재하지 않는다. 서툰 실수를 저지를 가능
성이 높은 생쥐를 황제가 손 놓을 리 없었으니.

그런 생각으로 얌전히 수긍하고 물러나려는 아리에스의 옆에서 뾰
족한 목소리가 튀어 올랐다.

"필요 없습니다."

두 눈을 똑바로 치뜬 생쥐였다. 대놓고 적의를 드러내는 그녀의 태
도에 아리에스가 당황하며 막아서려 했다. 하지만 황녀는 이미 기분
이 상할 대로 상한 뒤였다.

"어딜 눈을 똑바로 뜨고 큰 소리야?"

제 분수도 모르는 천한 것이 감히! 황녀는 거침없이 손을 치켜들었
다. 그렇잖아도 이런 기회만 노리고 있었건만 먼저 무례하게 나섰으
니 망설일 것도 없었다.

제대로 치면 뺨의 여린 살에 깊은 상처를 새길 수 있는 굵은 반지까지 끼고 있다. 황녀는 회심의 빛마저 띄우며 손을 매섭게 내리치려고 했다. 하지만.

틱. 황녀의 손이 또 다른 손에 붙잡혔다. 라지예였다. 요정은 가느다란 눈을 둥글게 휘며 황녀를 바라보았다. 눈은 웃고 있었지만 입매는 차가웠다.

"감히 시녀주제에! 놓아라!"

"폐하께서 지키라 명하셨답니다."

생쥐를 보호하라고 말했다. 그 말에 사지예도 고개를 끄덕였지만 아리에스는 안절부절 못해했다. 그냥 뺨 한 대 맞고 끝날 일을 마구잡이로 키우고 있었다. 아리에스가 어떻게든 수습하려 나서려는 그때, 의외의 조력자가 나타났다.

"공주, 품위를 지키세요."

"어, 어마마마."

황태후의 등장에 로제시아 공주가 당황하며 뒤로 물러났다. 아리에스는 상황이 일단락된 것에 속으로 안도의 한숨을 내쉬었다. 황태후는 적어도 이렇게 보는 눈이 많은 앞에서는 흠잡을 데 없이 예의를 지키는 타입이었다. 다만 생쥐가 또 욱해서 나설 것이 문제였다.

"황태후마마를 뵙습니다."

아리에스의 걱정과는 달리 생쥐는 배운 대로 황태후에게 공손히 인사를 올렸다. 그녀로서는 황태후에게 적의를 내보일 이유가 없었다. 황녀는 아리에스를 때렸다.

만약 행동을 조심하라는 주의를 연거푸 듣지 않았다면 말대답을 하는 것에서 그치지 않고 무작정 덤벼들기라도 하였을 것이다. 하지만 황태후는 생쥐에게 있어선 무관심한 타인이었다.

황태후가 자신을 죽이려 들었다는 것은 알고 있다. 암살자도 보냈고 법정에도 세웠다. 하지만 그런 일들은, 적어도 생쥐에게 있어서는 크게 신경 쓸 필요 없는 일상이었다. 남이 자신을 죽이려 하는 것쯤이야 흔한 일이 아니던가. 놀랍지도 않고 화도 나지 않았다. 그녀의 세상에서 사람이 사람을 해치는 것은 평범한 일이니까.

"고개를 들어도 좋아요."

황태후의 허락에 생쥐가 숙였던 머리를 바로 들었다. 맑게 무덤덤한 그녀의 눈이 황태후의 시선과 마주쳤다. 생쥐의 눈과 얼굴을 가만히 들여다보던 황태후가 무슨 의미인지 짧게 끄덕이곤 돌아섰다. 로제시아가 분한 표정을 지으며 모친을 따랐다. 생쥐를 뒤로 한 채 몇 발짝 걸어가던 황태후가 흰 부채 너머로 차게 혼잣말을 했다.

"저건 쓸 수 없겠어."

권력이라곤 한 톨 없는 변변치 못한 출신의 어린 후궁은, 쉽게 쓰고 버리는 유용한 말로 걸맞은 조건이었다.

하지만 자신을 빠르게 향해오는 연녹색 눈을 들여다본 순간 황태후는 깨달았다. 저건 못 쓴다. 눈앞의 소녀는 무감했다. 황태후를 바라보는 그녀의 시선에는 적의, 공포, 불안, 동경 등의 난잡한 감정들은 일말 스며들어 있지 않았다. 그저 약간의 호기심만을 느끼며 가만히 눈길을 둘 뿐이었다.

제국에서 가장 고귀한 신분의 여인을 눈앞에 두고도 지극히 무심하였다.

그런 눈이었다.

온갖 금은보화며 막강한 권력을 내민다 해도 회유는 불가능할 것이다. 백작가의 서녀는 거짓 신분으로 실제로는 외톨이 고아이니 협박할 거리 또한 전무했다. 인덕으로 구슬려 꾀어내기에는 황제가 막아설 터이니 제아무리 제국 궁정의 양대 거두 중 하나인 황태후라 해도 조그만 소녀 하나를 제 편으로 끌어들일 재간이 없었다.

사용할 수만 있으면 무척 유용할 터였지만 불가능한 일이었다. 황태후는 미련을 빠르게 끊어 내버리고 무도회장 밖으로 몸을 돌렸다. 로제시아는 건강을 핑계 대며 황제가 입장하기도 전에 자리를 뜨는 모친을 배웅하고는 다시 생쥐를 노려보았다.

하지만 그녀에겐 더 이상 패악을 부릴 기회가 남아있질 않았다.

"솔레드 알타리아 오드 산크투스 황제 폐하께서 입장하십니다!"

황제는 짜증이 짙게 스민 표정으로 무도회장에 들어섰다. 황실 시종장을 비롯한 재상, 재무대신, 대법관 등이 우르르 몰려 와 건성으로 치러지는 혼례식과 아직 비어있는 황후자리에 대해 시끄럽게 떠들어댄 탓이었다. 특히 얼른 황후를 맞이하란 아우성이 컸다. 황제를 제외한 직계 황족이 공주 하나뿐인 지금 서출 후궁이 아닌 황후에게서 황손을 얼른 얻어 둘 필요가 있다는 것이었다. 그들로서야 재촉해야 마땅한 사안이었지만 자식을 볼 생각이 털끝만큼도 없는 황제에겐 귀찮을 따름이었다.

'……예전에는 눈도 제대로 못 마주치던 놈들이.'

즉위하기 전에 적당히 눌러주었더니 이제껏 머리도 숙이고 꼬리도 감춘 채 조용했었다. 그런데 최근 들어선 무슨 이유에서인지 기가 살아 왈왈거리기 시작한 것이다.

그는 자신에게 말을 걸고 싶어 하는 황녀의 열렬한 시선을 무시하고 곧장 생쥐에게로 다가갔다. 육체야 멀쩡했지만 정신적으론 꽤 지친 상태였기에 무도회고 뭐고 그냥 조그만 후궁을 달랑 들어 자리를 빠져나가고 싶은 충동이 들었다.

"의외로 황녀가 얌전했던 모양이군."

생쥐를 아래위로 휙 살피며 황제가 말했다. 일단 겉보기로는 멀쩡해 보였다. 어제의 아리에스처럼 뺨 한 대 정도는 맞지 않을까 싶었는데 기우였던 모양이다. 아니면 아리에스와 요정들이 잘 지켜준 것일까. 그렇게 생각하는 황제에게 아리에스가 생쥐의 발 부근을 힐끗 눈짓했다.

"그렇지도 않았답니다."

"……신발?"

"최대한 느린 무곡으로 부탁드려요."

그제야 생쥐가 과하게 높은 하이힐을 신고 있다는 것을 알아챈 황제가 눈썹을 모았다. 귀족들의 고상한 척하는 지저분한 짓거리들에 관심은 없었지만 아주 무지하지도 않았기에 황녀가 어떠한 심술을 부렸는지 이내 깨달았다.

그는 혀를 쯧 차곤 늘 그러듯이 생쥐를 안아 들었다. 평소보다 몇 배로 풍성한 드레스가 감싸 안은 팔을 넘어 치렁치렁 늘어졌다.

"앞으론 하이힐도 파니에도 금지다."

겹겹의 레이스는 그렇다 쳐도 드레스를 부풀리기 위하여 치마 안에 둥글게 넣은 고래수염은 심히 거치적거렸다. 황제의 말에 생쥐가 작게 맞장구쳤다.

"저도 싫어요. 불편합니다."

서로 속삭거리는 것이 실제 대화 내용이야 어쨌든 멀리서 보기에는 꽤나 다정한 모습일 터였다. 황제는 생쥐를 안아 든 채 걸음을 옮겨 갔다. 당연하다는 듯 그 뒤를 쫓으려던 이카르를 아리에스가 붙잡아 세웠다.

"이카르 경, 잠시만요."

"예?"

아리에스가 무슨 용건이냐는 표정의 그에게 미소를 살짝 띄우며 말했다.

"호위기사의 본분도 중요하지만 총애하는 후궁과 함께하시는 폐하를 방해하면 안 되어요. 은밀하고도 사적인 대화가 오갈지도 모르잖아요?"

둘 사이가 사적일 수는 있어도 이카르까지 피해야 할 정도로 은밀한 분위기가 흐를 리는 없었다. 하지만 이카르는 굳이 반박지 않고 고개를 끄덕였다. 매력적으로 휘어지는 깊은 바다색 눈동자가 무엇을 원해서 자신을 붙잡았는지 어렴풋이 눈치챘기 때문이었다. 그는 아리에스를 향해 약간 어색하게 손을 내밀었다.

"기꺼이 조언을 받아들이겠습니다, 살타토르 양."

둘은 가볍게 팔짱을 끼고 빙글빙글 원을 그리는 춤의 대열에 합류하였다.

이곳에 모인 무수한 커플들 중 외모로는 제일인 한 쌍과 달리 황제는 생쥐와 함께 춤을 출 생각이 전혀 없었다. 걷는 것도 휘청거릴 실용성 제로의 구두를 신고서 무슨 놈의 춤이란 말인가. 품에 안아 든 후궁의 속내를 전혀 모르는 그는 드레스 자락 휘날리는 무도회장 중앙 대신 벽 쪽의 테이블로 향하였다. 기다란 테이블에는 다양한 음료와 과자, 케이크, 한 입 거리 음식들이 층층이 가득 채워져 있었다.

"저녁은 못 먹었겠지."

황제의 말에 생쥐가 고개를 끄덕였다. 비단 생쥐뿐 아니라 무도회장의 여인들 대부분이 저녁을 거른 상태일 것이다. 그렇잖아도 허리를 코르셋으로 꽉꽉 졸라매는 판에 식사를 할 여유 따윈 당연히 없었다. 생쥐는 여느 또래 여자들에 비해 말랐지만, 오히려 그 탓에 조금만 먹어도 티가 많이 났다. 낮에는 허리선을 강조하지 않는 옷차림이라 괜찮았지만 저녁에는 아리에스와 함께 쫄쫄 굶었다.

"언니도 안 먹었습니다."

그러니까 자신도 괜찮다. 그런 요지의 말에 황제가 이카르와 함께 있는 소녀를 힐끔 쳐다보았다.

"저 계집은 며칠 굶어도 돼."

16년간 풍족히 잘 먹어왔지 않는가. 물론 귀족가 아가씨인 만큼 몸매관리를 위한 조절은 해왔겠지만 영양적인 면에서는 부족함이 없었을 것이다. 그러니 조금쯤 굶는다 해도 문제가 생길 일은 없다.

황제의 말에 생쥐의 입술이 일자로 꾹 다물어졌다. 눈이 옆으로 돌아가는 것이 제가 좋아 죽고 못 사는 언니더러 굶어도 된다 했다고 토라진 게 분명했다. 눈가를 실룩이는 꼴을 어이없게 쳐다보던 황제가 먼저 항복하고 나섰다.

"방금 한 말 취소하마."

"……저는 많이 굶어봐서 굶는 거 잘합니다. 하지만 아리에스 언니는 아니에요? 저녁을 굶은 것도 가슴이 아팠습니다."

"연회 전의 단식이야 일상이니 그리 걱정할 필요 없어."

"왜 굶는 걸까요. 안 굶어도 예쁜데."

생쥐는 도무지 이해할 수 없다는 표정으로 고개를 갸웃거렸다. 황궁에서는 그녀가 모르는 것투성이였지만, 그래도 가장 이상한 일은 일부러 굶는 것이었다. 몸매를 위해 식단을 조절하고 드레스의 맵시를 살리기 위해 연회 전 단식한다는 사실을 처음 알았을 때는 깜짝 놀라고 말았다. 먹을 게 많은데도 굶다니. 배부른 것도 아니고 꼬르륵 소리가 나도 먹질 않다니. 그것은 아직까지도 받아들일 수 없는 기이한 행동이었다.

"저는 예쁜 것보다 배부른 게 더 좋습니다."

물론 예쁘면 못난 것보다 배부르게 먹을 수 있을 가능성이 높아지지만, 둘 중 하나만 선택하라면 당연히 후자였다. 생쥐의 말에 황제가 먹기 좋게 잘려 있는 치즈 케이크와 작은 포크가 함께 놓여 있는 접시를 들어 올렸다.

"그럼 먹어라."

"아리에스 언니도 안 먹었는걸요."

"그 여잔 너와 달리 배부른 것보다 예쁜 게 더 좋을 테니 줘도 안 먹을 거다."

대다수의 미혼 귀족 여자들이 그러하듯이 스스로의 상품성에 흠집 낼만한 일은 절대로 하지 않을 여자다.

황제의 말에 잠시 망설이던 생쥐가 결국 케이크 접시를 받아 들었다. 연회 전에는 배를 불리는 것이 아니라는 아리에스의 당부 때문에 참고 있었지만 사실 꽤 허기지기는 하였다.

포크로 케이크를 조금 잘라 입에 넣자, 그렇잖아도 부드러운 최고급 크림치즈가 말 그대로 사르르 녹아내렸다. 한 번 단 것을 맛보고 나자 포크를 움직이는 손놀림에 망설임이 완전히 사라졌다. 두 번 더 크게 잘라먹자 접시 위는 텅 비어 부스러기만 남았다.

황제는 아예 본격적으로 식사를 하라는 듯 생쥐를 테이블 앞 의자에 앉혔다. 샹들리에 빛을 받아 발그레하게 흔들리는 푸딩 그릇과 초콜릿이 흠뻑 내려앉은 에클레르 접시 사이에서 연녹색 눈동자가 좌우로 왔다 갔다 했다.

"……춤춰야 하는데요."

많이 먹어 배가 나오면 보기 싫을 거라 그랬다. 자신을 빤히 올려다보는 시선에 황제가 대꾸했다.

"춤출 생각 없다."

"하지만, 연습도 했습니다."

"정 추고 싶다면 신발부터 갈아 신어."

생쥐는 드레스 자락 아래로 살짝 내비치는 진주장식 구두를 바라보았다.

"황녀가 선물한 겁니다."

"안다."

"이거 안 신으면 지는 거라고 했어요."

황제의 한쪽 눈썹이 슬쩍 치켜 올라갔다.

"그런 거 신경 안 쓰지 않았던가."

"다른 사람은 신경 안 씁니다. 하지만 황녀는 싫어요. 이렇게라도 반항하고 싶습니다. 이 신발 신고 춤도 춰 보일 겁니다."

아리에스가 맞는 것을 두 눈 시퍼렇게 뜨고 지켜보았음에도 할 수 있는 일이 없었다. 그러니까, 직접적인 보복은 못 한다 해도 이런 사소한 것에서라도 지고 싶지 않았다.

무심코 두 주먹을 질끈 쥐는 생쥐를 내려다보던 황제가 그녀를 향해 몸을 숙이며 말했다.

"무도회를 포기한다면 황녀의 속을 긁어 놓을 수 있게 해 주마."

생쥐가 냉큼 고개를 꺾어 황제를 올려다보았다.

"진짜요?"

"그래."

생쥐는 잠시 제 마음속 저울을 이리저리 재었다. 황녀에게 복수할 수 있다면 굳이 발 아프고 위태로운 구두를 신고 춤을 출 필요는 없었다.

하지만 아예 춤추는 거 자체를 포기하기엔 칭찬을 들으며 연습한 것이 아쉬웠다. 고민에 고민을 거듭하던 그녀는 결국 황제의 제안을 받아들였다.

"네. 춤 안 추겠습니다."

그러고는 반질반질 눈에 윤을 내었다. 황제는 생쥐에게 이것저것 음식을 더 먹인 뒤에 다시 그녀를 안아 들었다. 귀엽고 사랑스러운 것을 대하듯 생쥐를 품에 넣고서 그가 향한 곳은 입담 좋은 부인네들이 모여 있는 곳이었다. 크게 열린 창가에 모여 수군덕거리던 귀부인들이 황제의 접근을 눈치채고 일제히 머리를 조아렸다. 전에 없던 일인지라 그녀들의 눈빛에 반짝 열기가 어렸다.

"내 작은 나비를 그대들과 인사시켜 주고 싶군."

수줍음 많은 어린 부인을 위해 체면 불구하고 직접 여인네들 사이에 끼어드는 팔불출 남편 같은 말이었다. 사교계 데뷔를 앞둔 딸을 둔 인맥 없는 홀아비쯤 된다면 모를까, 보통의 귀족 남성이라면 하지 않을 행동이었다.

그런 황제의 낯설기 그지없는 모습에 귀부인들의 눈동자가 사냥감을 찾은 여우처럼 번쩍거렸다. 그녀들 중 치맛바람 강하기로 유명한 카멜 백작 부인이 눈웃음을 넘쳐흐르도록 가득 담으며 앞으로 나섰다.

"영광이옵니다, 황제 폐하. 그렇잖아도 작은 아가씨에게 한 마디 건네 보고 싶다고 다들 입을 모으던 참이었답니다."

뒤이어 라티셸 남작 부인도 봄바람처럼 살랑살랑 거리는 목소리로 거들었다.

"아직 궁정에 익숙지 않을 텐데, 폐하께서 괜찮으시다면 이것저것 이야기해줄 수 있답니다. 물론 저희들이 듣고 싶은 것 또한 가득이죠."

황제는 생쥐를 고쳐 안으며 눈매를 부드럽게 하였다.

"그대들이 이렇게 큰 관심을 보여주니 적잖아 안심이 되는군."

"아무렴요. 걱정하실 것 하나 없답니다. 손안의 구슬처럼 대해드리지요."

"금장의 나비처럼 조심히 아껴드릴 거랍니다."

그러니 작은 후궁을 이리 내어놓으라는, 생쥐에게 궁금한 것 참 많은 귀부인들의 열렬한 눈길 속에 황제가 입술 끝을 가벼이 올려 미소했다.

"그대들은 정말 다정하군. 허나 아쉽게도 오늘은 이 아일 품에서 놓아 줄 수가 없어."

"어머나, 무슨 연유라도 있으신가요?"

그렇잖아도 황제가 어린 후궁을 애지중지 품고 다니는 이유가 궁금했던 차였다. 단순한 애정행각이든 다른 사정이 있든 그 어느 쪽이든지 하루 밤낮을 떠들어 댈 이야깃거리인 것이다.

황제는 생쥐의 발치를 향해 눈짓하며 대답했다.

"오늘 신은 구두의 굽이 과히 높더군."

"어쩜, 정말로 그러네요."

맞장구치는 말에 이어 다른 여자가 의문을 표했다.

"하지만 걷기 힘든 정도는 아니지 않은가요?"

생쥐에게야 걷는 것도 위태로운 높이였지만 하이힐에 익숙한 귀족 여자들은 달랐다.

춤추는 게 힘들 뿐 단순히 서고 천천히 걷는 데에는 무리 없는 수준이었던 것이다. 그 말에 황제가 무척이나 걱정스러운 표정을 지어 보였다.

"내 나비는 이름 그대로 가녀리기 그지없으니. 평소에는 굽이 낮거나 아예 없는 신발만 신게 하지. 흰 피부가 살짝 붉어지기만 해도 가슴이 아파 와."

그러니 이렇게 연회 내내 안아 들 수밖에 없다는 말에 귀부인들이 일제히 부채를 펼쳐 들었다. 채신없이 한껏 올라가는 입술 끝을 감추기 위함이었다.

그녀들은 이미 공주의 심술을 알고 있었다. 새로운 후궁을 골려주기 위해 선물한 구두가 오히려 황제와 후궁 사이를 더욱 돈독하게 만들어주고 있다.

이 얼마나 흥미로운 일인가. 얼른 말을 퍼뜨리고 퍼뜨려 황녀의 귀에까지 닿게 해 분해하는 모습을 보고 싶은 마음에 귀부인들의 두 뺨 위로 조급함이 떠올랐다.

"하오면 참으로 안타까우나 작은 아가씨와의 즐거운 담소는 훗날로 미루어두어야 하겠군요."

카멜 백작 부인이 재빠르게 발을 빼어 물러나고 이어 다른 귀부인들도 아쉬운 인사말 한마디씩을 남긴 채 총총히 자리를 떠나갔다. 쌓인 볍씨를 부리 가득 물자마자 뿔뿔이 흩어지는 참새 떼 같은 모습을 바라보는 황제에게 생쥐가 작게 물었다.

"무얼 하신 거예요?"

지금의 상황을 이해하지 못하는 그녀에게 황제가 역시나 작은 목소리로 설명해 주었다.

"이제부터 저 여자들이 황녀가 제 발등 제가 찍었다고 열심히 험담하고 다닐 거다. 그리고 곧 황녀도 그 소릴 듣게 되겠지."

　평범한 귀족 영애의 일이라면 잠깐 떠들다 말 일이었다. 하지만 주체가 공주에 상대가 황제와 그 후궁이다. 오늘은 물론이고 새로이 먹음직스런 화제가 생기지 않는 이상 적어도 사나흘은 비웃어 댈 게 분명했다.

"……발등을 찍어요?"

"그냥 사람들이 황녀를 등 뒤에서 놀려댄다 생각해. 네게는 별것 아니겠지만 황녀는 뼈아프게 느껴질 거다."

　여전히 잘 이해가 가진 않았지만 어쨌거나 황녀를 골탕먹인 듯했다. 생쥐는 저만치 멀리서 자신을 노려보고 있는 로제시아 공주를 마주 쏘아봐 준 뒤 팔을 뻗어 황제의 목에 매달리듯 감았다.

무도회가 파했을 때는 이미 자정에 가까운 늦은 시간이었다. 그 긴 연회 동안 끄떡도 않고 생쥐를 안아 들고 있던 황제는 그대로 말에 올라탔다. 아직 각종 행사가 줄줄이 제 차례를 기다리고 있었지만 오늘 혼례식 축하연 이후 사흘은 신혼을 배려하는 휴식 기간이었다. 당분간은 머리 아프게 신경 쓸 필요 없이 푹 쉴 수 있는 것이다.

"어디로 가요?"

생쥐가 피곤한 표정으로 물었다. 황제가 무도회장으로 올 때와는 다른 방향으로, 즉 침궁이 아닌 곳으로 말을 몰아갔기 때문이었다. 혹시 또 해야 할 게 남아있나 하는 물음에 황제가 대답했다.

"로투스궁. 아니, 이제는 나비궁으로 간다."

후궁에게 하사 된 궁은 후궁명을 따라 이름이 바뀌게 된다. 생쥐는 길게 하품을 했다. 로투스궁이라면 몇 번 들어 본 적이 있었다. 그곳이 자신에게 주어진 궁이라는 사실은 아직 까맣게 몰랐지만.

"거기 가서 뭐합니까?"

"자야지."

"아, 정말요? 자도 돼요?"

"그래."

드디어 쉴 수 있다. 자도 된다. 생쥐는 이것이 자신의 공식적인 첫 날밤이라는 것을 조금도 생각지 못한 채 소리 없이 방긋 웃었다.

"황제 폐하를 뵈옵니다."

나비궁의 입구에 열을 지어 대기하고 있던 수십 명의 시녀들이 황제 일행을 향해 허리 굽혀 인사를 올렸다. 내일이면 모조리 쫓겨나가겠지만 적어도 오늘 밤, 새로운 후궁의 공식적인 초야만큼은 시중을 허락받은 이들이었다.

황제는 품 안의 생쥐를 가볍게 안아 든 채 말에서 내려섰다. 요리사로서 나비궁에 먼저 와 있었던 케이어스가 평범한 시녀들로선 다룰 수 없는 거친 흑마의 고삐를 붙잡았다.

"목욕 준비가 되어 있습니다."

시녀장이 앞으로 나서며 공손히 말하였다.

"대목욕실에 온수를 채워놓았으니 후궁마마와 함께 드시지요."

"……후궁과 함께?"

"예."

혼욕이 당연하다는 시녀장의 태도에 황제는 곤혹감을 속으로 감추었다. 미처 생각지 못한 일이었지만 사실 황제가 총애하는 후궁과 일부러 욕실을 따로 쓸 이유가 없었다. 그것도 혼례식 직후, 첫날밤에. 뾰족한 핑계도 없이 거부한다면 십중팔구 의아히 보이게 되겠지.

황금색 눈이 자신의 품에 달랑 안겨있는 조그만 소녀를 내려다보았다. 혼욕 시에는 보통 목욕용 가운을 걸친다. 열정적인 연인이라면 얄팍한 가운 따위 초반부터 온데간데없이 사라지겠지만, 어쨌거나 알몸은 아닌 것이다. 그러니 문제 될 일은 없었다. 사실 알몸이라 해도 어차피 어린애 상대가 아닌가.

　황제는 짧게 고개를 끄덕이곤 생쥐를 안아 든 채로 걸음을 옮겨갔다. 회랑을 지나 대목욕실 앞에 도착하자 시녀장이 고개를 숙이며 아뢰었다.

　"차비 또한 함께 하시겠습니까."

　목욕 전의 준비는 여과 없이 알몸이었다. 황제는 품 안의 후궁을 내려놓는 것으로 대답을 대신했다.

　"마마께오선 이쪽으로 오시지요."

　생쥐는 황제를 한 번 올려다보곤 시녀의 뒤를 따라갔다. 그런 그녀에게로 어느새 두 요정이 바짝 다가붙었다. 황제와 함께 있을 때는 괜찮다. 하지만 생쥐 혼자 떨어지게 되면 언제 어디서 암수가 뻗어올지 모르니 요정들의 보호가 필수였다. 여기 있는 시녀들 중에 황태후 측 사람이 섞여 있을 가능성도 얼마든지 있었기 때문이었다.

　"……하우."

　생쥐는 시녀의 안내를 받아 탈의실로 들어서며 작게 하품을 했다. 피곤하다. 아침부터 밤까지 내내 긴장 속에 시달렸으니 지치지 않을 수가 없었다. 생쥐는 눈꺼풀에 대롱대롱 매달린 졸음을 애써 떨쳐내며 시녀들의 손길 아래에 옷을 벗고 화장기 짙은 얼굴을 씻었다.

세수했으니 그냥 자면 안 될까. 그런 생각이 들었지만 시녀들은 얇은 가운을 걸친 새 후궁마마를 가차 없이 욕실로 떠밀었다.

'와아.'

비틀비틀 욕실로 들어선 생쥐는 속으로 감탄사를 내뱉었다. 마치 연못같이 너른 탕 가득 온수가 넘실거리고 있었다. 이렇게 큰 대목욕실은 그녀로선 난생처음 접하는 것이었다. 백작가에 가기 전에는 따뜻한 물로 몸을 씻는다는 것은 꿈조차 꿀 수 없는 처지였으며 그 후에도 목재나 사기로 만들어진 개인 욕조를 사용했다. 물을 끓여 목욕이 아니라 세수 정도만 한다더라도 생쥐에게 있어선 사치스러운 일이었건만 십 수 명이 동시에 들어가도 널널할 만큼 커다란 온수 욕탕이라니.

욕실은 온탕만 아니라 바닥과 벽, 천장 전체가 은은한 광택이 도는 석재로 이루어져 있었다. 사각형으로 바닥 안쪽을 파낸 탕과 달리 천장과 벽은 부드럽게 곡선이 진 원형이었다. 빙 둘러친 석재 벽에는 물과 관련된 다양한 조각들이 새겨져 있었고 네 여신의 조각이 원을 이루는 높다란 천장 중앙은 화려한 색채의 스테인드글라스를 끼워넣어 달빛이 희미하게 스며들었다.

그 호화로운 목욕실을 두리번두리번 구경하는 사이 생쥐가 들어 온 반대편 쪽 문이 열리며 황제가 걸어 나왔다. 그의 얼굴에는 약간의 피로와 짜증이 어려 있었다. 몸에 걸친 목욕 가운의 앞깃 사이로 딱 벌어진 가슴팍이 언뜻 보였다.

"목욕시중은 필요 없으니 모두 나가라."

시녀들은 황제의 명을 후궁과 단둘이 즐기겠다는 뜻으로 받아들이고 재빨리 물러났다. 생쥐는 잠기운이 달아 난 얼굴로 황제의 앞으로 다가갔다.

"목욕탕이 엄청 큽니다."

그 말에 황제가 욕조 쪽을 힐끔 쳐다보았다.

"그라시디궁에 비하면 작아."

"작아요?"

"그라시디 대목욕탕은 초대 황후를 위해 만들어진 것이니까."

즉, 드래곤이 몸을 담글 수 있는 욕조란 뜻이었다. 생쥐는 황제와 나란히 욕조를 향해 시선을 두며 고개를 갸웃 기울였다. 여기보다 더 큰 목욕탕이라니, 쉽게 상상키가 힘들었다.

"여기 들어가도 되나요?"

"들어가라고 물 채워 넣은 거다만."

황제의 대답에 생쥐가 슬금슬금 욕조로 다가갔다. 새하얀 대리석으로 테를 두른 탕 주위를 머뭇머뭇 맴돌던 그녀는 온수 속으로 한쪽 발끝만 살짝 담갔다. 따뜻하다. 딱 기분 좋게 목욕을 즐길 수 있는 온도였다.

첨벙! 생쥐는 더 망설이지 않고 물속으로 뛰어들었다. 튀어 오른 물에 흠뻑 젖은 가운이 빈약한 몸의 곡선을 따라 반투명하게 달라붙었다. 시녀들이 일부러 비치는 소재의 옷을 준비해 입힌 것이었다.

"……쓸데없는 짓을."

젖가슴 끝의 자그마하니 솟은 연분홍빛마저 그 색을 뚜렷이 나타내는 것에 황제가 짧게 혀를 찼다.

성숙한 여성이라기에는 한참 모자라는 굴곡의 몸매였지만 젖은 가운 아래로 알몸이나 다름없이 속살을 드러내고 있으니 제법 선정적인 모양새였다. 물론 그래 봐야 어린애였지만. 실상 지금 황제의 불쾌감도 철부지 막내딸이 야한 옷 입고 돌아다니는 꼴을 목격했을 때의 것과 비슷했다.

　아예 벗느니만 못한 몰골을 한 채 한참을 첨벙첨벙 수영하는 흉내를 내며 탕을 헤집고 다니던 생쥐가 지친 표정으로 물속에 들어앉아 있던 황제에게로 다가갔다.

　"물속에서 움직이는 거 피곤합니다."

　가만히 들어앉아 있는 것과는 전혀 달랐다. 너른 욕탕을 본 흥분도 이제는 희미하게 사라지고 대신 자리를 채운 것은 한층 짙어진 짙은 피로였다.

　생쥐는 작게 하품을 하며 황제 옆에 앉았다. 성인 남성에게는 가슴께에 어른대는 수면이 목 근처까지 올라와 찰랑거린다. 그 탓에 불편함을 느낀 생쥐가 다시 벌떡 몸을 일으켰다. 물 위로 드러난 그녀의 뒷모습을 무심코 응시하던 황제가 눈가를 찌푸렸다.

　"흉터가 남았군."

　얇은 천자락 너머로 상처의 흔적이 희미하게 어른거렸다. 그의 말에 생쥐가 손을 뒤로 돌려 자신의 등을 어루만졌다.

　"다 나았습니다."

　값비싼 약재를 아낌없이 쏟아 부은 덕에 깊었던 상처였건만 예상보다 빠르게 회복되었다. 다만 흉터만큼은 궁의도 어쩔 도리가 없었다.

그저 서서히 옅어지기만을 바랄 뿐이었다.

"폐하께서도 흉터가 있어요."

황제의 심장 근처 피부 위로 상흔이 길게 남아있었다. 생쥐는 휘둥그레진 눈으로 가운 사이로 살짝 엿보이는 흉터를 바라보았다. 기분이 이상했다. 자신과는 달리 상처 같은 거, 절대로 입지 않을 것처럼 보였는데.

"폐하도 다쳐요?"

걱정스러운 물음에 황제가 대수롭지 않게 대꾸했다.

"너보다 먼저 죽을 일은 없다."

"절대로요?"

"절대로."

"하지만 다치셨습니다."

"안 죽어."

"사람은 누구나 다 죽어요?"

"나는 안 죽어."

세상엔 죽지 않는 사람도 있는 것일까. 생쥐는 의아해하면서도 더는 캐묻지 않았다. 다시 황제의 곁에 앉은 그녀는 찰랑거리는 수면을 조용히 내려다보았다.

혼례식 때 느꼈던 감정이 다시금 전신에 감겨들었다. 황제는 죽지 않는다. 그것이 참 멋지게 생각되었다.

비록 이미 황은을 입었다 알려진 생쥐, 라린 살타토르였으나 정식 후궁으로서의 초야는 바로 오늘이었다. 때문에 후궁전의 침실에는 첫날밤을 위한 준비가 갖추어져 있었다.

하늘하늘한 캐노피가 드리워진 침대 주위로 향초가 피어오르고 삼나무와 테레빈, 은매화로 향을 더한 기름병과 손가락으로 집어 먹을 수 있는 한 입 거리 간식을 담은 트레이, 은세공 잔과 다양한 술과 음료, 얼음이 든 유리그릇 등이 침대에서 손을 뻗으면 닿을 자리에 비치되어 있었다. 바닥에는 맨발은 물론이요 은밀한 속살이 비벼진다 하여도 아프지 않을 부드럽고 푹신한 카펫이 깔리고, 침대만 아니라 기다란 카우치에도 베개 대용으로 쓸 수 있는 쿠션과 몸을 감을 시트가 마련되어 있었다. 물론 카우치 주위에도 간식거리와 향유 따위가 준비된 채다.

침실의 굽어지는 네 모서리마다 섬세하게 세공된 촛대가 길게 서 있고 천장은 진줏빛 은은한 광택의 천으로 장식되었다. 창문을 가리게끔 내걸린 화려한 태피스트리에는 태양의 남신으로부터 매혹의 열매를 건네받는 가녀린 님프 소녀의 모습이 묘사되어 있었다.

호화로운 신방이었으나 생쥐는 자꾸만 감기는 눈을 비비적대느라 제대로 보지 못했다. 황제는 꾸벅꾸벅 졸고 있는 품 안의 소녀를 침대 위에 내려놓았다.

"……이제 자요?"

잠들어도 괜찮냐는 물음이었다.

"자라."

"네."

생쥐는 침대 위를 엉금엉금 기어서 제 동굴로 숨어드는 작은 짐승처럼 이불 속을 파고들었다. 베개 위에 기절하듯 툭 내려 놓이는 머리를 지켜보던 황제 또한 침대 위로 올라갔다. 평소와는 다르게 잠자리에 눕는 그의 모습에 생쥐가 무거운 눈꺼풀을 억지로 들어 올렸다.

"……주무세요?"

"그래."

추수기 일거리가 산을 이룬다 해도 초야 신방에까지 가지고 들어올 수는 없는 노릇이었다. 잘 거라는 말에 생쥐가 황제를 향해 돌아누웠다. 졸음기 그득하지만 그래도 조금쯤 또렷해진 연녹색 눈이 곁의 남자를, 공식적으로는 자신의 남편을 바라보았다. 감기려던 금빛 눈이 빤히 찔러오는 시선을 느끼고 그녀를 향해 움직였다.

"할 말이라도 있나."

"없습니다. 그냥 구경하려고요."

"……구경?"

"네. 폐하께서 주무시는 모습은 본 적 없습니다. 안 주무시는가도 싶었어요."

자는 모습을 한 번도 보질 못했으니까 혹 아예 자질 않는 게 아닌가 하는 생각이 들었다. 황제는 잠시 침묵하다가 나직이 말했다.

"아직 날이 춥지 않으니까."

"예?"

"아예 안자는 건 아니다."

"주무시는군요."

"그래."

"그럼 주무세요."

어서. 입 밖으로 내진 않았지만 잠자기를 재촉하는 눈빛이었다. 대체 남이 자는 걸 왜 구경하겠다는 것인지. 황제는 어이없어하면서 자신의 뺨을 열심히 찌르고 있는 눈길을 마주했다.

"안 주무세요?"

"쳐다보고 있으니 거슬려."

"아, 그럼 다른 데 보고 있겠습니다. 주무세요."

생쥐는 얼른 고개를 돌려 위를 향하였다. 어둑어둑한 사이로 희끄무레하게 늘어진 캐노피를 노려보던 그녀가 얼마 버티지 못하고서 다시 황제를 향해 시선을 돌렸다.

"……안 되겠어요. 힘듭니다."

"뭐가."

"폐하를 보고 있지 않으면 졸립니다."

손을 들어 눈두덩을 비비며 말했다.

"나를 보고 있을 때는 졸리지 않다는 건가."

"안 졸리는 건 아니지만, 참을 수 있어요. 하지만 침대 지붕을 바라보고 있으니까 너무 졸립니다. 그러니까 폐하, 안 주무세요?"

"조금 전에도 말했지만 빤히 쳐다보고 있으면 잘 수 없다."

남의 시선을 일일이 신경 쓰는 섬세한 성격은 절대 아니었지만 아주 거짓말인 것도 아니었다. 호기심을 담아 찔러오는 눈빛은 아플 정도는 아니었지만 간지러울 정도는 되었기 때문이다. 황제의 말에 생쥐는 실망하며 크게 하품했다.

"이젠 폐하를 보고 있어도 더 버티기가 힘듭니다."

"그냥 자라."

"하지만요, 언제 또 주무실지 몰라요?"

지금이 아니면 언제 다시 기회가 찾아올지 알 수 없었다. 어떻게든 잠기운을 쫓으려고 애쓰는 생쥐에게 황제가 물었다.

"잠을 참으면서 볼 필요가 있나? 다른 사람과 별 차이 없을 것이다만."

"아, 음. 폐하시니까요."

"……나라서?"

"네에. 저는 폐하를 좋아합니다. 그러니까 한 번도 본 적 없는 주무시는 모습을 보고 싶은 거예요. 다른 사람이랑 비슷하대도 달라요. 그러니까, 제가 보는 느낌이 다릅니다. 아리에스 언니가 자는 모습을 보고 있으면 기분이 좋아졌어요. 다른 사람은 안 그래요."

생쥐는 열심히 제 나름의 이유를 설명했다. 다른 사람의, 별로 좋아하지도 않는 사람의 자는 모습이라면 졸음을 참아가며 보고 싶진 않았다.

흥미 자체가 없었다. 좋아하는 사람이니까 보고 싶은 거다.

"음……. 왜 좋아하면 보고 싶어지는지는 잘 모르겠습니다. 저는 계속 좋아하는 사람이 없었거든요. 좋아하는 거, 별로 없었어요."

무언가를 좋아할 여유 자체가 없었다. 이전의 삶에서 가장 필요로 했던 먹을거리를 운 좋게 넉넉히 손에 쥔대도 좋다기보다는 굶지 않아 다행이라는 생각이 먼저 들었다.

"그러니까 이제 주무시면 안 돼요?"

"……."

황제는 약한 한숨을 내쉬고는, 못 이기는 척 눈을 감아주었다.

9
달밤에 삽질

"어떻게 그럴 수가 있어요?"

생쥐는 두 눈을 커다랗게 치떴다. 그녀는 경악에 찬 얼굴로 눈앞에 펼쳐진 정원을 바라보았다.

"역시……. 말도 안 된다고 생각합니다……."

말꼬리가 살짝 떨렸다. 꽉 맞잡은 두 손 또한 바들바들 떨리고 있었다. 작게 도리질을 치는 생쥐에게 아리에스가 상냥한 목소리로 다시금 알려주었다.

"이 궁전은 이제 생쥐 네 거야."

정식으로 식을 치른 후궁에게 내려지는 궁. 물론 사택처럼 매매하거나 양도할 수는 없었지만 이곳 나비궁은 이름 그대로 틀림없는 후궁 나비, 생쥐에게 속한 건물이었다.

"하지만요, 하지만요……."

열 번, 아니 백 번을 들어도 도저히 믿을 수 없는 이야기였다. 이렇게나 크고 화려한 집인데. 생쥐는 연신 부정의 고갯짓을 해댔다.

"저기, 후궁은 첩이에요? 공주도 황태후도 아닙니다."

아리에스가 웃으며 말했다.

"공주나 황태후는 열 배는 더 큰 궁을 가지고 있는 걸? 여긴 작은 편이라고."

후궁전들 중에서는 중간 정도의 크기였지만 오히려 첫 정식 후궁에게 내리기에는 부족함이 있는 궁전이었다.

"그, 그래도요……."

생쥐는 반쯤 울먹이다시피 하며 다시금 아름답게 꾸며진 정원을 바라보았다.

궁에 비하면 초라한, 살타토르 백작의 별장 정원을 바라보며 죽어서 그곳에 묻힌다면 좋겠다고 생각했었다. 사는 것까지는 욕심이라고 느꼈던 것이 고작 한 달 남짓 전의 일이다. 그런데 지금은.

"여, 역시 이상해요……."

자신의 것이란다. 자신의 정원이고 자신의 집이라고 말한다. 제 것이라곤 낡디낡은 옷 한 벌이 전부였던 소녀에게.

생쥐는 안절부절못하며 발을 동동 굴렀다. 무언가 많이, 아주 많이 잘못된 것 같았다.

"언니가 가지세요!"

"싫어!"

생쥐의 말에 아리에스가 차가울 정도로 딱 잘라 거절했다. 정말로 질색이라는 표정에 생쥐가 화들짝 어깨를 움츠렸다.

"나는 황후도 후궁도 안 할 거라고!"

"어, 언니……?"

"아……. 미안."

아리에스가 호호 웃으며 놀란 생쥐의 어깨를 톡톡 다독였다.

"망할 점괘가 아무래도 신경이 쓰여서 말이야. 아무튼 이런 건 절대 누구 주거나 하면 안 되는 거란다."

"……안 돼요?"

"그러엄. 이건 네가 황제 폐하의 후궁이기 때문에 주어지는 것이니까. 하사받은 궁을 남에게 준다는 것은 나 후궁 하기 싫으니까 너 해라, 라는 뜻이나 다름이 없다고."

"아……."

"그러니까 두 번 다시는, 특히 남의 귀가 있을 때는 절대로 절대로 그런 말 하면 안 돼?"

"네."

생쥐는 얌전히 대답했고 아리에스는 미소 지으며 고개를 끄덕였다. 농담이 아니라 진짜 누가 듣기라도 했다면 경을 치를 소리였다.

하지만 지금 이곳에 두 사람의 대화를 들을 수 있는 귀는 하나도 없었다. 신방을 꾸미고 황제를 모시기 위해 가득했던 시종 시녀들은 날이 밝자마자 모조리 내쫓고 말았기 때문이다.

'폐하께서 제대로 잘 뽑으시려나?'

아리에스는 아직 약간 침울해 있는 생쥐의 머리를 쓰다듬어주며 높은 담을 두고 나뉘어져 있는 별채 쪽을 바라보았다. 이전처럼 궁인들을 모조리 내쫓고 며칠에 한 번 관리를 위해 불러들일 수는 없었다. 여러 사람이 드나들게 되면 오히려 방비가 더 미흡해진다.

그렇기에 지금, 황제는 나비궁에 머무르게 할 시녀를 몸소 가려 뽑는 중이었다. 아리에스의 시선이 닿은 저 별채에서.

용모도 능력도 뛰어난 엄선된 시녀 서른 명이 질서정연하게 줄을 지어 서 있었다. 그녀들은 감출 수 없는 긴장감을 띄운 채 자신들의 주인인 남자를 숙인 눈으로 힐끗힐끗 훔쳐보았다. 그 시선들 사이에는 황실 시녀자리에 비할 바가 못 되는, 한층 높은 곳을 바라는 욕망 또한 더러 섞여 있었다.

 젊은 황제의 눈에 들어 후궁 자리를 꿰차는 행운을 바라는 여자들은 많고 많았다. 하지만 그녀들 앞에 선 황태후라는 벽은 높고도 두려웠다. 공주 또한 눈에 불을 켜고 도사리고 있었다. 죽을 거 뻔히 아는 사지에 무턱대고 뛰어드는 여자는, 당연히 없었다.

 그러나 이제는 상황이 달라졌다. 목숨을 부지한 채 황제의 총애를 받는 후궁이 생겨난 것이었다. 출신도 얼굴도 몸매도 보잘것없는 저런 어린애가 할 수 있다면 어쩌면 나도. 그런 욕망이 궁정 여자들 사이에 퍼져 나가는 것은 순식간의 일이었다.

 늘어선 시녀들의 반수 가까이가 헛된 꿈에 부푸는 사이, 황제는 냉정한 시선으로 그녀들 하나하나를 살피고 있었다. 그가 원하는 것은 뛰어난 미모도 능숙한 일솜씨도 아니었다.

 필요한 조건은 단 하나.

"왼쪽에서 세 번째, 일곱 번째, 여덟 번째, 스물한 번째. 남고 다 나가라."

네 명의 시녀가 선택되고 남은 스물여섯 명의 시녀들이 아쉬움을 감추며 몸을 돌렸다. 문이 닫히고 황제는 자신의 예민한 청각에도 잡히지 않을 만큼 발소리들이 멀어지고 난 뒤에야 다시 남은 넷을 바라보았다.

닮은 점이 별로 없는, 제각각의 특징을 지닌 여자들이었다. 하지만 황제가 원하는 한 가지는 확실하게 갖추고 있었다. 그가 시녀들에게 명했다.

"고개를 들어라."

약간 쭈뼛대며 네 시녀가 숙였던 고개를 들어 올렸다. 그와 동시에 원래도 날카롭던 금안이 소름 끼치는 살의를 띠었다. 순식간에 방 안을 가득 메우며 퍼져 나가는 광포한 기세를 버티지 못한 여자들이 앞다투어 바닥으로 무너져 내린다. 황제는 소리 없는 비명을 지르며 벌벌 떠는 여자들을 냉정하게 내려다보았다.

"황태후와 연결된 자가 있나."

그렇게 하문하자 시녀들이 일제히 고개를 저었다. 필사적인 움직임에 거짓은 조금도 섞여 있지 않았다.

반항하면 죽는다. 단순히 머리가 날아가는 정도가 아니라 사자의 발아래 찍어 눌린 사슴처럼 산채로 갈기갈기 찢어져 잡아먹히고 말 것이다. 전신의 감각이 그리 예감하고 외쳐대는데 감히 허튼짓을 할 수 있을 리 없었다.

황제는 진득한 살기를 연신 퍼뜨리며 웅크려 떨고 있는 시녀들의 주위를 천천히 맴돌았다. 공포와 두려움이 상대의 골수까지 확실하게 파고들도록 일부러 침묵한 채 시간을 들였다. 황태후가 그 어떤 협박과 회유를 하더라도 뼛속 깊이 스며든 공포를 이기지 못하고 끝까지 입을 다물 수 있도록.

다만 지금의 모습으로는 상대적으로 허약한 기운을 가진 사람에게나 통하는 방법이었다. 같은 여자라 하더라도 아리에스쯤 되는 성격이라면 두어 달 기죽어 피하는 정도로 끝나고 말 것이리라. 그렇기에 주인이 될 어린 후궁에게 절대 해를 끼치지 못할 기질이 약한 시녀를 골랐다.

문득 두고 온 소녀가 떠올라 황제는 본전의 높은 지붕이 힐끔 내보이는 창으로 시선을 옮겼다. 위압감이 약해지자 개중 기가 센 시녀가 슬그머니 눈을 들어 황제를 올려다보았다. 여전히 무표정하였으나 조금 전의 냉담함은 사라진 얼굴이었다. 표정이 일견 부드러워진 듯도 해 의아하고도 놀라웠으나 그녀의 그런 감정은 곧 한층 짙어진 위압감에 눌려 깨끗이 사라지고 말았다.

나무를 옮겨 심은 지 얼마 지나지 않은 정원에는 아직 풀보다 적갈색 부드러운 흙이 더 많이 밟히었다. 생쥐는 그 위를 폴짝폴짝 뛰었다. 발가락 사이로 느껴지는 까끌하고도 축축한 감촉이 기분 좋았다.

"……뭐하는 거지."

정원을 헤집고 다니는 맨발의 어린 후궁을 쳐다보며 황제가 중얼거렸다. 정원과 이어지는 테라스 난간 옆에 의자를 놓고 앉아있던 아리에스가 몸을 일으켜 묵례하며 말했다.

"이 정원이 자기 것이라 했더니 저러네요."

서너 번쯤 더 반복해 설명하고 나서야 생쥐는 후궁전이 자신의 것임을 억지로나마 받아들였다. 그리고 나서는 저 모양이다. 마치 난생처음 정원에 나와 본 어린애처럼 풀을 뜯고 흙을 만지며 놀고 있는 것이었다. 혹여 진짜 멋모르는 어린아이가 하듯 흙을 집어 먹지는 않을까 걱정마저 슬며시 드는 모습이었다.

"저렇게 놀아 본 적, 없을 테니까요."

생쥐를 지켜보는 아리에스의 눈동자에 측은함이 깃들었다. 항시 조신해야 하는 귀족가 자녀라 해도 유아 때는 뛰고 뒹굴며 놀기 마련이다. 정원을 뒤뚱뒤뚱 뛰어다니며 강아지 꼬리를 잡아당기거나 어쩌다 움켜쥔 벌레를 입으로 가져가다가 혼나기도 하고⋯⋯.

하지만 생쥐에게는 그런 시절이 없었다. 장난감은 고사하고 가난한 집 아이들이라도 쉽게 손에 넣을 수 있는 흙이나 돌멩이, 나뭇가지 따위를 가지고 놀 수조차 없는 환경이었다. 굶주림에 지쳐 맥없이 멍한 눈으로 주저앉아 구걸통을 내미는 것이, 식당에 팔려가기 전까지의 생활이었으니.

"시녀들은 잘 뽑으셨나요? 당장 필요할 듯싶거든요."

흙투성이가 된 후궁마마님을 위해서 목욕물을 한가득 끓여야지 싶었다. 샛노란 꽃 무더기에 얼굴을 파묻는 생쥐를 구경하고 있던 황제가 아리에스의 말에 짧게 대꾸했다.

"별채에 있다."

"본채 쪽에는 들이지 않으시려고요? 지금 있는 둘은 시녀라기엔 솔직히 손색이 많던걸요. 생쥐와 잘 놀아주기는 하지만요."

두 요정은 실상 시녀보다는 호위에 가까웠다. 몸 시중은 물론이고 청소나 요리도 제대로 할 줄 모른다. 음식을 날라 오기야 잘하였지만. 후궁전에 소수나마 시녀를 남겨 둔 이유도 그 때문이었다.

"필요할 땐 별채에서 불러. 그리고 한 명 더 올 거다."

"별채의 시녀는 몇 명인데요?"

"넷."

"너무 적을 거 같은데⋯⋯."

지금이야 홀로 무작정 상경하는 바람에 혼자였지만, 백작 영애인 아리에스가 거느린 시녀도 그보다 많았다.

그러나 황태후의 위협이 도사리는 한 외인을 무작정 많이 들일 수는 없었다.

"……하는 수 없죠. 연회 준비는 침궁 쪽으로 옮겨가서 해결하겠습니다. 그 외의 일상 시중은 손이 많이 필요치 않을 테니까요."

귀부인들을 모아 소소한 연회를 열고 살롱을 방문하거나 초대하는 등의 사교활동을 하지 않는다면 적은 수의 시녀로도 살림을 꾸려 나갈 수 있었다.

쓰지 않는 방이나 건물은 닫아놓고 검소한 상차림과 옷차림을 유지하면 그만이었다. 즉, 사치만 부리지 않으면 된다. 그렇다고 해도 생쥐에게는 충분히 사치스러운 생활이 될 것이었지만.

희미하게 물기를 머금은 바람이 불어왔다. 오늘 밤이나 내일쯤, 한차례 비가 흩뿌려질 모양이었다. 아리에스는 다시 의자에 앉은 채로, 황제 또한 근처 테이블에 자리한 채로 정원의 소녀를 바라보았다. 조물조물 서투른 손놀림의 흙장난을 구경했다.

남들은 무얼 저런 것을 군이 지켜보고 앉았는가 싶을 것이었다. 그냥 흙투성이 여자애가 놀고 있는 것일 뿐이다. 시선을 잡아 끌만큼 뛰어난 미모를 가진 것도, 특이한 행동을 하는 것도 아니다. 하지만 두 사람은 지겨운 기색 일말 없이 묵묵히 생쥐를 지켜보았다.

그 어딘지 모르게 포근한 분위기의 침묵은 불만에 찬 방문자의 난입으로 깨져버렸다.

"폐하!"

목청 높은 부름에 황제와 아리에스가 동시에 뒤를 돌아보았다.

큰 걸음으로 성큼성큼 테라스로 다가온 이카르가 아리에스에게 눈인사한 뒤 황제를 향해 말했다.

"마담 노체를 데리고 가시면 전 어쩌라고요?"

황제는 귀찮다는 투로 대꾸했다.

"네놈도 따라와."

"……예? 후궁전에 들어오라고요?"

"그래."

그 말에 이카르가 인상을 와락 찌푸렸다.

"싫습니다! 그렇잖아도!"

적자색 눈동자가 힐끔, 근처에 서 있는 아리에스를 향하였다.

"……안 좋은 소문인데 얼마나 더 나빠지라고요."

황제의 정부가 아니냐는 의혹 속에 휩싸인 주제에 아예 후궁전에 들어앉는다면 소문이 기정사실화 되는 것은 불 보듯 뻔한 일이었다. 아리에스의 눈치를 살피는 이카르의 모습에 황제가 웃기지도 않다는 표정으로 혀를 찼다.

"평소에는 신경도 안 쓰던 놈이."

"신경 쓰고 있었습니다만."

"헛소리 말고 손님용 별채에 들어가. 아리에스도 거기 머물 거다."

"살타토르 양이요? 하지만 별채라도 후궁전에 머무르면……."

"바라지 않는 소문이 나돌겠지요."

아리에스가 약하게 한숨을 쉬며 말을 이어받았다.

"하지만 어쩌겠어요. 목숨이 더 소중한 걸요."

홀로 따로 손님용 궁전이나 수도의 살타토르 저택에 머물기에는 후환이 두려웠다. 황태후가 직접적으로 나서리라곤 생각지 않았다.

하지만 공주는 다르다.

목숨까진 노리지 않는다 해도 연회장에서처럼 해코지는 충분히 가해올 수 있는 것이다. 생쥐 때문에 약이 잔뜩 오른 그녀이니 방해꾼인 아리에스가 무방비하게 홀로 다닌다면 틀림없이 보복을 가해 올 터였다.

연회장에서야 뺨만 때렸지만 보는 눈이 없는 곳이라면 훨씬 더 잔혹해질 수 있을 것이니.

"집에 가서 숨어있으면 괜찮겠지만 생쥐를 내버려 둘 수는 없잖아요? 그러니 후궁전에 머무는 수밖에요."

그렇게 말하며 아리에스가 과장되게 걱정스러운 표정을 지어 보였다.

"아아, 이러다 자칫 혼삿길 막히는 게 아닐지……. 불미스러운 소문이 도는 여자를 누가 좋다고 하겠어요? 이카르 경께서도 싫으시겠죠, 그런 여자."

아리에스의 눈길이 가닿자 이카르가 얼른 고개를 저었다.

"아뇨, 아닙니다! 거짓된 소문이야 저도 많이 당해 봤는걸요. 그런 것에 현혹되지 않습니다."

"어머. 그럼 저 좋아하세요?"

"……예?"

당황하는 그를 향해 아리에스가 배시시, 순진한 듯 고혹적인 미소를 베어 물었다.

"농담이에요."

"아, 음, 예……."

황제는 저보다 일곱 살이나 어린 여자에게 이리저리 휘둘리는 이카르의 꼴을 탐탁잖게 쳐다보았다.

앞날이 훤한 것이 영 마음에 들지 않아 정신 차리라는 의미로 한 대 팰까 생각하는데 다른 자가 선수를 쳤다.

퍼억!

"앗!"

생쥐가 갑자기 눈에 불을 켜고 달려와 이카르에게 흙뭉치를 던진 것이다.

깜짝 놀란 이카르가 반사적으로 뒷걸음질쳤다.

예상치 못한 공격이라 제대로 피하질 못해 하얀 제복 위로 흙모래가 질척하니 퍼졌다. 황제의 후궁이 아니라 도로 뒷골목 소녀가 되어 버린 듯한 꼴의 생쥐가 부루퉁히 볼을 부풀린 채 당황하는 그를 노려보았다.

"대체 왜……?"

생쥐는 대답 없이 입술만 삐죽거리다가 몸을 홱 돌려 장미 울타리 너머로 숨어버렸다. 그 모습을 쳐다보며 이카르가 길게 한숨을 내쉬었다. 대체 왜 얼마 전부터 적의를 보여 대는지 도통 알 수가 없었다.

"진짜 왜 저러는 건지 모르겠습니다."

영문을 몰라 하는 그와는 달리 다른 두 사람은 생쥐의 속을 훤히 꿰고 있는 눈치였다.

아리에스가 미소 띠며 흰 레이스 손수건을 꺼내어 흙자국을 닦아주었다.

"그냥 작은 심술인 거지요. 미워하진 말아주세요."

"미워할 리가요. 그냥 이유를 알 수가 없으니 답답하잖습니까."

"그럼 신경 쓰지 마시고 머무실 방이나 보러 가요."

"아니, 전······."

"혼자 별채에서 지내려니 쓸쓸했는데, 잘되었어요."

아직 후궁전으로 옮겨오겠다고 정하지 않았는데! 하지만 이카르는 별달리 반항도 하지 못한 채 아리에스에게 이끌려 나갔다. 황제는 그런 그의 뒷모습을 한심하게 쳐다보다가 정원으로 시선을 옮겼다.

"꼬마."

돌아오는 대답은 없었다. 황제는 걸음을 옮겨 생쥐가 숨은 장미 울타리 쪽으로 다가갔다. 쪼그리고 앉아 있던, 제 나이보다 훨씬 어려 보이는 소녀가 고개를 살짝 들어 그를 올려다보았다.

"······그냥 흙이에요. 돌도 아닙니다. 해친 거 아닙니다."

전에 황제가 당부했던, 이카르를 해치지 말란 소리가 신경 쓰였던 모양이었다. 황제는 흙투성이의 생쥐를 일으켜 세우며 말했다.

"돌을 던져도 된다."

"······예?"

"어린애가 던진 돌 맞고 잘못될 만큼 약해빠진 놈이 아니니."

좀 맞아야 정신을 차릴 듯도 싶고. 황제는 옷이 더러워지는 것도 아랑곳하지 않고 생쥐를 안아 들었다.

어차피 오물도 아니고 흙과 풀 이파리일 뿐이다. 흙내음과 풀 내음은, 싫어하지 않았다. 오히려 좋아하는 편이었다. 지독한 향수 냄새를 온몸 가득 덮어쓰고 다니는 궁정 여자들보다야 흙투성이 계집애가 훨씬 낫다.

"폐하."

생쥐가 황제의 너른 품에 익숙하게 안겨들며 작게 속삭였다.

"배고픕니다."

실컷 놀고 났더니 배가 고프다. 하지만 생쥐는 후궁전의 식당이 어디에 붙어있는지를 몰랐다. 두 요정들도 어디론가 가고 없었다. 황제는 밥 달라고 찍찍대는 생쥐를 안아 든 채 정원을 가로질러 걸어갔다.

"라지와 사지는 어딜 갔어요?"

"나무 뽑으러."

갑자기 웬 나무를 뽑으러 갔을까. 생쥐는 고개를 갸우뚱거렸지만 궁금증은 이내 배고픔에 밀려 사라졌다.

챙그랑! 갖가지 색을 넣은 휘황찬란한 유리 화병이 풀 곳 없는 노기에 휘말려 산산조각 났다. 조각조각 난 유리 옆으로 뒤집어져 제 내용물을 울컥울컥 토해놓은 보석함도 보였다. 최상품의 흑진주 머리꽂이며 새빨간 루비가 줄을 잇는 목걸이, 칠보로 장식된 상아 빗 등 값비싼 보석 장신구들이 볼품없이 바닥을 나뒹구는 것에 몇몇 시녀들은 두려움 속에서도 안타까운 눈빛을 채 감추질 못하였다.

"그 비루먹은 천것이!"

로제시아 공주의 입술에서 날카로운 분노의 외침이 터져 나왔다. 그녀는 주먹을 꽉 쥐다가 체면을 잠시 잊어버린 거친 분풀이 탓에 상처 입은 손톱 끝을 발견하곤 신경질적으로 팔걸이의자에 걸터앉았다. 대기하고 있던 시녀들이 입술을 짓씹으며 내미는 손에 급히 달라붙었다. 부드러운 천으로 손톱이 닦이고 조그만 자기 그릇에 담긴 영양제가 조심스럽게 발라졌다.

시녀들에게 손톱 관리를 받는 와중에도 황녀의 표정은 여전히 노기로 가득 차 있었다. 황제의 첫 혼례식 주인공은 자신이 되어야 했다. 어디서 굴러들어왔는지도 모를, 비쩍 마른 꼬마 계집이 아닌 황가의 적통이자 나라 제일의 미녀인 자신이.

'……어울리지도 않는 추물 주제에 가당키나 하나!'

혼례식 때의, 연회장에서의 모습을 떠올리자 절로 이가 바드득 갈렸다. 전에도 느꼈지만 참으로 볼품없는 계집이었다. 그래도 후궁이라고 온갖 정성을 다해 꾸며놓았을 것임에도 그 꼴이다. 열여섯 살이라면서 몸에는 굴곡 하나 없고 어두침침한 회색 털에 핏기없이 얄빠진 얼굴이라니. 각양각색의 미녀들이 활개치고 다니는 궁정에서는 미인 축에 들기는커녕 예쁘단 소리조차 듣기 힘든 외모였다. 나비? 우습지도 않다. 벌레조차 과분한 박색이.

그런 꼴을 하고서 황제의 옆에 섰다. 그 품에 안겼다. 마치 독수리 옆에 달라붙은 털 빠진 오리 새끼 같은 광경이었다. 조금도 어울리지 않았다. 궁정의 그 어떤 귀족 사내도 따라가지 못할 당당한 풍채를 지닌 장신의 미남자 곁은, 몸매도 얼굴도 모두 완벽하게 아름다운 미녀만이 서기 걸맞은 것이다. 그년과는 키 차이부터가 우스운 꼴이 아니던가.

차라리 살타토르 가의 계집이 후궁 자리를 차지했더라면 이만큼 열이 오르지는 않았을 터였다. 그래도 그 계집은 황제와 그럭저럭 어울릴 만큼 미인이기는 하였으니. 물론 어울린다고 하여 곱게 내버려두지는 않을 것이었지만.

"어머나, 아까워서 어쩐대요. 아름다운 화병이었는데."

그때 발랄한 여인의 목소리가 들렸다. 로제시아 공주는 좁혀 든 미간을 억지로 펴며 고개를 들었다.

"샤르주 백작 부인."

서른 후반 즈음으로 보이는 여자가 황녀를 향해 우아하게 인사했다.

"황태후마마를 뵈옵고 돌아가던 중에 잠시 들러보았답니다. 안부를 여쭙고 싶사오나 형식적인 대답을 하실 기분이 아니시겠지요."

샤르주 백작 부인은 황태후와 어릴 적부터 친하게 지내 온 동무이자 지금도 즐겨 함께하는 말벗이었다. 그린 듯 온화한 얼굴에 드리워진 상냥한 미소를 마주 대하자 황녀는 기분이 어느 정도 풀리는 것을 느꼈다. 모친의 친구이니만큼 샤르주 백작 부인은 황녀와도 친분 깊은 사이였다.

"솔직하게 말하자면 속이 말이 아닙니다. 폐하께서 후궁을 들이셨다는 것보다 그런 보잘것없는 어린 계집에게 뒤처졌다는 사실이 더욱 마음 상하네요."

"아무려면요. 궁정의 귀족들 모두 이해할 수 없다는 반응이질 않습니까."

내로라하는 미인인 황녀를 상대하기에 새로운 후궁은 너무도 초라했다. 외모를 놓고 본다면 그 차이가 너무도 컸기에 황제가 어린 소녀 취향이라 황녀를 거들떠보지 않았다는 무례한 주장이 힘을 얻고 있었다.

황녀는 한숨을 흘리며 손을 내저었다. 주위에 있던 시녀들이 공손히 뒷걸음질쳐 밖으로 나갔다. 문이 닫히고 단둘만이 남게 되자 황녀가 좀 더 깊은 속내를 토해놓기 시작했다.

"처음 마주쳤을 때 죽여 놓았어야 했어요."

그때 일만 떠올리면 잠을 이루지 못할 만큼 원통스러웠다.

채찍질을 열 대 꽉 채웠더라면 이런 수모를 당할 일도 없었을 터인데.

"어마마마께서도 결국 손쓰지 못하시지 않으셨습니까."

"폐하께서 그리 방해하고 나서실 줄이야 몰랐지요."

백작 부인이 손에 든 부채 끝을 입술에 살짝 대며 말했다. 그때 암살자들을 직접적으로 움직인 자는 실은 샤르주 백작 부인이었다. 그녀는 쉬이 움직이지 못하는 위치에 선 황태후의 손과 발이 되어주는 충직한 가신이기도 하였다.

"그러고 보니 오늘 밤에는……."

백작 부인이 말을 잇지 않고 모호한 미소를 머금었다. 황녀가 고개를 갸웃 기울이며 뒷말을 재촉했다.

"오늘 밤에 무언가 있나요?"

"오늘 밤에는 폐하께서 나비궁에 머무시지 않는다 들었답니다."

사근사근한 목소리로 백작 부인이 말했다. 나비궁에 머물지 않는다. 즉, 후궁과 동침하지 않는다는 뜻이었다. 그 말에 황녀가 눈을 날카롭게 치떴다.

"나비궁에는 사람도 몇 없다 들었습니다만."

"시녀가 여섯에 요리사가 한 명. 참으로 초라한 인원이지요."

아직 아리에스와 이카르가 머물게 되었다는 소식은 전해지지 않았다. 물론 그 둘을 더한다더라도 심히 적은 수였다. 일곱 명. 기사나 병사는 없다. 황녀는 무심코 마른 침을 삼켰다.

"허면, 샤르주 백작 부인. 어마마마를 위한 작지만 날카로운 칼날을 제게도 잠시 빌려줄 수는 없나요?"

황녀에게는 아직 샤르주 백작 부인과 같은 쓰기 좋은 유용한 심복은 없었다. 그녀의 말에 백작 부인이 예쁘게 미소 지었다.

"황태후마마의 소지품이 즉 공주마마의 것이 아니겠습니까."

　살가운 대답에 황녀의 입가에도 웃음꽃이 피어났다. 후궁을, 어린 소녀를 살해하자는 대화였지만 황녀는 조금의 죄책감도 느끼지 못했다. 심지어 일이 잘못될 것에 대한 걱정조차 하지 않았다.

　고작해야 백작가의 서녀다. 평민보다 조금 나을 뿐인 천출 한둘쯤 제거한다 하여 무슨 문제가 될까. 설령 암살을 주모한 것이 들통 난다 하더라도 천한 것의 목숨값쯤 미안하다 사죄 한 마디면 그만이다. 공주의 사과라니, 과분하지 않은가.

　로제시아는 후궁의 시체 앞에 머리 숙여 줄 의사가 충분히 있었다. 슬퍼하는 모습도 보여주어야지.

　죽은 계집이라면 사랑이라도 해줄 터다.

휘영청 솟은 달이 시리게 아름다운 밤이었다. 푹푹, 하고 야밤에 삽질하던 사지예가 흰 달을 향해 고개 들어 올리며 허리를 폈다.

"요즘 솔레다토르가 우릴 너무 부려 먹는다, 그치?"

역시나 한 손에 삽을 든 라지예가 입술을 쭈욱 내밀었다.

"맛있는 게 많아서 좋긴 한데 너무 부려 먹긴 하지?"

"생쥐랑 노는 건 좋은데 행사 끌려다니는 건 귀찮아!"

"그치 그치! 그래도 이젠 몇 개 안 남았다더라?"

"그 몇 개도 아리에스한테 떠넘기고 튈까?"

"아리에스는 약하잖아. 생쥐 못 지켜줄걸?"

"그럼 생쥐도 데리고 튀자!"

"솔레다토르가 화내겠다. 재밌겠다!"

두 요정은 마주 보며 낄낄낄 웃다가 다시 멈췄던 삽질을 시작했다.

"생쥐를 데리고 튀면~."

"솔레다토르가 죽이려 들 거야~."

"그럼 한 번 죽어주지 뭐~."

"솔레다토르가 화내봐야~."

"노체 할망구 잔소리가 더 무섭지~."

흙을 파고 파고 또 파서 웅덩이가 깊게 패었다. 라지예와 사지예는 뛰어들어가면 허리까지 푹 빠질 구덩이를 만족스럽게 내려다보았다.

"이 정도면 노체 할망구 들어가겠지?"

"뿌리 좀 많이 쳐내겠지만 들어는 가겠지?"

"뿌리 좀 잘라도 돼. 많잖아?"

"다 잘라내도 금방 다 자랄걸?"

"내가 보기엔 한참 작은데?"

두 요정의 수다 속에 누군가가 끼어들었다. 달밤에 형형하게 빛나는 가느스름한 두 쌍의 눈동자가 홱, 침입자를 돌아보았다.

"웬일이야 케이어스?"

"웬일로 바깥엘 다 나왔대?"

솔레다토르의 부름이 없는 이상 주방과 금지된 숲을 벗어나는 일이 없던 드레이크가 정원에 나와 있었다. 케이어스가 고개를 갸우뚱거리는 요정들을 향해 말했다.

"벌레 몇 마리가 꼬였다."

"벌레? 나방? 모기?"

"귀뚜라미? 지네? 반딧불?"

"반딧불이면 잡자!"

"근데 아직 반딧불이 있나?"

케이어스는 중구난방으로 떠들어대는 요정들을 무시한 채 걸음을 옮겼다. 정원을 가로질러 생쥐의 침실을 향하는 그의 뒤를 두 요정이 삽을 쥔 채로 졸졸 따라붙었다.

"생쥐 방에 벌레가 있어?"

"지금은 솔레다토르도 없잖아."

"노체 할망구는 솔레다토르만 데리고 올 수 있으니까."

"파긴 우리가 팠지만!"

"그래서 무슨 벌렌데?"

쉼 없이 종알거리던 라지예와 사지예가 일순 뚝, 칼로 자르듯 입을 다물었다. 케이어스보다는 한참 늦었지만 둘 또한 후궁전으로 기어들어 오는 벌레의 기척을 느낀 것이었다. 라지예가 들고 있던 삽을 사지예에게 건넸다.

"난 별채에 있는 둘한테 가 볼게. 걔들한테 가는 거 아니지만, 혹시 모르잖아?"

"너 혹시 나한테 남은 삽질 다 시키려는 거 아냐?"

"아냐아~. 아마도?"

라지예는 키득키득 웃음을 남기고 어둠 속을 날듯이 내달려갔다. 혼자 남은 사지예가 두 개의 삽 중 하나를 케이어스에게 내밀었다.

"영감, 쓸래? 맨손으로 패 잡긴 뭣하잖아. 손이 끈적해져."

벌레를 잡다 보면 이것저것 묻어나기 마련이다. 기분 좋은 일은 아니었기에 케이어스는 흔쾌히 삽을 받아들었다.

"삽질할 생각은 없다."

"삽 든 김에 좀 하지? 삽질이나 국자질이나."

퍼내는 건 똑같지 않은가. 케이어스는 일을 떠넘기려는 사지예의 수작을 무시한 채 후원과 이어지는 회랑으로 올라섰다.

살기를 흩뿌리는 흉수들이 기어들어 오고 있음에도 둘의 발걸음은 산책이라도 하듯 가벼웠다. 비유가 아닌 진짜 벌레퇴치를 하러 가는 게 아닌가 싶을 정도였다.

"얘는 왜 여기서 자고 있대?"

불 꺼진 어두컴컴한 거실에 들어선 사지예가 소파 위에 웅크린 채 잠든 생쥐를 발견하고 의아하게 중얼거렸다. 멀쩡하니 넓은 침대 놔 두고서 불편하게도 잠들어 있었다.

사지예가 생쥐의 볼을 쿡쿡 건드리는 사이 케이어스는 주인 없는 침실로 접근하고 있는 기척들을 살폈다. 다섯 명. 황제도 없는, 호위 기사는커녕 문지기조차 존재하지 않는 후궁전을 덮치기엔 많은 수다.

"어디 있어? 벌써 안에 들어왔으면 그냥 여기까지 오게 내버려 두 자. 침실보다 거실이 청소하기 더 편하단 말이야. 아무튼 시녀 노릇 되게 귀찮아."

시녀 노릇이라고 해봐야 청소 따윈 하지도 않는 주제에 사지예가 툴툴거렸다. 거실까지 암살자를 끌어들인대도 잠들어 있는 생쥐가 위 험해질 거란 생각은 조금도 하지 않는 말투였다. 실상 인간 다섯쯤 드레이크 상대로는 벌레 취급당하여도 과언이 아니었으니 걱정할 이 유가 없기는 하였다.

"오, 이쪽으로 오나 보다."

머릿수건 아래의 뾰족한 귀가 움찔거렸다. 사지예는 작게 하품하는 생쥐를 품으로 끌어당겨 안으며 닫힌 문 너머로 접근하는 발소리에 귀 를 기울였다. 밑창에 부드러운 천을 덧대어 기척을 최대한 줄였지만 요정족의 예민한 청각을 벗어날 수는 없었다.

"나는 애 보고 있을게~."

그래도 혹시 모르니까. 소파에 앉아 아직 잠기운에서 벗어나지 못한 소녀를 품에 안은 요정이 씨익 웃었다. 케이어스는 그 모습을 힐끔 내려다보곤 걸음을 옮겼다. 손에 든 삽의 끄트머리가 바닥을 끼이익 긁는다. 대화 소리에 제법 큰 소음까지. 깨어있는 누군가가 있다는 것을 눈치챈 침입자들의 움직임이 조심스러워졌다. 일시에 숨을 죽인다. 그러고는.

콰앙! 문을 박차며 다섯 마리의 밤벌레들이 일시에 거실로 쏟아져 들어왔다. 흉흉한 기세를 내뿜는 그들을 맞이한 것은 한 자루의 삽이었다.

케이어스는 제자리에 우두커니 선 그대로 가볍게 삽을 휘둘렀다. 흙 묻은 삽 머리가 불운한 벌레의 머리를 향해 들이닥쳤다.

픽! 단단하고 속이 꽉 찬 물체가 묵직한 둔기에 두드려 맞아 부서지는 소리가 울려 퍼졌다. 한때 둥글었던 머리의 조각들이 거실 바닥 위로 산산이 흩어진다. 얼굴의 절반이 참혹하게 으깨진 남자가 비명도 내뱉지 못한 채 제 피와 뇌수 위로 쓰러졌다.

지저분한 오물이 튀는 것을 피하려 한 발 물러섰던 케이어스가 다시 삽을 든 손을 움직였다.

"켁!"

삽날의 끝이 두 번째 먹잇감의 목젖을 파고들었다. 목이 졸린 듯한 비명 직후, 빠끔히 열린 목덜미에서 피 거품이 콸콸 쏟아져 내린다.

그 기세가 지나쳐 소파 근처까지 튀어 오르는 통에 사지예가 짜증스 럽게 소리쳤다.

"영감! 청소 힘들다니까?"

당하는 처지로서는 어이가 없다 못해 화가 날 정도로 한가한 외침 이었지만 사지예의 투덜거림이 끝날 즈음에 그 말을 들을 수 있는 침 입자는 없었다. 케이어스는 다섯 구의 시체 사이에 서서 삽에 묻은 핏물을 툭툭 털어냈다.

"……무슨 일이에요?"

문이 열리는 소리에 잠에서 깨어났지만 위기감을 느끼고 숨죽이고 있던 생쥐가 작게 물었다. 사지예는 전에 비해 많이 부드러워진 연회 색 머리칼을 쓰다듬으며 대답했다.

"벌레가 몇 마리 기어들어 왔어."

"벌레요?"

"응. 커다란 벌레."

하지만 피 냄새가 나는데. 생쥐가 고개를 갸웃거리는 사이 급하게 달려오는 발소리가 들려왔다. 회랑 쪽으로 통하는 문이 벌컥 열어젖 혀지고 이카르가 가장 먼저 뛰어들어오며 소리쳤다.

"침입자는?"

이어 아리에스의 목소리도 뒤따랐다.

"생쥐야! 괜찮니?"

커튼이 내려져 달빛도 들지 않는 컴컴한 거실을 두리번거리는 아리 에스를 향해 생쥐가 대답했다.

"괜찮아요."

"진짜 괜찮은 거야? 불 좀 켜 봐요. 뭐가 이렇게 어두워?"

아리에스의 투덜거림에 둘을 데려온 라지예와 이카르가 거실에 세워진 촛대에 불을 밝혔다. 그리고.

"꺄아아아아악!"

아리에스가 피비린내 감도는 공기를 산산이 찢어놓는 날카로운 비명을 내지르며 자리에 풀썩 주저앉았다. 그 얼굴은 흰 분을 두껍게 칠한 듯 창백하게 질려있었다.

"시, 시체……!"

머리가 부서지고 목이 반쯤 잘려나간 끔찍한 몰골의 시체들. 밝혀진 불빛 아래 터져 나온 뇌의 일부가 흘러넘친 핏물에 담겨 번들거렸다.

아리에스는 부들부들 입술 끝을 떨다가 더는 버티지 못하고 두 눈을 질끈 감았다. 생쥐의 것과는 달리 보기 좋게 부푼 가슴이 가쁘게 오르내린다.

"언니?"

"시, 시, 시체…… 죽었……."

눈을 감은 채 벌벌 떨고 있는 아리에스의 곁으로 다가가 쪼그려 앉은 생쥐가 차분하게 대답했다.

"네. 시체예요. 죽었습니다. 사지는 벌레라고 했는데, 사람이었네요."

"후…… 아, 후, 후……."

아리에스는 여전히 눈을 뜰 엄두를 내지 못한 채 깊게 심호흡을 하였다.

시체다. 피투성이가 된 시체다. 난생처음 보았다. 사람이 죽는 것에 대해 생각해본 적 없지는 않았지만, 모친을 일찍 떠나보낸 경험도 있었지만, 머릿속의 상상과 현실은 전혀 달랐다.

지독한 피비린내. 줄 끊어진 꼭두각시처럼 늘어진 몸뚱이. 차갑게 굳어가는 창백한 피부. 초점 없이 부릅뜬 죽은 생선 같은 눈.

심지어 그녀가 처음으로 맞닥뜨린 시체는 고이 죽은 것도 아니었다. 몸서리치게 끔찍하고도 흉측스러운 모양새를 하고 있었다. 어지간히 대담한 사람이라고 해도 등골이 서늘해지는 광경이었다.

한참 만에야 간신히 호흡을 정돈한 아리에스가 눈을 감은 그대로 떨리는 손을 더듬더듬 생쥐를 향해 내밀었다.

"부축, 부축 좀 해주겠니? 여길…… 벗어나는 게 좋겠어……."

"네."

생쥐가 재깍 내밀어 진 손을 붙잡았다. 이카르가 도와주고 싶다는 듯 주위를 서성거렸지만 생쥐는 그런 그를 깔끔히 무시한 채 눈을 뜨지 못하는 아리에스를 가까운 객실로 안내해 갔다.

아리에스는 더듬더듬 침대 위로 기어 올라가 몸을 웅크리고 엎드렸다. 덜덜 떨리는 입술에서 가느다란 목소리가 새어나왔다.

"무, 문……."

"닫아요?"

고개를 끄덕이는 것에 생쥐는 얼른 문을 닫았다. 그녀로선 아리에스가 갑자기 왜 이상해졌는지 알 수 없었지만 일단 시키는 대로 열심히 따랐다. 방의 불까지 켜고 난 뒤 또 뭐 필요한 게 없는가 하고 침대 옆에 대기하고 있던 생쥐가 갸우뚱거렸다.

"언니?"

"……흐윽."

울음소리였다. 베개를 끌어다 얼굴을 파묻은 탓에 소리는 작고 가늘었지만 아리에스는 틀림없이 울고 있었다. 엎드린 어깨가 들썩거리고 히끅거리는 눈물을 삼키는 소리가 연신 들려오는 것에 생쥐는 어쩔 줄 몰라 하며 침대 주위를 배회했다.

"저, 저기, 무슨 일이에요? 무슨 일이에요?"

앵무새처럼 무슨 일이냐고 반복해 물었지만 돌아오는 대답은 없었다. 어쩌지, 혹시 어디 아픈 걸까. 아까 쓰러질 때 다친 걸까. 사람을 불러와야 하나 고민하고 당황하는 생쥐에게 아리에스가 여전히 베개에 얼굴을 묻은 채로 웅얼웅얼 말했다.

"넌……. 흑."

"네?"

생쥐가 그녀의 곁으로 바싹 다가가 몸을 숙였다.

"왜 그래요? 왜요?"

"넌, 어떻게……. 으흑, 저걸 보고……."

저런 무시무시한 광경을 보고도 아무렇지 않을 수 있는 걸까. 같은 또래의 나약한 여자인데. 아리에스는 흠뻑 젖은 베개에서 얼굴을 들었다. 그리고 빨개진 눈가를 비비며 눈을 동그랗게 뜨고 있는, 자신보다 훨씬 어려 보이는 소녀를 바라보았다. 그 얼굴에는 걱정만이 어려 있을 뿐 두려움이나 공포는 조금도 찾아볼 수 없었다.

"……무섭지 않아?"

"네? 뭐가요?"

생쥐가 의아해하며 되물었다. 코끝을 훌쩍이며 아리에스가 대답했다.

"사람이…… 죽었잖아. 엄청 끔찍한, 시체라고!"

거실의 광경을 떠올리자 절로 온몸이 파르르 떨려왔다. 목 뒤부터 등 전체에 소름이 돋아난다. 전신의 털이 하나하나 남김없이 쭈뼛 서는 기분이었다. 겁에 질린 그녀를 생쥐가 멍하게 바라보았다.

"시체잖아요."

"그래, 죽은……. 사람이라고."

"네. 죽었어요. 죽었으니까 괜찮잖아요?"

생쥐는 태연하게 말을 이었다.

"시체니까 괜찮아요. 위험하지 않습니다. 죽은 사람은 못 움직이거든요. 안전해요. 무서워할 거 전혀 없습니다."

시체는 안전하다. 반면 살아있는 사람은 대체로 위험했다. 생쥐만 아니라 빈민가의 주민들은 다들 그렇게 생각하고 있었다.

지저분한 뒷골목에서 살아있는 사람과 마주치게 되면 조심해야 한다. 가볍게는 소매치기에서부터 심하면 폭행에 납치, 살해까지 당할 수 있으니까. 하지만 시체는 안전했다. 시체는 돈을 빼앗지도, 주먹이나 칼을 휘두르지도 못한다. 무더위에 썩어 들어가 질병을 일으킬 수 있다는 것만 제외하면 극히 무해했다.

그러니까 밖에 널브러진 시체들도 마찬가지였다. 살아있을 때는 위험했지만 죽은 지금은 신경 쓸 필요조차 없었다.

생쥐의 기준으로는 그 모양새도 별로 흉측한 것이 아니었다. 들개가 파먹고 진물과 썩은 내를 흘리며 온갖 벌레들이 꾀어 든 시체에 비한다면야 깨끗하고 신선했으니까. 머리 부분만 빼면 정말 멀쩡하지 않은가. 놀라고 겁나기는커녕 눈에 거슬리지조차 않았다.

아리에스는 생쥐가 하는 말의 좀 더 깊은 속까지 눈치채고 길게 한숨을 내쉬었다. 무섭기는 여전히 무섭다. 아직도 속이 뒤집어질 것처럼 울렁거리고 등골이 섬뜩했다. 하지만 그보다도, 시체가 안전하다 말하는 생쥐의 목소리가 아프게 다가왔다.

"⋯⋯저런 거, 많이 본 거야?"

"네."

"얼마나?"

"매일같이 시체가 나옵니다. 사람은 잘 죽으니까요."

특히 전신이 얼어붙는 한겨울이나 무더위가 기승을 부리는 한여름에는 죽은 사람이 무더기로 쏟아지기도 했다. 가장 많이 죽어 나가는 것이 늙고 병든 사람이었고 그다음이 허약한 어린애였다.

물론 젊은 사람도 종종 불운한 일을 당하곤 하였다. 으슥한 골목에서 벌어지는 강도 살인, 포주에게 맞아 죽은 창녀, 술 취한 용병들의 칼부림 등 생쥐가 일하던 식당에서도 달에 두엇은 패싸움 중에 불구가 되거나 아예 목숨을 잃었다.

완전히 울음을 그친 아리에스가 팔을 뻗어 생쥐를 품으로 당겨 안았다.

"⋯⋯너는 괜찮았어?"

"몇 번 죽을 뻔했지만 안 죽었습니다. 운이 좋았어요."

걷지 못할 정도로 맞은 적도 있고 병에 걸린 적도 있다. 하지만 제대로 된 치료도, 변변한 약 하나도 없이 살아남았다. 운이 좋았다. 그리고 지금은 더욱더 좋다. 생쥐는 아리에스의 품 안에서 자신이 정말로 운이 좋다고 생각했다.

"운이 좋았다니. 정말이지……."

아리에스는 생쥐의 머리를 쓰다듬으며 안타까운 얼굴을 하였다.

"그런 건 운이 좋은 게 아니야."

"좋았어요. 살아있고, 팔다리 다 멀쩡합니다."

"……그래."

더 무어라고 말해야 할지를 모르겠다. 아리에스는 고작 시체를 보고 엉엉 운 스스로가 부끄러워졌다. 대부분의 귀족 여인이 비슷한 반응을 보였겠지만, 아예 그 자리에서 까무러칠 아가씨들도 더러 있겠지만, 그래도 낯이 붉어졌다.

이런 수치는 한 번으로 족하다. 아리에스는 생쥐의 이마에 키스하며 다짐했다.

이 아이에게 오늘과 같은 꼴은 다신 보이지 않겠다고. 의지하는 것이 아닌, 의지되는 대상이 되겠노라고.

"의외로군."

새벽이 밝아오기 두어 시간 전에 돌아와 상황을 들은 황제가 말했다. 이렇게 생쥐를 노리고 암살자를 보내올 사람은 몇 없다. 그중 가장 유력한 용의자라 하면 당연히 황태후다. 하지만 황태후가 이렇게 섣불리 움직일 것 같지는 않았다.

물론 정식 후궁이라 해도 얼마든지 목숨을 앗아갈 수 있는 여자였지만, 지금의 후궁전에는 황제가 머무르고 있었다. 이전과 같은 임시 거처도 아닌, 대외적으로 총애한다 알려진 정식 후궁의 처소였다. 만에 하나 꼬리를 잡히기라도 한다면 반역죄로 몰아갈 수도 있는 무모한 짓을 황태후가 저질렀다고는 생각하기 힘들었다.

그렇다면 로제시아 공주인가.

황제는 입속으로 중얼거렸다. 물론 주모자가 황녀든 황태후든 혹은 또 다른 누군가이든 증거는 없었다. 암살자들은 전부 죽어버렸고 설사 살아있다 한들 뒤를 캐는 것은 어려운 일이었다. 아리에스가 누누이 지적해온 것처럼 황제에게는 그런 뒤처리를 맡길 만한 수족이 없었다.

"시체는 어쩔까요?"

"일단 카펫에 둘둘 말아다 정원에다 내놨는데."

거실을 치운 두 요정이 물었다. 치웠다고 해도 시체만 끌어내 놓았을 뿐 핏자국은 아직 흥건히 남은 채였다.

"……거름으로 쓸까."

"근위기사단을 불러 치우게 하세요."

객실 문을 열고 나오며 아리에스가 말했다. 안색은 여전히 창백했지만 눈물 자국은 깨끗이 지워낸 후였다. 황제의 시선이 그녀를, 그리고 그녀의 곁에 붙어 선 생쥐를 향하였다.

"시끄러워질 텐데."

예전 후궁들이 죽어 나갔을 때와 달리 근위기사단을 끌어들이면 당연히 말이 크게 나온다. 사건을 쉬쉬 넘기는 것이 아니라 대놓고 공표함과 다름이 없기 때문이었다.

"시끄러워져야지요."

아리에스가 새침하게 말을 이었다.

"이렇게까지 나왔는데 생쥐를 여러 사람 모이는 곳에 계속해서 내보낼 순 없지 않나요. 핑계도 좋겠다, 남은 행사 죄다 취소해 버리죠?"

"그랬다간 반발이 만만찮을 겁니다만."

아리에스를 걱정스럽게 살피던 이카르가 말했다. 황제의 침전에 자객이 들었으니 뭇사람들이 모이는 일정을 취소하는 거야 당연한 일이었다. 문제는 현 황제의 용혈이 짙어 고작 몇몇이 칼 들고 덤빈다 한들 아무런 해를 끼치지 못한다는 사실을 이 궁에서 모르는 이가 없다는 것이었다.

그렇잖아도 대폭 축소한 혼례일정이다. 안전을 위해서가 아닌, 그냥 귀찮아서 취소한다는 속내가 뻔하니 허례허식을 중시하는 귀족들 입에서 불만이 나오지 않을 리가 없었다.

"그렇긴 하겠지만, 애를 안전하게 보호는 못 할망정 물가로 떠밀어서야 되겠어요?"

"살타토르 양의 말씀이 맞긴 하지만……."

"대신 사냥대회를 개최하지."

둘의 대화를 듣고 있던 황제가 불쑥 내뱉었다.

"예? 어째서요?"

아리에스가 어이없어하며 물었다. 암살자가 들이닥쳤다는 핑계로 일정을 취소하면서 가장 위험한 사냥대회를 열겠다 하다니. 앞뒤가 맞질 않는 것이다.

"생쥐에게는 케이어스를 붙이면 된다. 기회가 좋으니 황태후까지는 아니더라도 황녀는 다시금 움직일지도 모르지. 황태후가 미끼를 문다면 반가운 일이고."

무엇보다 섣불리 움직인 오늘 일에 대한 의도를 확인해 볼 필요가 있었다.

미끼라는 말에 아리에스는 미간을 찌푸렸으나 반박은 하지 않았다. 드레이크인 케이어스가 곁을 지킨다면 생쥐의 목숨이 위험할 가능성은 낮았기 때문이었다.

"취소 예정이었던 사냥대회를 연다면 불만은 확실히 잦아들겠지요. 밤중에 숨어드는 것보다 보는 눈이 많은 곳에서 습격당하는 편이 공개적으로 조사하기 더 좋기도 하고요. 뭐어, 솔직히 미끼를 덥석 물것이란 생각은 들지 않긴 합니다만."

겸사겸사 일을 진행한다고 치면 나쁘진 않았다.

"그럼 사냥대회의 준비는……."

푸른 눈동자가 이카르를 향하여 달콤하게 미소 지었다.

"괜찮으시다면 이카르 경의 도움을 받고 싶어요. 아무래도 연회완 달리 제게 낯선 부분이 많을 테니까요."

"저야 물론 환영입니다만 얼마나 도움이 될 수 있을진 모르겠습니다. 사냥대회에 참가해본 적이 없거든요."

"초보자끼리 잘 해봐요, 우리."

이카르는 나붓이 내밀어 진 손을 조심스럽게 받아 쥐었다. 함께 나가는 둘의 뒷모습을 생쥐가 뾰로통한 눈으로 쳐다보았다.

"둘이 잘 노네."

"그러게."

요정들도 종알종알 거리면서 자리를 떠나갔다. 케이어스는 일찌감치 돌아간 터라 남은 것은 황제와 생쥐 둘뿐이었다. 생쥐는 볼을 조금 부풀린 채로 황제 앞으로 다가갔다.

"다녀오셨어요."

한참 늦은 인사에 황제가 그녀를 내려다보았다.

"일어나기엔 이른 시간이다."

"네. 졸려요."

생쥐가 눈가를 비비며 말했다.

아직 새벽 동도 트지 않은, 평소라면 한창 깊은 잠에 빠져들어 있을 시간이었다.

"가서 자라."

"폐하는요?"

재차 졸린 눈을 부비적거리며 생쥐가 말했다.

"같이 자요."

"그런 소리는 2, 3년 뒤에나 해라."

"네?"

"……아니다."

알아듣지도 못하는 애한테 괜한 헛소리를 지껄였다. 황제는 의아해하는 생쥐를 데리고서 침실로 걸음을 옮겼다.

한밤의 사건 탓에 해가 중천에 뜰 즈음에야 겨우 자리에서 일어난 생쥐 앞에 온화한 분위기의 노부인이 나타났다. 그녀는 공손하게 고개를 숙여 인사했다.

　"처음 뵙겠습니다, 작은 아가씨. 저는 노체라고 한답니다."

　"안녕하세요."

　생쥐가 덩달아 고개를 꾸벅 숙였다.

　"노체 할멈은 나무야."

　둘의 사이로 사지예가 끼어들었다. 이어 라지예 또한 빠지지 않고 나섰다.

　"호두나무지! 엄청 늙었어."

　"우리가 어제 죽어라 파냈다니까."

　"이카 네 있었거든. 그리고 또 죽어라 땅 파서 이사 온 거야~."

　멀쩡한 노부인을 나무라 말하는 것이 이상하게 느껴질 법도 했건만 생쥐는 순진하게 그렇구나, 하고 끄덕거렸다.

　"저 나무 좋아해요."

　나무도 꽃도 풀이파리 잡초도 좋아한다. 생쥐의 말에 마담 노체가 인자하게 웃었다.

"고맙습니다. 저도 작은 아가씨가 마음에 드네요."

금방 좋아질 것 같습니다, 라는 말에 생쥐가 쑥스러움을 못 이기고 뺨을 살짝 붉혔다. 예전과 달리 자신을 좋아해 주는 사람들이 많이 생겼지만 이리 말로 직접 들으면 여전히 낯설고도 어색하게 느껴졌다.

"이제 여기서 사세요?"

"예. 한동안 함께 지내게 되었답니다. 어쩌면 아주 오래가 될지도 모르고요."

노체의 말에 라지예가 눈치 없이 불쑥 내뱉었다.

"에이, 생쥐는 오래 못 살아! 인간이잖아."

"그래, 인간은 금방 죽더라?"

"아직 어리니까 엄청 빨리 죽진 않겠다."

"생쥐야, 넌 몇 살까지 살 거야?"

또랑또랑하니 눈을 크게 뜬 채 묻는 사지예의 말에 생쥐가 고개를 갸웃 기울였다.

"모르겠습니다. 지금도 적게 산 건 아니에요?"

"응? 너 열여섯 살 아냐? 적게 살았는데?"

"적지 않아요. 어……."

생쥐는 가만히 햇수를 세어보다가 대답했다.

"예전에는, 30살 정도 살지 않을까 생각했습니다."

"30살?"

"인간이 그렇게 쪼끔 사나?"

"30살이면 이카는 몇 년 안 남았는데?"

"황태후는 옛날에 죽었어야 하는데?"

"오래 사는 사람은 오래 살아요."

생쥐가 얼른 말을 덧붙였다.

"밥 잘 먹고, 비바람 막아주는 집에, 옷도 제대로 입고, 다치거나 병나면 치료받을 수도 있으면요. 그럼 더 오래 살 수 있습니다."

생쥐가 자신의 수명을 서른이라 말한 것은, 그즈음이면 여자로서의 가치가 떨어지기 때문이었다. 황태후는 쉰이 가까워서도 젊고 아름다웠지만 빈민가 여자들은 달랐다. 특히 생쥐가 맞닥뜨릴 뻔했던 미래와 같은 창녀라면 10대 초반 즈음부터 일을 시작하여 험한 환경 속에서 임신과 출산, 혹은 유산을 몇 번 반복한다. 그러다 보면 남들보다 배로 세월을 꾸역꾸역 삼키게 되는 것이다.

그러니까 서른. 서른 즈음이면 망가진 몸으로 쫓겨날 거라고 생각했다.

생쥐의 말에 두 요정이 반색하며 입을 모아 소리쳤다.

"생쥐 넌 오래 살겠네!"

"그러게! 오래 살겠네!"

"우리가 잘 먹이잖아?"

"옷도 잘 입히잖아?"

"집도 이 정도면 좋잖아?"

"치료는 못 하긴 하지만."

"황궁에 인간 의사들 많으니까~."

"아무 문제 없네."

"엄청 오래 살겠네."

노래하듯 재잘거리는 요정들의 말을 들으며 생쥐는 헤실 웃었다. 문득 황제가 원하는 바를 위해서 목숨을 내어놓기로 했다는 사실이 떠올랐지만, 굳이 말을 꺼내진 않았다. 오래 살지 못한다는 건 좀 아쉬워도, 그건 싫은 일이 절대 아니었으니까.

거북 등갑으로 몸체를 만들고 바다색 사파이어로 장식한 머리빗이 아름다운 금빛 물결을 세세히 가르며 위에서 아래로 흘러내려 가길 반복했다. 황태후의 머리카락을 조심스럽게 빗어 내리며 샤르주 백작 부인이 입을 열었다.

"역시 실패한 모양이더군요. 기대하지는 않았습니다만."

속의 코르셋 무늬가 비치는 반투명한 슬립 차림의 황태후가 입술 양 끝만 살짝 움직여 미소했다. 남편조차 잃은 중년의 여인이라기에 는 심히 매혹적인 자태였다.

"황제가 거느린 자는 몇 없지만, 경시할 수 없는 실력을 갖추고 있으니까요."

황제의 측근 중 하나를 붙잡아다 협박 및 회유를 시도해보려던 적도 있었다.

하지만 요리사도, 시종인지 시녀인지 모를 두 명도, 하다못해 노부인조차도 사로잡는 것에 실패했다. 남은 한 명인 이카르는 황제가 항상 곁에 끼고 다니는데다가 다른 사람들과 달리 정식 기사서임을 받았기에 쉬이 손댈 수 없었다.

"뒤처리는 잘 끝냈나요?"

"예, 마마. 조금만 조사해 보면 공주와 끈이 닿아있다는 사실을 눈치챌 수 있을 거랍니다. 물론 결정적인 증거는 되지 못하겠지만요."

샤르주 백작 부인은 손질을 끝낸 머리 타래에 아름답게 세공된 머리꽂이를 대어 보였다.

머리꽂이를 장식하는 보석은 평범한 알렉산드라이트가 아닌 한 줄기 금빛이 중앙을 가로지르는 희귀하기 이를 데 없는 묘안석이었다.

묘안석 중에서도 금빛 동공을 지니는 것은 그 진귀함과 어지간한 대저택 한 채에 맞먹는 값어치 때문에 고양이가 아닌 용의 눈으로도 불리고는 하였다.

"어떠신가요?"

황태후는 화장대의 거울 안쪽에 비치는 자신의 모습을 바라보았다. 쉰이 머잖은 중년 여인으로는 절대 볼 수 없는 젊고 아름다운 미인이 차갑게 미소 짓고 있었다.

"묘안석도 나쁘지 않지만 오늘은 루비로 하죠."

피처럼 선명하게 붉은 보석으로.

백작 부인은 저택이 아니라 성을 내어준다 해도 손에 넣기 힘든 온갖 진귀한 장신구가 그득한 보석함을 뒤적이며 입을 열었다.

"법정에서 몰아세울 만큼의 증거는 없사오나 혹 황제가 분을 못 이겨 사사로이 공주를 해치지는 않을까요?"

시키는 대로 따르기는 하였으나 공주의 안위가 신경 쓰이지 않을 리가 없었다. 황제가 법도를 무시하고 움직이는 일이 드물지 않았기에 더더욱 그러했다.

자신의 딸을 걱정하는 말에 황태후가 눈매를 부드러이 휘었다.

더없이 온화한 표정이었으나 흘러나오는 말은 싸늘한 것이었다.

"황제가 어린 후궁을 어여삐 여겨 위협이 되는 공주를 제거하려 든다면, 반가운 일이지요."

"……예?"

백작 부인의 입술 사이에서 놀란 소리가 새어나왔다. 황태후는 화장대 위의 붉고 동그란 마노를 장난치듯 굴리며 말을 이었다.

"황제는 출신이 불분명하나 공주는 틀림없는 선황제의 적녀. 군을 일으킬 명분을 만들어내기에 충분한 밑거름이 될 것이에요."

황제의 적통에 대해 의심을 품은 귀족은 더러 있었다. 선대황제가 공표하고 카얄룬 공작과 황태후가 받아들였기에 드러내놓고 불신을 표하는 자는 없었지만, 꺼림칙한 눈길은 여전히 물밑 두터이 깔린 채였다.

그런 황제가 확실한 황가의 적통인 공주를 미천한 서출 후궁을 위해 살해한다면, 동시에 황실의 웃어른인 황태후가 황제의 적통성에 반박하여 나선다면 귀족들의 지지를 이끌어내어 현 황제를 폐위시키는 것도 그리 어려운 일은 아닐 터였다. 황태후 측에 있어 부족한 것은 명분과 정통성이었지 무력은 아니었기에 더더욱 성공 가능성 높은 방법이기도 하였다.

"공주를 잃는 것은 아쉽지만 대신할 말은 얼마든지 있으니까요."

공주 외의 직계황족은 없다 하나 계승권을 지닌 방계의 황족은 여럿 있었다. 그중 적당한 아이를 골라 양자로 들이면 된다.

카얄룬 공작이 두고만 보지는 않을 터이나 어차피 고만고만한 방계 황족이라면 황실의 웃어른인 황태후의 선택을 받는 아이가 정통성을 가지는 것이다.

필요하다면 친딸의 목숨이라도 내어놓겠다는 비정한 말에 샤르주 백작 부인이 난감한 얼굴로 어깨를 으쓱했다.

"그래도 가능하다면 공주가 황후 위에 오르는 편이 좋지 않겠습니까?"

"그야 말할 것도 없고요. 출신불명의 황제가 제위에 오르는 것을 용인한 이유가 무엇인데요. 그때는 이렇게까지 골칫거리가 될 줄은 몰랐지만."

오점이 있는, 동시에 로제시아 공주와 혼인이 가능한 황제. 그렇기에 갑자기 튀어나온 남자가 황위에 오르는 것을 눈감아 주었었다. 정통성을 다지기 위해서라도 황제 쪽에서 먼저 공주와의 혼인을 원할 것이라는 생각 또한 있었다. 하지만 황제는 그녀가 원하는 대로 움직여주지 않았다.

과거의 오판을 떠올린 황태후가 못마땅한 빛을 띠우며 눈가를 살짝 접었다.

"이리 번거롭게 될 줄 알았더라면 그때 막고 나섰어야 하는 것이었는데."

아니면 최소한 황제로 인정하는 대가로 공주와의 혼인을 떠밀었어야 했다. 아무런 배경도 없는, 무력한 사내라고 너무 얕보았다.

"황제와의 혼인은 이제 포기하시는 것입니까?"

백작 부인의 물음에 황태후가 짧게 고개를 저었다.

"황제의 대응을 확인한 후에 결정할 생각이에요. 어린 천것에게 실로 푹 빠져있다면 더 고민할 필요 없겠지만, 아직 이쪽을 경계하여 움직인다면 밀어붙일 여지가 남아있겠지요."

역사상 숱하게 있어 왔던 멍청한 사내들처럼 여자에게 홀려버린 것이라면 고이 내버려둘 이유가 없었다. 처음에는 설마 황제가 볼품없는 어린 계집아이를 사랑하였을까 싶었지만, 연회장에서의 일 이후로는 생각이 바뀌었다. 분명 이 궁정에서는 찾아볼 수 없는 눈을 지닌 아이였으니, 그 희귀성에 혹 마음이 끌렸을지도 모른다. 그래서 마음을 빼앗기다 못해 점괘에 나온 대로 어린 후궁을 황후로 삼고자 한다면 더더욱 쓸모가 없어지는 것이다.

그러나 사랑이 아닌, 공주와의 결혼을 요구하는 황태후를 의식하여 정치적인 이유로 맞아들인 후궁이라면 아직 교섭의 가능성이 존재했다.

"이번 일로 공주를 탓할 것인지 조용히 넘어갈 것인지. 지켜보면 알게 될 겁니다."

그리하여 황제가 황녀를 찍어낸다 해도 조금 아쉬울 뿐이다. 자신의 딸이었지만 황태후는 진심으로 그렇게 생각했다.

10

쥐를 드릴 테니 개를 내어놓으세요.

나비궁의 사건은 순식간에 궁정 구석구석으로 퍼져 나갔다. 그러나 황제가 침식하는 후궁전에 감히 암수가 뻗쳐 온 것이었지만 배후조사는 그리 치밀하지 못하였다. 로제시아 공주와 연관이 있는 것 같았으나 확실한 물증은 나오지 않았다. 채 하루도 지나지 않아 수사의 기세는 꺾여 들었으니 머잖아 조용히 덮어지고 말 것이었다.

그리고 그날 밤, 황제는 암살자를 핑계로 이어져야 할 혼례 행사를 모조리 취소했다. 배후를 캐내어 뿌리 뽑지 못한 이상 흉수가 숨어들지도 모르는 장소에 연약한 후궁을 내보낼 수 없다는 이유였다.

겉으로는 타당한 일이었으나 귀족들에게 있어선 불만스러운 처사였다. 황제는 그에 대한 보상이라 하며 이제껏 무수한 요청에도 불구하고 단 한 차례도 개최되지 않았던 사냥대회를 열겠노라 선언했다.

앞뒤가 맞지 않는 행동이었지만 지적하고 나서는 이는 당연히 없었다. 안전 운운하는 것부터를 궁정인 누구도 진심으로 생각하지 않았기 때문이었다.

황실 사냥대회가 개최된 것은 그로부터 사흘 뒤였다.

"안녕하세요, 오랜만이에요."

생쥐는 꾸벅 말에게 인사했다. 어쩌다 보니 검둥이라는 전혀 어울리지 않는 이름을 갖게 된 거대한 흑마가 붉은 눈을 끔벅, 코앞의 조그만 소녀를 쳐다보았다. 말이 말을 할 수 있었더라면 약해빠진 것이 아직 용케도 살아있었었네, 라고 혀를 쯧쯧 찰 눈빛이었다. 황제는 그녀를 먼저 안장 위에 앉히고 뒤에 올라탔다.

여성이라고 해도 승마는 기본 교양 중 하나였다. 챙 넓은 모자와 날렵한 승마복을 차려입고 옆으로 비스듬히 앉도록 된 여성용 안장에 올라 벨벳처럼 부드러운 갈기와 꼬리를 지닌 순하고 예쁜 조랑말을 천천히 몰아가는 숙녀는, 한 폭의 그림과도 같이 우아하고도 매력적이었다.

하지만 생쥐는 승마를 배우지 못했다. 말을 겁내지 않아 올라타 앉아있는 것까지야 잘했지만 고삐를 잡고 방향을 알려가며 걷고 뛰길 명령하는 방법은 조금도 몰랐다. 그래서 승마복은 예쁘게 차려입었지만 황제와 같은 말에 동승했다. 내심으론 아리에스와 함께 타고 싶어 했지만 당연히 안 될 일이었다.

"꼬마 너도 승마를 배우고 싶으냐."

자꾸 아리에스를 힐끔힐끔 돌아보는 생쥐에게 황제가 물었다. 생쥐가 고개를 약간 옆으로 기울였다.

"말은 무척이나 비싸요."

가축 중에 가장 값비싼 것이 바로 말이다. 뛰어난 명마라 하면 집한 채 값이 우스웠다. 세상 물정에 대해 잘 모르는 생쥐였지만 말의 몸값이 비싸다는 정도는 알고 있었다. 반쯤은 창고로 쓰이는 식당 마구간에 비루먹은 말이라도 한 마리 들어오면 생쥐는 당장에 자신의 잠자리에서 쫓겨나야만 했다. 한겨울이라 해도 예외가 아니었다. 괜히 얼쩡거리다가 비싼 말에 문제라도 일으키면 손해가 막대하였으니. 그나마 말을 타고 오는 손님은 거의 없어서 다행이었다.

"궁에는 널려있다."

"아, 황궁에는 말이 많아요?"

"그래."

황실 마사에 가면 혈통 좋은 말들이 줄줄이 주인을 기다리고 있는 것은 사실이었다. 다만 당연하게도 아무나 가서 한 필 내어달라 요구할 수는 없었지만, 황제라면 얼마든지 원하는 대로 고를 수 있는 것이다.

"말 타는 법을 배워두는 것도 괜찮겠지."

만약의 사태가 벌어지면 두 다리로 뛰는 것보다야 도망치기 훨씬 좋을 것이다. 생쥐는 약간 뒤처져서 따라오고 있는 아리에스와 그 옆의 이카르를 힐끔 돌아보곤 고개를 끄덕였다.

"네."

승마를 배우면 이카르처럼 아리에스와 말머리를 나란히 할 수 있을 테니까. 생쥐는 재차 뒤를, 이번에는 이카르만 정확히 노려보면서 열심히 말 타는 법을 배우겠노라고 다짐했다.

황궁 내의 사냥터는 세 곳이었다. 하나는 새 사냥을 위한 호수였고 다른 둘은 작게는 토끼부터 사슴이나 멧돼지까지 자유롭게 뛰어다니는 숲이었다. 늑대 이상의 중대형 맹수는 안전을 위해서 풀어놓지 않았지만, 이따금 금지된 숲에서 한두 마리 정도가 숨어들어오곤 하였다.

  사냥대회가 개최된 곳은 가장 큰 사냥터인 이베르 숲이었다. 봄부터 가을까지 새하얀 꽃을 연신 피워내는 랑그린 나무군락 탓에 사시사철 눈이 내린 것처럼 보여, 겨울의 숲이라고도 불리는 곳이었다.

  계절은 가을이라 한창인 여름철보다는 못했지만 그래도 희게 풍성한 가지를 늘어뜨린 나무 아래 큼직한 비단 차양이 여럿 드리워졌다. 부드러운 카펫을 깔고 몸을 기댈 수 있을 만큼 커다란 쿠션까지 놓은 자리에 곱게 차려입은 귀부인들이 삼삼오오 모여 깃털부채를 살랑였다. 그 주위로 준마에 오른 남자들이 기웃거리고 하인들은 혈통 좋은 사냥개들을 너덧 마리씩 끌고 다니고 있었다.

  여자들은 가을볕의 유해함에 대해 속삭이고 남자들은 누구의 말과 사냥개가 더 뛰어난지 겨루고 있을 때 황제 일행이 사냥터에 도착하였다. 자리에 앉아 있던 귀부인들이 몸을 일으키고 말에 오른 사람들이 내려섰으나 그냥 그 정도로, 전통적인 사냥대회의 풍속대로 까다로운 예의범절은 많이 축소되었다.

이어 대회의 시작을 알리는 나팔소리가 울려 퍼지고 몰이꾼들이 사냥개를 앞세운 채 숲으로 우르르 몰려갔다. 몰이꾼들이 숲을 헤집고 다니는 동안 귀족 남성들은 저마다 자신의 부인, 약혼녀, 마음에 두고 있었거나 친분이 깊은 여성들에게 다가가 손수건이나 브로치, 깃털장식, 리본 끈 등의 징표를 건네받았다. 원래는 전쟁에 출정하는 연인의 안전을 기원하는 의식이었지만 지금은 여행을 떠나기 전이나 사냥대회 때도 즐겨 행해졌다. 생쥐도 미리 준비해 두었던 레이스 머리끈을 검둥이의 안장 고리에 묶었다.

"조심해서 다녀오세요."

혼자 맨몸으로 맹수사냥에 뛰어든다 해도 털끝 하나 다칠 리 없는 황제였지만 예의상 그렇게 말했다. 황제는 생쥐의 머리를 한 번 쓰다듬어 주고 말에 올랐다. 생쥐는 황제의 모습이 숲 안쪽으로 사라질 때까지 지켜보았다가 자신에게 주어진 자리로 발걸음을 돌렸다.

유일한 후궁을 위해 마련된 자리는 궁정 귀부인들이 모인 곳과는 한참 떨어져 있었다. 그뿐만 아니라 머리 위만이 가려진 다른 차양과는 달리 양옆과 뒤쪽을 늘어뜨린 장막으로 둘러싼 채였다. 생쥐가 혹 귀족가 영양답지 못한 언행을 할세라 주위의 이목을 가린 것이었다.

그에 더해 뭇사람들의 접근을 막고자 근위기사단을 둘러 세워놓았다. 내막을 모르는 이들이 보기에는 황제가 어린 후궁을 몹시도 아낀다 싶은 광경이었다.

비단 차양 아래로 들어간 생쥐가 연녹색 눈을 크게 뜨고 아리에스

옆에 앉아 있는 이카르를 노려보았다.

"이카……르 경은 왜 여기 있어요?"

밖에 나와서는 경을 붙여서 불러야 한다. 왜 다른 남자들처럼 사냥하러 안 가냐는 뜻의 물음에 이카르가 조금 시큰둥하게 대답했다.

"나는 호위 기사니까……요. 하지만 폐하께서 언제나 그렇듯 호위는 필요 없으니 그냥 여기 있으라고 말씀하셨, 습니다."

이제는 정식후궁이니 전과 달리 생쥐에게 경어를 써야 하지만 아직 어색했다. 이카르의 말에 쿠션에 등을 기대어 앉아 있던 아리에스가 미소 띠며 입을 열었다.

"그러지 말고 이카르 경도 활을 드세요. 이곳은 케이어스 씨만으로도 충분하니까요."

요리사로 따라온 케이어스가 있는 한 설사 근위기사단이 단체로 칼을 겨누어 와도 문제없을 것이었다. 이어 흠 하나 없이 새하얀 손이 모자에 꽂힌 깃털장식을 떼어 냈다.

"괜찮으시다면, 저를 위해서 가주시겠어요?"

이카르에게 깃털장식을 내밀며 그녀가 말했다. 징표를 건네준 남자가 훌륭한 사냥감을 잡아 온다면 레이디의 명예 또한 높아진다. 특히 아름다운 털가죽을 지닌 여우나 담비 따위를 포획하면 귀부인은 그것으로 만든 목도리나 장갑, 숄 등을 몸에 걸치고 자랑스럽게 내보이는 것이다.

아리에스의 은근한 눈짓에 이카르가 난감해하며 대답했다.

"일전에 말씀드렸듯이 이런 사냥대회는 처음이라, 솔직히 기대에

부응할 자신이 없습니다."

아예 활 자체를 다뤄본 적이 별로 없었다.

"괜찮아요. 토끼 한 마리라 해도 겨울 청여우처럼 반겨드릴 거랍니다. 그래도 빈손이면 조금 토라질지도 모르니까 노력은 해 주세요?"

"그야 물론입니다."

아리에스의 상냥한 말에 이카르가 흔쾌히 깃털을 받아들고 자리에서 일어났다. 이카르가 떠나기 무섭게 그의 빈자리, 아리에스의 옆자리를 생쥐가 냉큼 차지하고 앉았다.

"……언니는 이카가 좋습니까?"

조그맣게 속삭이는 생쥐의 불만스런 목소리에 아리에스가 소리 내어 웃었다.

"왜, 우리 후궁마마님은 싫으니?"

"싫은 것까진 아니지만요……."

생쥐가 시무룩하게 웅얼 웅얼거렸다. 이카르가 자신에게 나쁘게 대한 적은 없었다. 오히려 친절했다. 아리에스 일만 아니었다면 싫기는커녕 그 반대였을지도 모른다. 하지만 지금의 이카르는……. 생쥐는 연녹색 두 눈을 아래로 스르륵 숙였다.

방해물이다. 생쥐는 속으로 중얼거렸다. 방해꾼. 아리에스가 언제까지고 자신의 곁에 있어 줄 수 있는 건 아닌데. 당장 내일이라도 집으로 돌아갈 수 있는데. 그 언제 끝날지 모를 달콤한 시간들을 야금야금도 아닌 덥석덥석 빼앗고 있다. 특히 나비궁으로 들어간 후부터의 이카르는 자신보다 훨씬 훨씬 더 오래 아리에스를 차지하곤 했다.

별채에 갈 때마다 둘이 같이 있었다. 특히 생쥐로선 잘 이해할 수 없는 길고 어려운 대화를 할 때면, 소외감이 출렁출렁 머리끝까지 차 오르기도 하였다.

이카는 오래 살기도 할 거면서. 혹여 둘이 결혼하면, 아예 남은 평 생을 같이 살 거면서. 그런데도 양보해주질 않는다. 욕심쟁이.

생쥐는 무의식중에 양 볼을 부풀렸다. 한 번 따져볼까. 아리에스 몰 래 이카르에게 언니를 너무 욕심내지 말라고 항의를 해볼까. 하지만 언니에게 고자질하면 어쩌지.

아랫입술을 꽉꽉 깨물던 생쥐가 이리저리 급변하는 그녀의 표정을 즐겁게 구경 중인 아리에스에게 물었다.

"언니. 아리에스 언니는……. 이카를 좋아해요?"

"이카르 경 말이니? 글쎄……."

어떻게 대답해줄까 고민하던 아리에스가 보일 듯 말 듯 짓궂은 미 소를 띄우며 입을 열었다.

"귀엽지, 그 사람."

"……귀여워요?"

"그럼. 얼마나 귀여운데."

과장 된 너스레를 떨며 아리에스가 호호 웃었다.

"조금만 찔러줘도 잔뜩 당황해선 허둥거리는 게 정말 귀엽지. 재미 있기도 하고. 어린애도 아니고 다 큰 남자 귀족들 중에 그런 순진한 사람 잘 없거든."

전혀 다른 무리들 속에서 적응하지 못한 채 낑낑거리는, 넘실대는 능구렁이 떼 사이에 주저앉아 있는 강아지 한 마리쯤 되겠다.

"게다가 잘생겼잖아? 귀족 태생이고 사교활동에 익숙하기만 했으면 벽난로 불 꺼질 일 없이 연서를 받았을걸."

"그럼……. 이카와 결혼하실 거예요?"

생쥐가 근심 가득한 얼굴로 물었다. 두 사람의 결혼을 반대하는 것은 아니었다. 이카르는 분명 나쁜 사람보다는 좋은 사람 축에 가까웠으니까. 다만 남편감을 찾기 위해 궁정에 머무르겠다는 아리에스의 말을 떠올린 탓이었다. 정확히는 겸사겸사였지만, 어쨌거나 이카르를 남편감으로 확정 지으면 궁에 머무를 이유가 하나 줄어드는 셈이었다.

생쥐의 말에 아리에스가 으음, 하고 검지 끝으로 입가를 문질렀다.

"가능하다면? 마음에도 들고 조건도 딱 맞으니까. 그런 남자 또 찾기 힘들지. 이카르 경이 괜찮다면 집에 데리고 가고 싶어."

"집에 가세요?!"

깜짝 놀란 외침에 아리에스가 진정하라는 듯 손사래를 쳤다.

"당장은 아니고, 한 번 데리고 가긴 해야지. 우리 아빠랑 얼굴도 안 맞닥뜨리고 결혼할 순 없잖아? 시부모님 허락까진 받을 필요 없으니 편하겠네."

시부모 비슷한 사람은 있었지만 반대하는 기색은 아니었으니 마음만 먹으면 일사천리일 터였다.

아리에스는 이카르와 결혼하는 자신의 모습을 떠올려 보았다. 그녀의 입술 양 끝이 슬며시 위로 올라갔다. 나쁘지 않다. 아니, 퍽 흡족했다.

살타토르 백작가라는 이름을 지닌 자신의 울타리 안에 들여 놓을 예쁜 강아지. 눈앞의 소녀까지 함께 있었더라면 더더욱 좋았겠지만 황제 상대로 되찾기는 아무래도 버거웠다.

'어쩐지 생쥐를 내어주고 이카르 경을 받아가는 느낌이네.'

내 것을 뼈아프게 빼앗겼으니 이번에는 확실히, 제대로 챙겨가야지. 아리에스는 그렇게 결론짓고 크게 고개를 끄덕였다.

"결혼할래."

"지, 진짜요?"

생쥐가 잔뜩 당황하며 소리쳤다.

"너무 빠르다고 생각합니다!"

"밖에 들리니까 목소리 좀 줄이렴. 물론 당장은 아니야. 집에 가서 허락받고 약혼부터 한 다음에 반년에서 1년 정도 기간을 두고 식을 올려야지."

이카르는 이미 결혼에 동의한 것처럼 말하고 있었다. 반년에서 1년 뒤라는 말에 생쥐가 가슴을 쓸어내렸다. 반년 뒤면, 어차피 자신은 죽고 없겠지 라는 생각에서였다.

"집에도 그냥 반년 뒤에 가면 안 돼요? 아니면 한 달이나, 두 달 뒤에요."

"걱정하지 마. 집에도 곧장 갈건 아니란다. 생쥐 네 일이 어느 정도 마무리되어야 가지. 솔직히 폐하는…… 미덥지가 않아."

마지막 말은 아주 작게 중얼거렸다.

"그럼 저도, 저도……."

생쥐는 말을 잇지 못한 채 입을 꾹 다물었다. 바로 떠나는 게 아니라면 결혼하시는 거 좋다고, 그렇게 말하려고 했는데 말이 나오지를 않았다. 아리에스를 빼앗긴다는 생각을 지울 수가 없었다. 생쥐는 입가를 잔뜩 일그러뜨린 채 고개를 푹 숙였다.

"……이카가 부러워요."

"응?"

"아리에스 언니랑 계속, 계속 같이 있을 수 있으니까요."

나도 남자였으면 언니랑 결혼할 수 있었을까. 울먹이는 생쥐의 말에 아리에스가 소리 내어 웃으며 조그만 소녀를 끌어당겨 안았다. 그녀는 나비 머리핀이 제자리인 것처럼 항상 꽂혀 있는 회색 머리를 쓰다듬어 주며 질투와 억울함이 그렁그렁한 초록빛 눈을 상냥하게 들여다보았다.

"그럼 나랑 같이 갈까? 황제 폐하는 내버리고 나랑 같이 도망칠까?"

"……진짜요?"

"물론이지~. 요정들이랑 케이어스 씨 잘 꼬셔서 튀지 뭐. 노체 할머니도 설득하면 들어 줄 거 같더라. 문제없어. 생쥐 너만 원하면 도망쳐버리자."

"아……."

생쥐는 멍하게 눈을 깜박였다. 달콤한 이야기였다. 아리에스 언니와 같이 도망치면, 죽지 않고 오래오래 그녀와 함께 살 수 있겠지. 분명 바라마지 않는 일이었건만, 어째서인지 대답이 쉽게 나오지를 않았다.

한참 만에야 생쥐가 기어들어가는 목소리로 말했다.

"저는…… 폐하도 좋아요."

황제가 무슨 일을 획책하고 있는지는 까맣게 몰랐지만 자신이 도망치면 그가 곤란해진다는 것만은 깨닫고 있었다.

"물론 아리에스 언니가 더 많이 좋지만, 폐하도 좋아합니다. 그러니까 폐하를 돕고 싶습니다. 제가 할 수 있는 일이 있다면, 하고 싶어요."

"그래."

아리에스는 사랑스러움과 안타까움을 담아 회색 머리칼이 흘러내린 동그란 이마에 키스했다.

"하지만 생쥐야. 폐하께서도 마음속 깊은 곳에서는 네가 잘못되는 것을 원치 않고 계실 거야."

"그럴까요?"

"응. 틀림없어. 이러니저러니 해도 이카르 경을 그렇게 키웠는걸~. 나쁜 사람은 아니야."

"네. 폐하는 나쁜 사람이 아니에요."

"그러니까 생쥐야. 혹시 위험해지면 무조건 도망쳐야 한다? 위험한 일 시키면 딱 잘라서 하지 마. 누가 뭐래도 할 필요 없어. 네가 안전한 게 제일 중요하니까."

아리에스의 말만큼 스스로의 안전이 중요하다는 생각은 들지 않았다. 하지만 생쥐는 자신을 안고 있는 팔의 온기에 이끌려 순순히 고개를 끄덕였다.

몰이꾼의 함성과 개 짖는 소리가 멀리서 희미하게 들려왔다. 도망쳐 온 숲비둘기 몇 마리가 푸드득 머리 위를 지나쳐간다. 하지만 그 밖의 노릴 만한 들짐승은 눈에 띄지 않았다.

이카르는 말고삐에서 손을 놓은 채 활을 만지작거렸다. 그 얼굴에 난감함이 배어들어 있었다. 궁술을 배우지 않은 것은 아니었지만 검에 비하면 아예 못한다 말해도 좋을 정도로 서툴렀다. 무엇보다 귀족 남성들의 여흥으로서의 사냥은 경험이 전혀 없었다. 말을 몰수 없는 험준한 자연림에서 두 다리로 뛰며 위험천만한 맹수사냥에는 나서본 적 있었지만. 아니, 그리 위험한 것도 아니었다. 그의 곁에는 든든한 보호자가 존재했으니까.

'……이제는 딱히 신경 안 쓰는 거 같지만.'

그는 활을 매만지던 것을 멈추고 작게 한숨을 내쉬었다. 붉은빛을 띤 보라색 눈이 무성한 나무 사이를 향하였다. 보이지는 않지만 이 숲 어딘가에 있을 남자. 양부라고 해도 좋을 그의 보호자. 말투며 태도는 무뚝뚝해도 돌봄의 손길은 귀찮고 갑갑하다 싶을 정도로 확실하게 느끼고 있었다.

얼마 전까지는 말이다.

연거푸 한숨이 흘러나왔다. 예전에는 누굴 만나고 다니는지 사사건 건 참견해오더니 이제는 관심도 없는 모양이었다. 아리에스와, 젊은 여자와 가까이 지내는데도 내버려두는 것을 보니. 이전에는 분명 철 저히 금지했던 일이었는데.

물론 그런 지나치다 못해 어이없는 간섭은 사라지는 편이 좋았다. 하지만…… 갑자기 변한 태도가 마음에 걸렸다. 마치 늦둥이에게 부 모의 사랑을 빼앗겨버린 것처럼 서운한 생각이 슬며시 고개를 치켜 들었다. 부모의 관심이 필요한 어린애도 아니건만.

'생쥐가 너무 작은 탓이야.'

이카르는 쓴웃음을 지으며 속으로 중얼거렸다. 혼례식까지 거하게 치렀지만 황제와 생쥐의 모습은 솔직히 부부라기보다는 부녀에 더 가까웠다. 아리에스처럼 성숙한 여인의 풍모를 지니고 있었더라면 이 런 생각도 들지 않았을 텐데. 이건 뭐 후궁이 아니라 어디다 숨겨 놓 은 딸을 데리고 온 듯한 느낌이니. 스스로 더 이상의 보호가 필요 없 는 다 큰 어른이라 자부하면서도 괜한 질투심이 생겨났다.

어차피 자신은 진짜 아들도 아니었지만, 아니 아니기에 오히려 더 신경이 쓰였다. 황제는 자신의 친부가 아니다. 그의 손에 키워지기는 했지만 이카르는 양아버지라는 소리조차 한 번 입 밖에 내어본 적이 없었다. 언제든지 끊어질 수 있는 그런 얄팍한 관계라는 것이, 가슴 안쪽에 불안감을 싹 틔워 놓았다.

하지만 고민해봤자 방법이 나올 문제는 아니었다. 머리를 쥐어짜고 괴로워해 본들 남남이 하루아침에 혈연관계가 될 수는 없으니.

이카르는 크게 숨을 토했다. 쓸데없이 삽질하지 말고 사냥감이나 찾아보자. 빈손으로 돌아갔다간 후환이 두려웠다.

'정 안 되면 뭐, 결혼이나 해야지…….'

그는 생쥐와 함께 있을, 공물을 갖다 바쳐야 할 소녀를 떠올리며 중얼거렸다.

아리에스가 순수한 호감만 가지고서 접근해온 게 아니라는 것쯤은 그도 알고 있었다. 궁정 귀족들의 행태가 익숙지 않다 하나 그간 보고 들어 온 게 있다. 아리에스쯤 되는, 수도에 적을 둔 중앙귀족가의 영애가 아무 남자에게나 손을 내밀 가능성은 극히 낮았다. 하급귀족이나 지방에서 자유분방하게 자라났다면 모를까, 일정 수준 이상 되는 가문의 여성은 이성 교제에 있어서도 어릴 적부터 철저한 교육을 받는다. 물론 귀족이라 한들 인간인 이상 감정에 흔들릴 수 있겠지만, 조건이 맞지 않는 상대라면 남의 눈을 피해 뒤에서 몰래 만날지언정 공개적인 에스코트 신청은 절대 하지 않았다.

즉, 아리에스의 접근은 이카르가 그녀가 원하는 남편감의 조건에 걸맞다는 뜻이었다.

그걸 알고 있음에도 꺼림칙하거나 싫지는 않았다. 이카르는 다시 말고삐를 잡고 천천히 숲 깊숙한 곳으로 말을 몰아갔다. 첫인상은 별로 좋지 않지만 나쁜 여자는 아니다. 아니, 백작가 외동딸치고는 선량하고 착한 아가씨였다. 아무리 자신의 목숨을 구해주었다곤 하나 뒷골목 천민을 돕겠답시고 위험을 무릅쓰는 귀족 소녀는 극히 드물었다.

그 일 하나만 보아도 성격은 확실히 좋았으며 거기에 더해 상당한 미인이기까지 하였다.

집안 좋고 똑똑하며 예쁘고 착한 여자.

솔직히 말해 남자로서 그녀의 호감이 싫을 리가 없었다. 뭐 딱히 나쁜 속셈이 있는 것도 아니요, 이 동네선 조건보고 연애하는 게 보통이기도 했으니.

'……그래도 너무 휘둘리는 거 같긴 한데.'

이카르는 겸연쩍게 어깨를 으쓱였다. 하지만 별수가 있나. 사람을 상대하는 건 아무래도 서툴렀다. 그렇다고 말재간이 뛰어난 것도 아니요, 눈치가 빠른 것 또한 아니니 어리긴 해도 사교적인 면에서 여러모로 능숙한 소녀에게 끌려다니는 수밖에.

그래도 아리에스와 결혼하면 귀족가문의 쓸데없이 다양한 대소사로 골치 썩힐 일 없을 듯해 위로가 되었다. 가만히 있으면 알아서 다 해주겠지.

바스락. 그때 풀숲에서 무언가가 움직였다. 이카르가 재빨리 활을 집어 들었으나 정체 모를 작은 짐승은 인기척이 느껴지는 반대방향으로 쏜살같이 사라지고 말았다.

"대체 어떻게 잡으라는 거야?"

이카르는 실망스럽게 투덜거렸다. 이런 사냥대회의 경험이 없는 그는 잘 몰랐지만 사냥개나 몰이꾼의 도움을 받지 않고서 사냥에 성공하기란 힘든 일이었다. 쫓겨 나온 짐승을 잡는 것이지 숲에 몸을 감추고 있는 짐승을 혼자 힘으로 찾아내는 것은 보통 사람으로선 무리였다.

이러다 쪽팔리게 빈손으로 돌아가는 건 아닐까, 한숨을 내쉬는 순간이었다.

피잉! 공기를 가르는 소리와 함께 이카르가 타고 있던 말의 허벅지에 화살이 박혔다.

히이이힝!

"앗!"

화살에 맞은 말이 고통에 몸부림쳤다. 활을 잡느라 고삐를 놓고 있었던 이카르가 그 서슬을 감당치 못하고 말에서 굴러떨어졌다.

누가 잘못 쏜 화살이 운 나쁘게 날아온 것일까. 이카르는 반사적으로 머리를 굽히고 바닥을 굴러 낙하의 충격을 최소화했다. 비틀거리는 말에게는 미안했지만 자신이 맞지 않아 다행이었다. 그렇게 생각하는데 또다시 날카로운 파공음이 들려왔다.

"크윽!"

잇새로 신음성이 새어나왔다. 이카르는 자신의 다리에 정확히 박힌 화살에 고통보다 등골이 서늘해지는 것을 먼저 느꼈다. 길게 생각할 것도 없었다. 이건 틀림없이 고의적인 짓이다. 그는 섣불리 몸을 일으키지 않고 엄폐물을 찾았다.

불행 중 다행히 숲인지라 숨을 곳은 많았다. 이카르는 일단 화살이 날아온 방향 쪽으로 굵은 나무를 두어 몸을 숨겼다.

'젠장, 누구지?'

이카르는 어금니를 사리물며 상처를 살폈다. 화살을 맞은 부근은 이미 피로 새빨갛게 물들어 있었다.

황태후인가, 혹은 자신을 거슬려 하는 누군가인가. 그는 옷자락을 찢어 상처 부근을 묶어 지혈하며 주위 기척을 살폈다. 세 번째 화살은 날아오지 않았다.

상대가 누구인지는 몰라도 이 정도로 만족해준다면 좋을 텐데. 이카르는 그렇게 중얼거리며 검을 뽑았다. 다리에 화살을 맞은 데다가 놀란 말도 달아나버려 도망치는 것은 무리였다. 문득 자신이 여기서 잘못되면 황제가 어떤 반응을 보일까 궁금해졌다.

'……한심하단 소리는 틀림없이 나올 거 같은데.'

그리고 혀도 몇 번 차겠지. 눈앞에 훤히 떠오르는 모습에 울적해졌다. 이카르는 검을 지팡이 삼아 몸을 일으켰다. 그러고는 꺼칠한 나무 줄기에 등을 기댄 채 흉수가 접근해오기를 기다렸다. 오지 않는다면 더 좋겠지만.

휘익삐이익. 이름 모를 새가 길게 목청을 뽑았다. 경고의 소리다. 영역을 침범한 동족이나 둥지를 노리는 뱀을 향한 것일 수도 있겠지만, 바스락거리며 풀을 밟고 몸에 걸리는 나뭇가지를 꺾는 기척의 주인은 십중팔구 인간일 터였다.

이카르는 숨을 죽인 채 귀를 기울였다. 화살이 날아온 쪽에서 접근해오던 발소리가 얼마 떨어지지 않은 곳에서 멈췄다. 고개를 내밀어 돌아본다면 누구인지 확인할 수 있을 것이다. 물론 그런 섣부른 짓은 하지 않았다. 상대는 활을 가지고 있으며 언제든지 겨누어 쏠 준비가 되어 있는 상태일 것이니.

"언제까지 꼬리 말고 숨어 있을 거냐. 두들겨 맞은 개새끼가 따로 없군!"

빈정거리는 낯익은 목소리에 이카르는 무심코 혀끝을 찔끔 깨물었다. 같은 기사단 동료인 드보시오다. 이카르는 속으로 욕설을 지껄이면서도 안도했다. 황태후 쪽 사람이 아니라 다행이었다. 드보시오야 사냥터에서 실수인 척 화살을 날릴 짓쯤 얼마든지 할 새끼니 놀랄 일도 아니었다.

이카르는 한숨을 내쉬며 나무 뒤에서 걸어 나왔다.

"이건 좀 지나치잖아."

활을 들고 있는 것은 드보시오가 아니라 그의 종자였다. 하기야 실수로 포장한다 해도 동료에게 활을, 그것도 두 번이나 쏜 것은 문책을 피하기 힘든 짓이었으니 종자에게 덮어씌울 심산인 모양이었다. 결국 애꿎은 종자만 처벌을 받게 될 판이라 이카르는 울분을 억누르고 길게 항의하길 포기했다.

"……실수한 모양인데 앞으로는 조심해줬으면 좋겠군."

덮어 줄 테니까 이쯤 하자, 라는 뜻의 말에 돌아온 대답은 예상외의 것이었다.

"실수가 아닌데?"

"……뭐?"

이카르의 눈이 흠칫 커졌다. 물론 실수가 아닌 건 당연할 터였다. 양쪽 모두 뻔히 알고 있는 사실이었지만 실수로 주장하여 책임을 모면하려 들 줄 알았는데.

대체 왜. 의아해하던 이카르는 순간 등골이 서늘해지는 것을 느꼈다.

설마, 이쯤에서 끝내려는 게 아닌 것인가. 불길한 예감에 지팡이처럼 짚고 있던 검을 조용히 들어 올렸다. 긴장하는 그를 보고 드보시오가 질 나쁘게 웃었다.

"무서워하지 말라고. 목숨은 붙여 줄 터이니."

목숨은. 팔다리 하나쯤 잘라놓아도 죽지는 않는다. 대신 기사로서의 생명은 끝이다. 눈엣가시 취급이야 익숙해지다 못해 일상이었지만 이렇게까지 나올 줄은 몰랐다.

문득 며칠 전 연회 때의 일이 떠올랐다.

아리에스 때문인가.

정확히는 그것이 지금의 도를 넘어선 행위의 시발점이 되었을 것이다. 이카르는 이를 악물었다. 부상을 입었다곤 하나 한 명이라면 어떻게 상대해보겠건만 저쪽은 둘이었다. 그것도 활을 겨누고 있으니 혼자 힘으로 무사히 빠져나가는 것은 불가능했다.

"이런 짓을 하고도 무사할 수 있을 거라고 생각하나."

"뭐? 네 주인님 말이냐?"

킬킬 비웃는 소리가 들려왔다. 드보시오는 짐승의 숨통을 끊어놓는 용도의 사냥용 단검을 빙글빙글 돌리며 이카르를 향해 한 발짝 다가섰다.

"황제 폐하는 분명 무섭지. 하지만 그 세력이 무서운 건 아니란 말이다. 심지어 지금은 황태후마마와 완전히 척을 졌잖아?"

그는 뾰족한 칼끝을 이카르를 향해 겨누며 말을 이었다.

"폐하를 직접 건드릴 수 있는 자야 없겠지만, 주위 놈들은 다르다고.

증거를 조작하고 희생양을 내밀어 놓으면 제아무리 만인지상의 몸일지라도 어쩌겠느냔 말이다. 진범은 공식적으론 무죄인데!"

드보시오의 말 그대로였다. 설사 여기서 그가 자신을 살해한다 해도 옆의 종자에게 죄를 떠넘겨 버린다면 무사히 빠져나갈 수 있는 것이다. 황제에게는 자신을 따르는 세력이, 정치적으로 부려 먹을 수 있는 추종자들이 없으니까.

진범을 가리기 위한 조사? 황제의 명이 떨어지면 하기는 하겠지. 그러나 법관에게도 수사관에게도 황제의 그늘보다는 황태후나 카얄룬 공작, 그 외 대귀족들의 그늘이 더 크게 드리워져 있었다. 대충 뒤적거리다가 문제없다는 결론을 내리고 말 가능성이 높은 것이다. 아니, 십중팔구 그리되겠지.

이카르는 입안이 말라붙어가는 것을 느끼며 검을 고쳐 쥐었다.

"개새끼에게 물리는 건 질색이니 손에 든 거 얌전히 내려놔라."

그 말에 이카르의 얼굴이 한층 딱딱해졌다. 무방비 상태가 되면 무슨 짓을 당하게 될지 상상하기조차 끔찍했다. 그가 반응 없이 우두커니 서 있자 드보시오가 종자를 향해 손짓했다. 겨누고만 있던 활의 시위가 팽팽히 당겨진다.

"관대하게 선택의 여지 정도는 주지. 알아서 놓을 거냐, 손을 꿰뚫려 놓칠 거냐."

"……빌어먹을."

이카르는 어금니를 으득 갈면서도 순순히 검을 내려놓았다. 맨손으로 자신보다 덩치 큰 남자를 이길 자신은 없었다.

하지만 버텨봐야 화살만 한 대 더 박힐 뿐이다. 어차피 낮은 승산이기는 하지만 조금이라도 더 멀쩡한 상태를 유지하는 편이 유리하다. 천운이 따라줘 접근해 온 드보시오를 제압할 수만 있다면 종자도 섣불리 활을 당기지는 못할 것이었다.

"옳지. 주인이 아니라도 말 잘 듣는구만!"

드보시오가 사람을 개 취급하는 소리를 지껄이며 성큼, 그러나 신중하게 이카르의 앞으로 다가섰다. 그의 발끝이 땅에 놓인 검을 멀리 쳐낸다. 이어 숨겨놓은 비수가 없나 살핀 뒤에야 나무줄기에 등을 기대고 선 저보다 작고 어린 청년의 목깃을 틀어쥐었다. 목이 당기는 것을 느끼며 이카르는 적보라색 눈을 가느다랗게 찡그렸다.

"……어쩔 셈이냐."

이카르가 짓씹듯이 말을 내뱉었다. 주먹질 몇 번 정도는 감수할 의향이 있다. 골절상까지도 괜찮다. 그 정도는 어렵지 않게 원래대로 치료가 가능했으니.

드보시오는 잡은 이카르의 멱살을 바싹 끌어당기며 입매를 비틀어 올렸다.

"우선은."

퍽! 이카르의 명치에 매섭게 주먹이 박혔다. 제대로 급소를 두들겨 맞은 통에 비명도 나오지 않았다. 그는 헉, 짧은 숨을 삼키는 것과 함께 그대로 앞으로 고꾸라졌다. 속이 뒤집어질 듯 아프고 입안이 시큼했다.

"건방지게 툭툭 내뱉는 말버릇부터 고쳐놔야겠지. 개새끼면 개새끼 답게 바닥을 기면서 짖어!"

미친놈. 이카르는 쓴 물을 뱉어내며 중얼거렸다. 고작해야 부모 잘 만난 것밖에 없는 새끼가. 무기가 허용된 결투라면 절대 놈에게 지지 않을 자신이 있었다. 더러운 천민 출신이라 소리소리 쳐대지만 집안만 제외한다면 놈이 자신보다 나은 게 뭐가 있단 말인가.

"천민답게 엎드려 빌 준비는 되었나?"

이카르의 뒷머리를 흙발바닥이 짓눌렀다. 원하는 대로 비굴한 모습을 보인다면 이쯤에서 끝날지도 모른다. 하지만 이카르는 신경질적으로 제 머리를 짓밟는 발을 쳐냈다. 차라리 죽이라지.

"그 천민보다 못한 게 네놈, 아아아악!"

비명성이 튀어 올랐다. 드보시오의 손이 이카르의 다리에 박혀 있던 화살대를 붙잡아 거칠게 휘저은 것이었다. 멎었던 피가 다시금 스멀스멀 배어 나온다. 반사적으로 웅크려진 몸이 짧게 경련했다.

"크으……. 윽……."

"쯧. 아무튼 개새끼는 맞아야 정신을 차리지."

큼직한 손아귀가 금빛 머리칼을 휘어잡았다. 목이 뒤로 꺾이며 고통 어린 새하얀 얼굴이 드러났다.

"처음 봤을 때부터 네놈의 이 예쁘장한 얼굴이 거슬렸어."

사냥칼의 서늘한 날이 이카르의 뺨을 스쳤다. 새빨갛게 그어진 혈선을 따라 핏방울이 흘러내린다.

"눈알을 하나 뽑아주지. 그 후에도 건방진 소리를 지껄인다면 손가락부터 시작해 천천히 길들여주마."

잔인한 음성이 이카르의 머릿속에 경종을 울렸다.

칼날이 재차 따끔하게 얼굴을 긁었다. 이대로 있다가는 정말로 눈을 잃게 된다! 이카르는 멀쩡한 다리를 굽혀 있는 힘껏 바로 앞의 놈을 향해 쳐올렸다.

"크억! 이 새끼가!"

급소를 아슬아슬하게 빗겨 맞은 드보시오가 뒤로 넘어졌다. 머리채를 붙잡힌 채라 이카르 역시 함께 바닥을 굴렀다. 메마른 풀이파리가 그의 입속으로 들어왔다. 그것을 뱉어내며 재빨리 몸을 일으키려 했지만 다리가 멀쩡한 드보시오가 한 발 더 빨랐다.

스릉! 짧은 사냥 칼이 아닌 장검이 검집에서 빠져나오는 소리가 들렸다. 이카르는 전신이 오싹해지는 것을 느끼며 일어서는 대신 옆으로 몸을 굴렸다. 직후, 그의 다리가 있던 자리에 칼이 들이박혔다.

"이 미친 새끼!"

이카르가 경악하며 소리쳤다. 하마터면 다리를 잃을 뻔했다. 바닥에 앉은 채로 뒤로 몸을 빼는 그를 드보시오가 히죽히죽 웃으며 내려다보았다.

"황제 폐하의 귀여운 애완견답게 바닥을 기게 해주겠다는데 왜 피해?"

진짜 미친놈이다. 이카르의 눈동자가 두려움에 젖어들었다. 도망갈 방법도 없는데 미친 새끼가 자신의 다리를 잘라내겠다 덤벼들고 있다. 농담도 아니고 뚜렷한 진심이다. 가늘게 떨리는 적자안을 보고 드보시오가 만족스러운 표정을 지었다.

"오, 이제야 좀 봐줄 만 하군. 그렇지. 그렇게 발발 떠는 게 개새끼한테 어울리지."

"……."

"착하게 입도 다물었고. 하지만 늦었다."

잔혹한 광기가 사내의 눈 위로 진득하게 드러났다.

"다리부터 잘라내고 눈알도 마저 뽑아주마!"

또다시 검이 날아들었다. 이카르는 재빨리 몸을 피했으나 이번에는 핏물이 튀어 올랐다. 그는 칼날에 베인 다리를 끌어당기며 이를 악물었다. 그리 깊은 상처는 아니었으나 하필이면 멀쩡한 쪽의 다리였다. 양다리 모두 부상을 입었으니 도망은커녕 제대로 일어설 수조차 없게 된 것이다. 결국 저 미친놈에게 유린당하다 죽게 되는 건가. 그렇게 체념하는 순간, 숲에서 시커먼 것이 튀어나왔다.

흰 말을 탄 자가 활을 들고 서 있던 종자를 향해 노도처럼 치달았다.

"크악!"

휘둘러진 검 아래로 드보시오의 종자가 비명을 내지르며 짚단처럼 무너져 내렸다. 엎어진 사내 주위의 풀밭이 순식간에 시뻘건 물이 들었다. 눈 하나 깜짝 않고 종자를 살해한 남자, 황제의 호위기사 중 한 명인 마노스가 바닥에 쓰러져 있는 이카르와 그 앞의 드보시오를 쳐다보았다.

"이것으로 끝내십시오."

종자의 죽음으로 덮어버리란 뜻이었다. 마노스의 말에 드보시오가 이죽거렸다.

"싫다면?"

"막겠습니다."

"하! 막아?"

드보시오의 눈꼬리가 사납게 치켜 올라갔다.

"또 이 새끼 편드는 거냐? 천박한 개새끼가 폐하께 하듯 네놈한테도 열심히 꼬리 쳐댄 모양이군?"

마노스는 지저분한 소리에도 일말의 표정변화 없이 핏물이 흐르는 검을 들어 올렸다. 자신을 막아서겠다는 의사표현에 드보시오가 이를 으득 갈았다.

"그냥 이 새낄 죽이고 네놈에게 뒤집어씌우는 것도 괜찮겠군."

그 말에 당사자인 이카르는 물론이고 마노스 또한 긴장의 빛을 띠었다. 드보시오가 이카르를 죽이고자 한다면 떨어져 있는 마노스로서는 막을 방법이 없었다.

"그게 가능할 거라고 생각합니까?"

"네놈은 고작해야 자작 나부랭이가 아니더냐. 목격자도 없는 마당에 어느 쪽이 유리할지야 뻔하지!"

확실한 증거도, 목격자도 없다면 권세가 강한 쪽의 주장이 받아들여지는 것이 보통이었다. 마노스는 입을 다문 채 고민 어린 표정으로 이카르를 바라보았다. 그가 망설임 끝에 입을 열려는 순간이었다.

"뭐하고 있는 것인지 물어봐도 되겠는가?"

짐짓 상냥한 목소리가 들려왔다.

순식간에 시선이 모였다. 그 시선 속으로 흑마에 탄 황제가 도망쳤던 이카르의 말을 데리고 모습을 드러냈다.

황제는 몰이꾼도 사냥개도 대동하지 않았다. 대신 그는 말을 풀었다. 짐승의 뒤꽁무니를 쫓아다닐 생각이 없었기에 마수의 피가 섞여 말 주제에 육식을 하는 검둥이를 아무거나 잡아 오라고 내몬 것이다. 겉모양새만 초식동물인 검은 맹수는 얼마 지나지 않아 발굽에 짓밟혀 머리가 터져나간 멧돼지 한 마리를 끌고 왔다. 어금니가 한 뼘이 넘게 튀어나온 커다란 놈이었다.

"이 정도면 되겠군."

크흥! 공치사 한 마디도 없는 것에 검둥이가 불만스런 콧김을 뿜었다. 아무튼 모시기 좋은 주인은 절대 아니다. 흑마가 투덜거리거나 말거나 황제는 죽은 멧돼지를 들어 안장 뒤쪽에 매달았다. 이제 적당히 시간을 보내다가 돌아가면 되었다.

그는 길 없는 울창한 숲 속을 천천히 걸어갔다. 멀리서 몰이꾼이 나팔을 불고 사냥개가 짖어대는 소리가 들려왔다. 그 소란통이 조금 거슬리기는 하였지만, 그래도 대낮에 이렇게 혼자 나와 있는 것은 오랜만이라 기분이 썩 괜찮았다.

황궁에서의 생활은 번잡스럽다. 어딜 가나 거슬리는 눈길이 등 뒤에 따라붙는다.

수군거리고 속삭대며 온갖 욕망으로 뒤범벅된 시선들이 꼬리에 꼬리를 물고 이어지는 것이다. 무시하고 싶어도 예민한 감각은 눈길 하나하나를 놓치지 않았다. 본궁이 아닌 후궁전에 주로 머물렀던 것도 그런 이유가 컸다.

그래도…… 생쥐의 눈은 나쁘지 않았다. 궁정인들과 달리 솔직하다. 가끔은 너무 솔직하여 곤란하기도 했지만.

황제는 고개를 돌려 옆에서 걷고 있는 흑마를, 안장 뒤쪽에 매달린 멧돼지를 바라보았다.

멧돼지보다는 여우가 나을까. 귀여운 후궁에게 옥가락지 하나 안 해줬느냐고 비아냥대던 목소리가 떠올랐다.

그 말도 거슬렸지만 혼례기념 사냥대회이니만큼 후궁이 쓸 수 있는 짐승을 한 마리쯤 잡아갈 필요도 있을 듯했다.

여자들이 두르는 가죽 중 최고로 치는 표범은 이 숲에는 없을 것이고, 가을을 맞아 털이 번드르르할 여우가 역시 괜찮겠지. 황제의 손이 흑마의 허리를 툭 쳤다.

"여우를 잡아와라. 최대한 멀쩡한 상태로."

크르르, 보상 없이 시켜먹기만 하는 주인의 작태에 검둥이가 사납게 으르렁거렸다. 나름의 투정이었지만 통할 리가 만무했다. 결국 흑마는 서늘한 금안의 재촉에 못 이겨 멧돼지를 짊어진 그대로 터덜터덜 발굽을 옮겨갔다.

그리고 잠시 후.

"……분명 여우라고 했는데."

여우 잡으라고 보낸 흑마가 다리를 절룩이는 진회색 말을 데리고서 황제에게 돌아왔다. 흑마의 곁에 선 상대적으로 작은 덩치의 말을 본 황제가 미간을 좁혔다.

"주인은 어쩐 거지."

진회색 털의 말은 이카르의 것이었다. 원래는 야생마로, 역시나 야생마였던 검둥이가 이끌던 무리에 속했던 녀석이라 상처를 입자 우두머리에게로 도망쳐온 것이다.

이내 회색마의 다리에 박힌 화살을 눈치챈 황제가 곧장 검둥이의 안장에 올랐다.

"안내해."

흑마가 황제의 말을 번역하듯 나직한 울음을 내뱉었다. 우두머리의 재촉에 이카르의 말이 화들짝 귀를 세우며 앞장섰다.

두 마리의 말이 나란히 숲을 달려가고 얼마 지나지 않아, 익숙한 피 냄새가 느껴졌다. 황제는 무심코 이를 갈았다.

아직 기척이 느껴지지 않건만 벌써부터 피 냄새가 짙다.

멍청한 놈이 설마 죽어 나자빠져 있는 건 아니겠지. 늦었을지도 모른다, 그리 생각하자 초조함이 가슴 가득히 밀려들었다. 반쯤은 그 자신의 감정이었지만 나머지 반은 계약으로 인한 것이었다.

그 더러운 기분에 황금색 두 눈이 차갑게 가라앉았다. 역시나 낯익은 피 냄새를 확인한 흑마가 속도를 높여 훌쩍 앞서 나갔다.

발굽이 강하게 땅을 박차고 이내 황제는 세 사람이 모여 있는 곳으로 들이닥쳤다.

"뭐하고 있는 것인지 물어봐도 되겠는가?"

황제는 일부러 온화한 목소리를 내어 물었다. 그렇게라도 하지 않으면 눈앞의 두 놈을 당장에 쳐 죽일지도 몰랐기 때문이었다. 한 놈은 당황하고 한 놈은 안도한다.

그 반응으로 상황을 대충 파악한 황제가 말에서 내려섰다.

"친목을 다지는 중이라기에는 피비린내가 과히 짙군."

"송구하옵니다, 폐하."

마노스가 검을 치우며 머리를 숙였다. 황제는 바닥에 주저앉아있는 이카르를 향해 걸어갔다. 드보시오가 허둥대며 옆으로 비켜섰다.

"……멍청한 놈."

황제가 작게 중얼거렸다. 얼빠진 채 자신을 올려다봐 오는 적자색 눈과 마주치자 짜증이 치밀었다.

다 큰 사내놈이 제 몸뚱이 하나 지키지 못하고서 피투성이가 되어 뒹구는 꼴이라니. 부상자가 아니었다면 확 걷어차 버렸을 것이다. 황제는 울컥대는 노기를 억누르며 손을 뻗었다.

다리 꼴을 보아하니 혼자서기는 무리일 것이라 안아 들었다.

"폐, 폐하……."

이카르가 창피해하며 뺨을 붉혔다. 어릴 적 달랑달랑 들고 다니며 키운 게 누군데 웃기지도 않는 모습이었다.

황제는 혀를 쯧 차며 품 안의 애새끼를 흑마의 등에 앉혔다.

"거기."

"예, 폐하."

마노스가 눈치 빠르게 대답하며 나섰다.

"데리고 가서 치료하도록."

마노스는 황제를 향해 짧게 묵례한 후 자신의 말에 올랐다. 두 사람이 시야에서 사라지자 황제가 고개를 돌렸다.

"주, 죽을죄를 지었사옵니다!"

시선이 마주치자 잔뜩 긴장하고 있던 드보시오가 즉각 무릎을 꿇었다. 황제가 직접 목격한 이상 조용히 넘어가는 글렀다.

하지만 이카르를 죽인 것도, 회복하기 힘든 중상을 입힌 것도 아니니 잘만 조아리면 전처럼 가벼운 징계로 끝나지 않을까.

그런 속셈으로 머리를 숙이는 드보시오를 향해 황제가 천천히 걸음을 옮겨갔다.

"경의 심정을 모르는 것은 아니네."

황제의 목소리가 느른하게 이어졌다. 일견 다정하기도 하였다.

"짜증 날 정도로 답답한 놈이기는 하지."

"폐하, 그것이……."

문책은커녕 동조하는 목소리에 드보시오는 도리어 더 당황했다. 황제의 말은 분명 용서해주려는 분위기인데 본능은 천 길 낭떠러지 끝에 매달린 듯 오싹한 위기감을 느끼고 있었다.

"눈치도 없고 멍청해. 사람 발목 잡고 늘어지는 꼴을 보고 있자면 가끔은 나도 확 죽여 버리고 싶은 충동이 든다네."

황제의 발이 멈추었다. 무릎 꿇은 남자의 바로 앞이었다. 그리고 몸을 굽힌다.

황제는 한쪽 무릎을 바닥에 대며 오른손으로 드보시오의 어깨를 툭툭, 위로하듯 쳤다.

"그러니 이해하네."

"화, 황송하옵니다……."

드보시오는 슬쩍 숙였던 눈을 들었다. 괜찮은 걸까. 직감은 비명을 내지르고 있었지만 황제의 태도는 친절했다. 거짓을 말하는 것 같지는 않았다.

자신을 힐끔대는 드보시오를 향해 황제의 입술이 얇은 미소를 그렸다.

"하지만."

"허억!"

온화하던 기세가 급변했다. 어깨를 토닥이던 손이 목을 낚아챈다. 폭발하는 살기를 감당치 못한 드보시오가 뱀 앞에 놓인 쥐새끼처럼 꼼짝없이 얼어붙었다. 시선조차 돌리지 못한 채 식은땀만 줄줄 흘렸다.

상냥하던 황제의 미소가 일그러지고 사납게 이가 드러난다.

"저건 내 애다."

목을 움켜쥔 손에 힘을 가하며 광포하게 으르렁거렸다.

"내가 키운 애새끼란 말이다."

멍청한 게 순해 빠지기까지 해선 저보다 한참 어린 계집 앞에서 기도 못 펴는, 그나마 봐줄 만한 건 얼굴밖에 없는 못난 놈이지만 자신의 아이다.

말도 제대로 못 하고 빽빽 울기만 할 때부터 데려다 키웠다.

하루에도 열댓 번은 갖다 버릴까 고민하면서 키웠다.

눈에 차는 구석 하나 없지만, 빌어먹게도 귀찮기만 한 놈이지만, 그래도 자신의 아이다. 제 딴에는 다 컸다 우기지만 아직 한참은 덜 자라고 덜 여문 내 애.

인간들의 기준에 맞춰주느라 숨죽이고 잠들어 있던 흉포한 맹수가 송곳니를 드러냈다. 황금색 두 눈이 짙은 노기를 품고 차갑게 달아오른다.

"그런데 감히, 네까짓 게."

묵직하게 갈라진 음성에서 분노가 여실히 드러났다.

칼날처럼 수축된 동공이 돌처럼 굳어버린 사내를 향해 으르렁거렸다.

갈가리 찢어 죽여라! 감히 자신의 아이를 건드렸다! 내 어린 것을 해하려 들었다!

황제의 입가가 비틀려 올라갔다. 최대한 얌전히 있어 줄 생각이었지만 이런 일까지 참아낼 필요는 없다.

자신의 아이를 깨문 벌레의 팔을 꺾어 찢어냈다. 나머지 한쪽 팔과, 두 다리 또한, 마치 짚으로 만든 허술한 인형처럼 손쉽게 뜯겨 나간다. 피를 철철 내뿜는, 숨통이 끊어진 몸뚱이를 걷어찼다.

공포에 질려 비명조차 지르지 못하고 눈마저 부릅뜬 머리통을 짓밟았다.

그러고도 분이 다 가시지 않았다. 비단 이번 일만 아니라 그간 쌓이고 쌓여 온 울분의 높이가 끝을 몰랐던 탓이었다. 목줄에 매이고 날개를 꺾여 억지로 우리에 처넣어진 맹수의 분노.

황제는 피칠갑을 한 채 서서 원래의 모습을 알아보기 힘든 처참한 시체를 내려다보았다. 채 꺼지지 않은 살의가 일렁이는 눈을 느릿하게 깜박였다.

　갑갑하다. 하지만 벗어 날 방도가 없다. 그는 피비린내 짙은 공기를 훅 들이마시며, 보이지 않는 사슬을 절그럭거리며 돌아섰다.

"폐하!"

생쥐가 숲에서 걸어 나오는 황제를 발견하고 크게 소리쳤다. 치맛자락을 붙잡고 단숨에 달려간 그녀는 역한 피비린내에도 아랑곳하지 않고 황제의 품에 매달렸다. 손이며 드레스, 갖다 댄 뺨에까지 핏자국이 묻어났다.

"이카가 다쳤어요. 아리에스 언니가 같이 갔습니다."

후궁으로서 황제가 돌아올 때까지 자리를 지켜야 했던 생쥐와 달리 아리에스는 부상을 입은 이카르와 함께 사냥터를 떠났다. 황제는 자신에게 달라붙는 바람에 덩달아 피투성이가 된 소녀를 못마땅하게 내려다보았다. 둘의 주위로 모여든 사람들이 피칠갑을 한 황제의 모습에 놀라 웅성거렸다.

"어디로 갔지."

"어, 여기서 가까운 별궁으로 간다고 했습니다."

생쥐가 두 눈썹을 가운데로 모으며 황제의 옷자락을 꽉 움켜쥐었다.

"……이카는 괜찮을까요?"

"그 정도론 안 죽는다."

황제는 생쥐를 자신에게서 떨어뜨려 놓으려다가 그만두었다.

이제 와 떼 내어도 피투성이인 건 변함없었다. 작게 한숨을 내쉬는 그에게 황실 근위기사 단장인 보나드가 여쭈었다.

"폐하, 혹여 옥체에……."

"짐의 피가 아니다."

황제는 그의 말을 끊으며 대답했다. 평소처럼 서늘하게 가라앉았으나 아직 희미한 살의가 일렁이는 금안이 주위를 휙 둘러 살폈다.

"마노스는."

"레브어트 경은 만일을 대비해 부상 입은 이카르 경과 동행하였습니다. 자세한 경황은 폐하께 여쭈라 말하더군요."

허튼소리 않고 물러난 모양이었다. 황제는 몸을 적신 흥건한 핏자국을 내보이며 말했다.

"드보시오 헤세시가 짐을 암습했다."

"예?"

"그 와중에 이카르가 부상을 입게 된 거다."

"하오면 헤세시 경은……."

"죽었다."

황제는 냉정하게 잘라 말했다.

"후작가에 이 이상의 책임은 묻지 않겠으니 자중하라 전해라."

감히 황제를 향해 칼을 뽑아든 역모죄를 저질렀다 하였으니 세력가인 헤세시 후작이라 해도 자식의 죽음에 대한 불만을 표하진 못할 것이었다. 의심이 든다 해도 입 다물고 고개 숙이는 수밖에.

황제는 생쥐를 안아 들고 어느샌가 곁으로 슬금슬금 다가온 흑마의 등에 올라탔다.

　이카르가 옮겨진 별궁은 얼마 떨어져 있지 않았다. 이내 별궁에 도착한 황제의 앞으로 시종 시녀들이 우르르 몰려들어 머리를 조아렸다.

　"곧장 목욕준비를 하겠사옵니다."

　피투성이인 황제의 모습에 시종장이 몸 둘 바를 몰라 했다. 물을 데우는 데는 시간이 걸리겠지만 우선 옷만이라도 갈아입으셔야 한다고 말하는 것을 무시한 채 황제가 입을 열었다.

　"이카르는."

　"이카르 경은 치료를 끝내고 동관의 침실에서 쉬고 있습니다."

　"안내해라."

　"하오나 폐하, 우선 환의하심이……."

　황제는 들은 척도 않고 생쥐를 옆구리에 낀 채 말에서 내렸다. 시종장은 어쩔 수 없이 이카르가 있는 방을 향해 앞장서 걸어갔다.

부상당한 호위기사는 사냥터에서 가장 가까운 별궁으로 옮겨졌다. 사고가 날 가능성이 높은 사냥대회인지라 미리 대기하고 있었던 궁의가 곧장 이카르의 상처를 치료했다. 화살은 살 깊숙이 파고들었으나 뼈까지는 건드리지 않았다. 베인 상처는 그보다 얕아, 이삼일쯤 뒤엔 목발에 의지하여 그럭저럭 걸어 다닐 수 있을 거라 하였다. 물론 무리했다간 꿰맨 상처가 터져버릴 거라는 충고도 뒤따랐다.

"이게 무슨 날벼락이래요."

아리에스가 잔뜩 골이나 투덜거렸다. 멀쩡하게 나갔던 사람이 다리를 한쪽도 아니고 둘 모두 다쳐서 실려 왔으니 화가 나지 않을 리 없었다. 그것도 이카르는 자신의 남편감 후보다. 별다른 문제가 없다면 머지않아 그녀의 집안사람이 되는 것이다.

즉, 내 거다. 남의 것을 이 모양으로 망가뜨려 놓다니. 아리에스의 눈썹 끝이 노기를 참지 못하고 하늘을 향해 삐죽 치솟았다.

'찢어 죽여도 시원찮을 인간 같으니라고.'

헤세시 후작가의 막내랬던가. 첫인상부터가 마음에 들지 않았던 남자였다. 연회 때의 치근덕거림이 불쾌하다 싶더니만 이런 짓까지 저질러 놓았다.

이에는 이, 눈에는 눈이라고 두 다리를 뚝뚝 반대방향으로 꺾어주고 싶지만…….

아리에스는 답답한 심정으로 한숨을 내뱉었다. 허접한 시골 귀족도 아니고 후작가 적자 상대로 만족할 만한 처벌이 내려질 리는 없었다. 피해자인 이카르가 비슷한 위치의 귀족이라면 또 모를까, 그것도 아니었으니 구렁이 담 넘어가듯 슬쩍 흐지부지 처리될 것이 분명했다.

"정말이지 그런 미……이상한 인간이 다른 것도 아니고 황제 폐하의 호위기사라니, 어이가 없다 못해 기가 막힐 노릇이네요. 철저히 자격을 따진다고 알고 있었는데 말이에요."

침대에 앉아 있던 이카르가 시무룩한 표정으로 아리에스를 올려다 보았다.

"자격으로 치면 저도 미달이기는 합니다."

"그건 아니죠!"

아리에스가 마치 제 일처럼 열을 내며 말했다.

"어차피 자격요건 중 반수 이상은 허례허식이 아니던가요? 호위기사의 본질을 생각하자면 이카르 경보다 그 자리에 더 어울리는 사람이 어디 있나요. 폐하와 누구보다 오래, 근처에서 지내왔으며 실력도 충분하잖아요. 믿음직스러운 검, 그게 가장 중요하다고 생각합니다."

실상 호위기사의 용도를 생각하자면 자격이고 뭐고 그냥 필요 자체가 없었다. 황제에게 있어 주위를 맴도는 인간 몇쯤 도움은커녕 거추장스럽기만 할 뿐이었다. 마치 고양이가 호랑이 앞을 지키고 나서는 꼴이니.

하지만 이카르는 폐하께 호위기사 따윈 필요 없다는 소리를 굳이 입 밖으로 꺼내지 않았다. 자신의 편을 들어주는 마음 씀씀이는 고마웠지만, 길고 날카로운 말로 반박하고 나설 아리에스를 상대하기엔 이미 충분히 지쳐있었다.

한참을 분풀이하듯 투덜투덜 떠들어대던 아리에스가 겨우 진정하고 침대 옆의 의자에 앉았다. 그러고는 새파란 눈동자로 이카르를 꿰뚫을 듯 빤하게 바라보았다. 그 적나라한 시선에 조금 쑥스러워하는 이카르에게 아리에스가 또박또박 말했다.

"그러니까 우리 결혼해요."

"……예?"

적자색 눈이 휘둥그레 커졌다. 방금 뭔가 이상한 헛소리를 들은 거 같은데. 밑도 끝도 없이 난데없이 결혼이라니. 자신이 잘못 들은 것이 아닌가 당황하는 이카르를 향해 아리에스가 재차 청혼했다.

"결혼하자고요."

"저, 저기……."

"싫으세요?"

아리에스는 폭탄 발언과는 전혀 동떨어진 천진한 얼굴로 고개를 갸웃 기울였다. 마치 이 과자 싫어? 하고 묻는 어린애 같은 동작이었다.

"아뇨, 이건……. 싫고 좋고가 아니라……."

이카르가 허둥대며 말했다. 그의 상식으로 결혼하자는 소리는 이렇게 쉽게 내뱉어서는 안 되는 것이었다. 그것도 여자가 남자한테.

"싫고 좋고가 아니라뇨?"

아리에스가 태연하게 말을 이었다.

"좋으면 결혼하고 싶으면 안 하는 거죠. 싫으세요?"

"시, 싫은 건 아니지만…… 이런 식은 잘못되었다고 생각합니다!"

버럭 소리치는 이카르의 귓가가 발갛게 물들었다. 민망했다. 그나마 주위에 아무도 없어서 다행이란 생각이 들었다. 한참 어린 여자에게 청혼 받고 어쩔 줄을 몰라 하는 꼴이라니. 문득 자신을 한심하게 쳐다보는 황제의 얼굴이 눈앞에 선명히 떠올랐다. 아무도 없어서 진짜, 진짜로 다행이었다.

"그러니까, 아직 알게 된 지도 얼마 안 되었고요……."

"전 이카르 경이 마음에 들어요."

아리에스는 변명을 주워섬기는 말을 뚝 끊어내며 눈을 반짝반짝 빛냈다.

"좋은 분이라고 생각합니다."

"그건, 감사합니다만……."

"물론 너무 빠르다는 거 저도 잘 알고 있습니다."

분위기를 바꾸어 차분하게, 다독이는 듯한 목소리로 아리에스가 말을 이었다.

"하지만 저는 살타토르 백작가의 유일한 적녀로서 빠른 시일 내에 조건에 걸맞은 남편을 맞이해야 할 의무가 있습니다. 물론 제가 나서지 않는다 하더라도 제 부친께서 적당한 사람을 찾아 주시겠지요. 그렇지만……."

그녀는 눈을 살짝 아래로 숙였다.

희미하게 떨리는 촘촘하고도 긴 속눈썹이 일견 가련하게도 보였다.

"조건 운운하면서 이런 소리 하기 우습지만, 난생처음 만나는, 알지도 못하는 남자와 결혼하는 것은 싫습니다. 귀족가에 태어나 그 혜택을 누려 온몸으로서 의무를 저버릴 생각은 물론 없습니다. 그래도 여자로서의 마음이 없는 것은 아니니까요."

이카르를 설득하기 위한 목적의 한탄이었지만 진심이 들어있지 않은 것은 아니었다. 가능하다면 좋아하는 사람과 결혼하고 싶다. 낭만적인 연애와 극적인 사랑까지 꿈꾸지는 않았지만, 마음에 드는 남자의 손을 잡고 싶다는 욕심은 있었다.

그러니까 눈앞의 남자를 놓치고 싶지 않았다. 조건에 맞으면서도 마음이 끌리는 상대를 언제 또 만날 수 있을지 알 수 없었다. 가문의 후계자로 공식적인 인정을 받기 위해서 늦어도 2, 3년 내로 남편을 맞이해야 한다는 시간적인 제약 또한 있었다.

"이카르 경이 부상을 입고 돌아오는 것을 보면서 확실히 느꼈어요. 당신을 잃고 싶지 않습니다. 다른 누군가에 의해 빼앗기고 싶지 않아요."

육체적으로든 정신적으로든.

"……저는."

강하게 열을 띤 푸른 눈동자를 앞에 두고 이카르는 쉽게 말을 잇지 못했다. 그 또한 아리에스와의 결혼을 생각해보지 않은 것은 아니었다. 하지만 이건 너무도 갑작스럽고, 또 성급했다. 그뿐만 아니라…… 눈앞의 여자는 역시 그에겐 어려웠다. 보이지 않는 칼끝이 목젖을 찔러, 벽에 등이 닿을 때까지 몰아붙여진 기분이었다.

차마 싫다고 거절할 수 없게 억누르고는 선택지를 고르게 해 준 것처럼 말하고 있다. 자신이 저런 말을 듣고도 고개를 저을 수 있는 냉정한 성격이 못 된다는 사실쯤, 아리에스도 잘 알고 있을 것이었다. 아니까 이렇게 나오는 것이겠지.

아름답고, 상냥하고, 연약한 소녀지만 동시에 기회를 놓치지 않고 목줄을 잡아채 휘두르는 가차 없는 폭군.

이카르의 손끝이 이불자락을 꽉 움켜쥐었다. 말을 내뱉기 전에 긴장으로 숨이 약간 헐떡였다.

"제게 있어 살타토르 양은, 부담스럽습니다."

"부담이라고요?"

가느다란 목소리가 꼬리를 바싹 세웠다. 동그라니 흰 이마 위로 보이지 않는 핏대가 올랐다. 부담이라니. 다른 것도 아니고, 부담이라고? 아리에스는 울컥 짜증이 치미는 것을 느끼며 말했다.

"그래서 싫으시다는 건가요?"

뚜렷하게 날 선 물음에 이카르가 제 입술을 깨물었다. 역시 단호하게 나서기는 그의 성미에 맞지 않는 일이었다. 하지만 아리에스는 우유부단하게 넘어갈 수 있는 상대가 아니었다.

"싫지는 않지만, 거절합니다."

"거절한다는 것이 싫다는 뜻이지요."

"백작 영애께서도 잘 알고 계시겠지만, 몇 마디 말로 간단히 결정할 문제가 아니지 않습니까."

일부러 백작 영애라 불렀다.

실상 귀족가 여성이 이렇게 직접 나서 남편감을 물색하는 일은 극히 드물었다. 보통은 부모가 나서며 가문과 가문 사이에서 말이 오가다가 결정이 나는 것이 혼담이 아니던가. 그것을 생각하라는 이카르의 말에 아리에스가 오만하게 턱 끝을 치켜들었다.

"저는 괜찮아요. 살타토르 백작가는 제 것이 될 테니까요. 이득을 재어 연줄 만드는 용으로 시집가는 여자들과는 다르답니다."

조건에 맞는 상대라 하면 그녀의 부친도 반대는 하지 않을 것이었다. 갑작스러운 일에 좀 놀라기는 할 테지만.

"그러니까 복잡하게 생각할 것 없어요. 이카르 경만 좋다면, 혹은 싫다면 그것으로 끝인 겁니다."

대답해라. 내가 싫은지, 좋은지.

이카르는 다시 입을 다물었고 아리에스는 그런 그를 옥죄일 듯이 노려보았다. 눈길만이 아니라 실제로 목을 붙잡고 손에 힘을 꽉 넣어버리고 싶다는 충동이 그녀의 심장 안쪽에서 일순 솟구쳤다. 지금 당장 튼튼한 쇠사슬로 얽어매지 않으면 영영 놓쳐버릴 것 같은, 터무니없는 초조함이 느껴졌다. 도망쳐봐야 황제 옆을 벗어날 수 없는 사람이건만 우습지도 않은 헛생각이었다.

그런데도 짜증 날 정도로 조마조마하다. 거절당하리란 예상을 하지 못했던 탓일까. 불안해하는 스스로가 마음에 들지 않아 아리에스의 눈빛이 더더욱 사나워져 갔다.

"……살타토르 양을 좋아는 하지만, 사랑하지는 않습니다."

한참 만에야 이카르의 말문이 트였다. 아리에스가 재빨리 대꾸했다.

"저도 사랑까지는 아니에요. 하지만 좋아하는 정도로도 충분하잖아요? 이런 호감조차 없이 결혼하는 귀족이 태반입니다. 사랑이라니, 궁정에서는 솔직히 사치스러워요. 아니, 사랑은 더러 하지요. 그 상대가 아내나 남편이 아닐 뿐."

조건에 맞는 사람을 사랑하게 될 확률이 얼마나 될까. 아리에스는 한결 부드러워진 눈빛으로 이카르를 바라보았다. 사랑 운운하며 몸을 사리는 그가 싫지는 않았다. 궁정에, 귀족사회에 익숙하지 않으니까 그런 말도 할 수 있는 거겠지.

하지만 출신이야 어찌 되었든 그도 준귀족이다. 기사직을 버리고 낙향이라도 할 게 아니라면 귀족들의 생리에 익숙해지는 수밖에 없었다.

"그렇지만, 저는……."

말을 하다말고 이카르가 크게 한숨을 내쉬었다. 대체 어쩌다 이런 곤란한 상황에 처하게 되었는지 모르겠다. 왜, 갑자기. 불현듯 떠오른 의문에 그가 아리에스를 똑바로 바라보았다.

"왜 이렇게 서두르시는 겁니까?"

"네?"

아리에스가 고개를 갸웃하며 말했다.

"조금 전에 말씀드렸잖아요. 제게는 시간이 얼마 없다고요."

"그렇다고 해도 짧은 시간은 아닙니다. 그 밖의 서둘러야 할 이유는 없다고 생각되고요."

"……그건."

이번에는 아리에스 쪽에서 입을 다물었다. 분명 이렇게까지 성급해야 할 필요는 없었다. 생쥐에게도 결혼은 천천히 진행할 것이라 이야기했다. 그런데 왜 억박지르듯 결혼을 요구하게 된 걸까.

그녀는 스스로의 충동을 찬찬히 되살펴 보았다. 일단은, 이카르가 부상을 입었다. 찢어 죽일 후작 자제 놈이 살의를 품고 덤벼들었다. 하마터면 잘못될 수도 있었으니까 초조해질 만도 했겠지.

그리고 하나 더.

그래, 갑자기 이렇게 조급해진 이유. 분명히 있었다. 그것도 아주 속을 뒤집어 놓는 이유가. 입술을 잘근잘근 깨물던 아리에스가 더는 견디지 못하고 자리에서 벌떡 일어섰다.

"그 사람을 믿을 수가 없으니까요!"

비명 같은 외침이 방 안을 왱왱 울리다 사라져간다. 이카르가 당황하며 그녀에게 물었다.

"······그 사람이라뇨?"

"당연히 폐하시죠."

조금 전과는 정반대로 목소리를 확 낮추며 아리에스가 대답했다. 그녀는 잠깐 침묵을 두어 혹 듣는 이가 없는지 침실 밖 기척을 살핀 뒤 말을 이었다.

"폐하 때문에 어머니께서 돌아가실 때 느꼈던 무력감이 연이어 들이닥치고 있다고요, 지금. 그런데 제가 성급해지지 않을 수가 있겠어요?"

"무력감······이요?"

"예. 전 폐하 때문에 생쥐를 빼앗겼습니다. 두 눈 멀쩡히 뜨고 있으면서도 아무것도 못 하고 무력하게 눈물이나 줄줄 흘리며 사지로 보내야만 했다고요."

그때 일을 떠올리자 절로 눈살이 찌푸려졌다. 죽어가는 어머니를 바라보며 드레스 자락을 쥐어뜯는 것밖에 하지 못했던 일곱 살짜리 어린애로 돌아간 기분이었다.

"황궁에 와서도 그래요. 생쥐를 구할 수 있었던 건 좋았지만, 그 뒤론 완전 시궁창이잖아요. 황태후며 공주가 칼 가는 거 뻔히 알면서도 시시한 잡일밖엔 못 하고……."

아리에스의 말에 이카르가 멋쩍은 표정을 지었다.

"잡일이라니요. 전 그런 일조차 제대로 할 수 없었습니다만……."

"제가 이카르 경 정도의 무력(武力)을 갖추고 있었더라면 황궁에 오기도 전에 생쥐를 빼돌렸을 거예요. 아니, 애초에 저를 대신할 희생양을 구할 필요도 없었겠죠. 하지만 저는 무력(無力)하니까요."

검을 능숙하게 휘둘러대는 후궁이래서야 황제의 곁에 두기 곤란했다. 물론 현 황제가 여자의 칼 아래 당할 리 만무했지만 윗대들은 대부분이 보통 인간에 가까웠다. 그렇기에 황제의 침실에 드는 여자들은 평범하게 연약해야만 하였다.

"그래도 생쥐의 일은 혼례 이후로 좀 안심이 되었어요. 폐하야 여전히 대책 없으시지만, 나비궁을 벗어나지만 않는다면 적어도 목숨은 부지할 수 있을 거 같거든요. 정 안 되면 도망칠 길도 있고 말이에요. 그랬는데."

돌연 잡아먹을 듯이 자신을 향해 쏟아지는 눈빛에 이카르가 흠칫 몸을 굳혔다.

"좀 괜찮아지나 싶더니 이번에는 이카르 경이에요!"

"잠깐만요, 전 폐하 때문이 아니라……."

"그 빌어먹을 새끼가 왜 이카르 경을 만만히 보고 덤볐는데요? 다 폐하께서 처신을 잘못하셨기 때문이잖아요."

흥분한 탓인지 고운 입과는 어울리지 않는 욕설이 튀어나왔다.

"그래도 폐하의 탓이라고는 볼 수 없지 않습니까?"

"볼 수 있거든요? 자기 가신을 제대로 돌보지 못하는 군주의 잘못이 맞답니다."

눈을 부라리며 잘라 말하는 것에 이카르는 반박하지 못하고 입을 다물었다. 하기야 아리에스의 말이 틀린 것도 아니었다. 자신이 거느린 사람들의 안위를 제대로 살피지 못한 주인은 욕을 먹어 마땅하다.

아리에스는 차오른 열을 낮추기 위해 길게 한숨을 내뱉었다.

"그러니까, 제 마음이 급해진 거예요. 저는 생쥐에 이어 이카르 경까지 빼앗기고 싶지 않습니다. 간이 약혼 정도라도 해 두면 오늘과 같은 불상사가 벌어질 가능성이 낮아지니까요."

아리에스의 집안은 중앙귀족으로 유서 깊은 백작가이다. 비록 헤세시 후작가와 맞설 정도는 아니었으나 살타토르 백작가를 이을 적장녀의 약혼자, 즉 미래의 백작이라 하면 오늘처럼 쉬이 손대지는 못할 것이었다.

그것은 황태후 또한 마찬가지다.

물론 황태후가 마음만 먹는다면 살타토르 백작가 자체를 멸문시킬 수도 있겠지만 최소한 평민 출신 기사일 때보다 건드리기 까다로워지기는 할 터였다.

그리고 황태후는 손톱 밑의 가시 같은 그런 까다로움을 쉽게 무시하는 성격이 아니었다.

"제가 당신을 지킬 수 있게 해주세요."

"……."

그를 걱정해주고 염려하는 진심이 담긴 말에 이카르는 도리어 기분이 침울하게 가라앉는 것을 느꼈다. 지켜준다는 그 말이 솔직히 달갑게 다가오지가 않았다. 신경 써 주는 건 알겠지만, 내가 그렇게나 못났나 하는 자괴감이 고개를 치켜들었다.

그렇잖아도 황제 때문에 스스로에 대한 자신감이 부족한 편인 그였다. 명색이 호위기사건만 도움은커녕 짐이나 되지 않으면 다행이다. 황제 또한 그를 계속해서 어린애 취급해대며 툭하면 한심한 시선이나 던질 뿐이었다.

오늘만 해도 구해지고 말았다. 호위라면, 그 반대가 되어야 옳건만. 가슴이 묵직한 돌덩이라도 얹은 양 답답해졌다.

이카르는 울적하게 긁힌 목소리로 입을 열었다.

"그렇게까지 염려해주실 거 없습니다."

바라는 것과 정 반대의 의미를 품은 말에 아리에스의 눈썹이 위로 휘어 올라갔다. 불쾌감을 나타내는 그 표정에도 이카르는 덤덤히 말을 이었다.

"이런 꼴로 자신하기 면구스럽지만, 제 한 몸 지킬 능력은 됩니다. 그리고, 저에 대한 감사한 마음은……."

잠시 말을 끊고 무거운 한숨을 흘렸다.

"주어진 여유가 얼마 없다 말하셨으나 2, 3년은 결코 짧은 시간이 아닙니다. 좋아하는 정도가 아닌, 조건에 맞으면서도 사랑하는 사람을 만나실 수 있을지도 모릅니다."

길게 늘여 말하였지만 결국은 거절이다. 이카르의 변명을 묵묵히 듣고 있던 아리에스가 더는 참지 못하겠다는 표정으로 벌컥 소리쳤다.

"아 진짜 말 많네!"

물론 그녀의 말이 배 이상 길었지만 그런 사소한 것에는 신경 쓰지 않았다. 중요한 건, 눈앞의 남자가 심히 짜증 나게 군다는 사실이었다.

"짧지 않아요? 조건에 맞는 새로운 사람을 만날 수 있을 거라고요?"

아리에스는 무심코 이를 으득 갈았다. 멍청한 소리였다. 진짜로.

그녀는 언제나 끌어 쥐고 있던 이성을 잠시 놓치고 말았다.

심장 안쪽에서 피어오른 불길이 머리끝까지 치솟아 온통 불태워버렸다.

"당신 같은 사람이 또 어디 있어요? 이만큼 예쁘고, 착하고, 실력도 있고, 또!"

그녀는 숫제 으르렁거리며 침대를 향해 상체를 숙였다. 드레스 자락을 길게 끌며 아예 침대 위로 올라앉는다. 그러고는 여우를 맞닥뜨린 토끼처럼 놀라다 못해 기겁을 하면서도, 부상 탓에 도망칠 수 없는 남자를 향해 손을 뻗었다.

멱살을 틀어잡을까 하다가 두 손으로 이카르의 얼굴을 감싸 쥐었다. 손바닥 안으로 감겨드는 피부결이 사내놈 주제에 쓸데없이 고왔다. 아리에스는 곤혹으로 커다랗게 뜨여진 적자색 두 눈을 삼켜버릴 듯 들여다보며 사납게 말을 이었다.

"어수룩하게 멍청한 것도 마음에 들어. 쏘아대면 어쩔 줄 몰라 하는 게 귀여워. 양순하게 바라봐오는 이 눈알도 아주 예뻐."

궁정에까지 출입하지는 않았지만 수도에 적을 둔 백작가 영애로서 사교적인 모임은 충분히 누려왔다. 자연스럽게 젊은 귀족 남성들과 마주치는 일 또한 잦았다. 하지만 이런「것은 없었다. 몇 마디 짓궂은 말을 던졌다고 이렇게 예쁘게 뺨을 붉히는 건 본 적이 없다. 멀쩡히 다 큰 남자를 귀엽다고 느낀 것도 이게 처음이었다.

그런데 어디서 이런 걸 또 찾아.

"당신 같은 사람 고작 몇 년 만에 다시 찾는 거, 절대로 무리니까 헛소리 그만 하세요."

확신을 가지고서 딱 잘라 단정 지었다. 지금 눈앞에 있는 거, 이 남자 단 하나뿐이다. 더는 없다.

이글거리는 시선 속에 사로잡혀 있던 이카르가 우물쭈물 입을 열었다.

"그……렇게까지 말씀하시니까, 꼭……."

이카르는 말을 다 잇지 못하고 그렇잖아도 붉어져 있던 얼굴을 더욱 발갛게 물들였다. 단순히 호감을 느끼는 좋아한다, 정도론 생각되지 않는 말이었다. 마치 그 이상의, 좀 더 깊은 감정을 품고 있는 것처럼 다가오지 않는가.

아리에스 또한 무언가 잘못되었다는 걸 느끼고 입을 뚝 다물었다.

한동안 그렇게 침묵이 흘렀다.

"……음."

아리에스가 슬금 침대 아래로 내려갔다. 그녀는 손바닥으로 드레스 자락을 툭툭 두드려 구겨진 부분을 펼치고 나서 다시 의자에 곱게 앉았다. 마치 아무 일 없었다는 듯이 시침 뚝 뗀 얼굴로 고개를 외로 살짝 기울였다.

"그러게요."

차분하게 말을 잇는다.

"제가 착각한 거 같아요."

"착각이라면……."

"그냥 호감 정도가 아니었나 봐요."

아리에스의 입술 위로 이슬처럼 옅은 미소가 맺혔다.

"사랑인가 봐요."

"그, 어……."

"해본 적 없어서 잘은 모르겠지만, 단순히 좋아하는 정도는 아닌 것 같으니까요."

좋아하는 선을 넘어섰으면 사랑이겠지. 아리에스는 그렇게 결론 내렸고 이카르는 멍청하게 눈만 끔벅거렸다.

"아이 참, 자존심 상해라."

아리에스가 새침하게 눈가를 접었다.

"여자에게 이런 말까지 하게 만들다니, 나빴어요."

"죄, 죄송합니다……."

"하지만 어쩔 수 없죠. 반한 쪽이 지는 거라니까."

이카르는 적어도 눈앞의 소녀에겐 맞지 않는 말이라고 속으로 중얼거렸다. 어딜 봐도 우위에 선 쪽은 아리에스지 자신이 아니었다. 이카르는 몇 번 마른 침을 삼킨 뒤 입을 떼었다.

"조금 전에도 말씀드렸지만, 저는……."

"알아요."

아리에스가 하는 수 없다는 듯이 어깨를 으쓱했다.

"두 번 말씀하실 필요까지는 없답니다."

"……."

"그럼 저는 잠시, 좀 울다 올게요."

"예?"

다시 자리에서 일어서는 그녀를 이카르가 멍청한 표정으로 올려다보았다.

"우, 울다니요……?"

"아직 실연 확정까지는 아니라지만 첫사랑 고백 대답이 영 시원찮으니 코끝이 절로 찡해지네요. 이래 봬도 저는 열여섯 살 어린 소녀거든요."

"잠깐만요, 저는!"

그때 문이 덜컥 열렸다. 침실로 들어서는 사람을 돌아본 아리에스가 비명을 내질렀다.

"꺄악! 생쥐야!"

황제는 전신이 피투성이였고 그보다는 덜했지만 생쥐 역시 검붉게 얼룩덜룩한 꼴이었다. 아리에스는 안색이 새파래진 채 달려가 생쥐를 끌어안았다.

"대체 무슨 일이에요!"

날카롭게 목소리 끝을 울리는 그녀에게 황제가 덤덤히 대답했다.

"꼬마 피 아니다."

"그럼요?"

"내 피도 아니고."

생쥐의 것도, 황제의 것도 아니면 대체 누구 피를 이렇게 잔뜩 묻혀갖고 왔단 말인가. 큼직한 사슴이나 멧돼지를 산산이 회 쳐서 들고 오기라도 하였나. 아리에스는 모가 난 눈을 한 채 생쥐를 살폈다.

"진짜 다친 데 없어?"

생쥐가 고개를 끄덕했다.

"괜찮아요. 폐하께 묻은 피가 저한테 묻었습니다. 제 피 아닙니다."

"아니라니 다행이긴 하지만……. 꼴이 이게 뭐니."

황제와 후궁이 나란히 피투성이로 돌아다니는 광경이라니, 기함할 노릇이었다.

아리에스가 생쥐를 살피는 사이 황제는 방을 가로질러 이카르가 앉아 있는 침대 옆으로 다가갔다. 완전히 풀이 죽은 눈이 그를 슬그머니 올려다봐 왔다.

"한심한 놈."

황제가 혀를 쫏 차며 말했다.

"언제까지 제 몸뚱이 하나 못 챙기고 빌빌거릴 거냐."

부상자 상대건만 가차 없이 깎아내리는 말에 이카르의 손이 이불 아래로 꽉 주먹 쥐어졌다. 늘 이런 식이다. 알고는 있지만, 익숙해졌지만, 그래도 가슴 안쪽이 길게 할퀴어졌다.

"……상대가 한 명이었으면 이런 일 없었을 겁니다."

"세상이 네놈 사정 봐주며 돌아가는 줄 아느냐. 분명 얌전히 기다리고 있으라 했다만."

쓸데없이 숲엘 기어들어와서 이 꼴이다. 황제의 말에 아리에스가 두 사람 사이에 끼어들었다.

"그건 제가 이카르 경에게-."

"저는 어린애가 아닙니다!"

이카르는 아리에스의 변명을 끊으며 버럭 소리쳤다. 가슴 안쪽에서 피처럼 뜨거운 것이 울컥 솟았다.

어차피 친 부자지간은 아니다. 결국은 남남이다. 입궁하기 전 옛날처럼 재야를 떠돌 때라면 모를까, 황제 자리에 오른 지금은 더더욱 멀게 느껴졌다. 미련을 버리지 못하는 스스로가 한심하다 못해 바보 같을 정도로.

"그러니 귀찮게 신경 쓰실 필요 없습니다. 어차피 저는……."

주먹을 움켜쥔 채 짓씹듯이 내뱉었다.

"……살타토르 양과 결혼하기로 했습니다."

순간 주위의 공기가 싸늘해졌다. 황제도 그리고 생쥐도 유리조각을 씹은 것처럼 표정이 굳었다.

다만 아리에스만이 무덤덤하게 목만 약간 기울였다.

"언제 그렇게까지 이야기가 진행되었는지 모르겠군."

"어차피 제 일입니다. 폐하께서 사적인 부분까지 속속들이 아실 필요는 없지 않습니까."

말은 냉정하게 밀어내고 있었지만 이카르의 시선은 황제를 마주 대하지 못한 채 비스듬히 이불 근처를 향하고 있었다. 황제가 못마땅히 입을 다물자 두 사람 사이로 무거운 침묵이 내려앉았다. 생쥐도 아리에스도 숨을 죽인 채라 물방울 떨어지는 소리가 벼락처럼 크게 들릴 정도의 적막이 이어졌다.

"확실히 그렇군."

한참 만에 묵직한 목소리가 흘러나왔다.

"그런 것까지 신경 쓸 필요 없겠지. 네놈이 결혼을 하든 애를 만들든."

자신과는 상관없는 일이다. 황제는 그리 잘라 말하고 돌아섰다. 그의 뒷모습이 방을 빠져나가 인기척 없이 조용한 복도로 사라져갔다. 아리에스와 반쯤 열린 문을 번갈아 바라보던 생쥐도 고민 끝에 쪼르르 황제의 뒤를 따랐다.

문이 닫히고 조금 전과 비슷한, 그러나 한층 거북해진 침묵이 침대 주위를 휘감았다.

"일단."

아리에스가 흘러내린 자신의 적금빛 머리카락을 어깨 뒤로 쓸어 넘기며 말했다.

"입 다무세요. 혀 깨물지 않게."

그리고.

짜악!

고요하던 방 안에 채찍을 휘두른 것 같은 소리가 울려 퍼졌다. 이카르의 뺨을 한껏 후려친 아리에스가 푸르른 눈을 오만하게 치떴다. 그녀는 실수한 하인을 훈계하는 주인처럼 냉정하게 말했다.

"참으로 비신사적인 행동을 하시는군요. 바로 직전에 거절의 말을 던져놓고서 스스로의 자존심을 세우기 위해 저를 이용하시다니."

"……죄송합니다."

이카르는 손자국이 남은 얼굴을 아래로 숙였다. 일순 울컥한 실수라 해도, 변명의 여지가 없는 짓이었다. 아리에스의 입술 사이에서 얇은 한숨이 새어나왔다. 그녀가 그린 듯 고운 눈썹을 찌푸리며 투덜거렸다.

"말은 그렇게 하셔도, 어차피 폐하의 곁을 떠날 생각은 조금도 없으시겠지요."

"……."

"정말이지 나쁜 사람이네요. 아니, 어리다고 해야 하려나?"

어리단 소리에 습관처럼 반발심이 치솟았지만 이카르는 아무 말 하지 않았다. 지금으로선 입이 열 개라도 나불댈 수 있을 리 없었다. 아리에스는 짙은 속눈썹을 새파란 눈동자 위로 얌전히 내리깔았다. 그 상처받은 듯한 표정에 이카르는 방금 전의 비아냥도 잊고 안절부절 못해 했다.

"살타토르 양, 저는……."

"변명할 필요 없어요. 약간 틀어지긴 했지만 어쨌거나 제가 원하는 대로 된 셈이기는 하니까요."

"……예?"

내리떠졌던 푸른 눈이 다시 바싹 눈꼬리를 치켜 올린다. 아리에스는 스스로 덫에 걸린 사슴의 목을 향해 망설임 없이 사냥칼을 찔러 넣었다.

"폐하께 말씀드린 이상 무를 수 없는 일입니다."

"그건……!"

"아니면, 여자로서의 제 명예와 긍지를 아예 산산이 찢어놓으시겠단 건가요? 도망치지 마세요. 도망칠 거면, 그냥 죽어버려요."

자신을 가벼이 보는 것은 절대 용납할 수 없다. 죄를 갚기 위해 목숨을 내어놓는다면 용서해 주겠다. 그 외에는 불가다.

물론 이카르가 끝끝내 도망치겠다면, 어떻게 해야 할까. 사실상 방법이 없었다. 기세 좋게 몰아붙이고는 있었지만 아리에스는 아직 물어뜯을 이빨도 할퀼 발톱도 지니지 못한 어린 맹수에 불과했다. 그녀에겐 실질적인 힘이 없었다.

말로만 상대를 옭아매는 데에는 한계가 있다. 지금도 그러하다. 만일 이카르가 양심의 거리낌을 감수하고 딱 잘라 거절한다면, 그럼 어찌하겠는가. 그를 막아서고 조건을 받아들일 수밖에 없게 만들 무력도 권력도 재력도 없었다. 생쥐를 빼앗길 때처럼 속수무책으로 두 눈 멀뚱멀뚱 뜬 채 놓쳐버릴지도 모르는 것이었다.

이미 한 번 거절당한 마음에는 여유가 없었다. 정말로 마음에 드는 사람을 연속으로 만났는데 죄다 놓쳐버리는 꼴은 절대 당하고 싶지 않았다. 그렇기에 아리에스는 망설이는 이카르를 기다려주지 않고 약점을 후벼 팠다.

"물론, 폐하께서도 실망하시겠죠."

아리에스는 동그랗게 커지는 눈을 똑바로 들여다보며 말을 이었다.

"냉정히 말하고 돌아서셨지만 내심으로는 기특해하셨을지도 모릅니다. 사실 이카르 경은 많이 늦된 편이니까요. 결혼이야 이것저것 조건 따지다 보면 서른 즈음까지 늦어지는 경우도 종종 있다지만, 단순한 연애는 스물만 되어도 여자 한두 명쯤은 거친 뒤인 것이 보통 아니던가요. 사교계 데뷔를 늦어도 열여덟 즈음엔 하니까요. 하지만 이카르 경께선 스물 중반임에도 경험이 전무하다 하셨습니다. 어쩌면 폐하께서 정도 이상으로 과보호하신 것도 그 때문인지 모르지요. 이카르 경을 홀로 무방비하게 풀어놓기엔 궁정 여자들은 만만치가 않으니까요."

그나마 출신과 악평 때문에 인기가 없기에 망정이지, 평범한 귀족가 태생이었더라면 뼛속까지 뜯어 먹혔을지도 모른다. 아니, 얼굴이 워낙 반반하니 황제의 보호가 없었더라면 젊고 예쁜 애인을 두고 싶어 하는 부인네들의 마수에 진작 낚아채이고 말았겠지.

황제를 들먹이는 것에 이카르의 안색이 급격하게 어두워졌다. 눈에 확 띄는 그 변화를 보고 아리에스는 입안이 써지는 것을 느꼈다.

'망할 놈의 황제.'

생쥐를 빼앗아 가더니 이제는 이카르냐. 그가 황제를 많이 따른다는 것을 알고는 있었지만 속이 쓰렸다. 조금 전, 황제를 뒤쫓아 나가던 생쥐의 모습을 떠올리자 더더욱 헛바닥이 아려왔다.

이카르와의 대화를 위해 내보낼 생각이기는 하였지만 저 알아서 가버리는 것과 머무르겠다는 걸 나가게끔 하는 것은 의미가 전혀 다르다. 당연히 방에 남아 있을 줄 알았는데!

그러고 보니 사냥터에서도 황제 놈 때문에 도망치자는 걸 거절했다. 아리에스는 레이스가 늘어진 소매 아래로 주먹을 질끈 틀어쥐었다. 무심한 척, 무뚝뚝한 척하더니 어느새 애를 잘도 길들여 놓았다. 그녀는 질투와 울분이 뒤섞여 끓어오르는 속을 애써 다독이며 미소를 머금었다.

"다른 것도 아니고 혼인문제를 쉽게 내뱉고 취소하면, 폐하께서 이카르 경을 어떻게 생각하시겠어요?"

자신의 말에 잔뜩 풀 죽은 남자의 어깨에 한쪽 손을 얹고 붉은 손자국이 남은 뺨에 살짝 입 맞추었다.

"너무 심각하게 고민하지 마세요. 일단 약혼 정도만 해놓고 천천히 생각해도 되니까요. 혼약이 사정에 의해 깨어지는 일이야 흔하고, 사실 저도 지금의 감정에 대해 아주 확신하는 건 아니랍니다. 처음 있는 일이라 이렇게 성급해지긴 하였지만요."

오늘 하루, 아니, 낮 동안의 짧은 시간 사이에 무려 세 사람에게 육체적 정신적으로 시달린 이카르가 지치다 못해 울 것 같은 눈으로 아리에스를 올려다보았다.

"……그렇게 해도 되겠습니까?"

"물론이죠."

아리에스는 성모처럼 자애로운 미소를 머금은 채 대답했다. 한 번 이루어진 약혼을 취소하는 일은 결단코 없을 터였지만 상냥하게 거짓을 속삭여주었다.

이카르는 그 달콤함에 속아 한결 가벼워진 표정으로 고개를 끄덕였다.

'망할 놈.'

그리고 망할 계집. 황제는 속이 뒤틀리는 것을 느끼며 복도 중간에 우뚝 섰다. 애새끼 키워봤자 말짱 헛거라더니만. 물론 허락해준 것은 자신이다. 덜떨어진 놈 똑똑한 계집에게 떠넘기려 생각했었다. 그런데도 어째서인지 기분이 더러웠다.

하기야 어디까지나 점괘 때문이지 아리에스 자체는 마음에 들지 않았다. 한 마디도 안 지려 드는 기만 센 여자. 전형적인 엘리트 귀족의 오만함 또한 지니고 있었다. 잡혀 살다 못해 질질 끌려다닐 이카르의 미래가 눈앞에 선해, 절로 인상이 찌푸려졌다.

그때 뒤쪽에서 빠르게 쫓아오는 발소리가 들려왔다. 가벼운 발소리만으로 그 주인의 정체를 눈치챈 황제가 의아해하며 뒤로 돌아섰다.

"아리에스의 곁에 남아 있을 줄 알았는데."

"피를 씻어야 합니다."

황제의 앞에 다다라 선 생쥐가 그를 올려다보며 또박또박 말을 이었다.

"그리고 폐하를 쫓아가고 싶어졌습니다."

"나를?"

"예."

그냥 그러고 싶어졌고, 생쥐는 자신의 마음에 충실히 따랐다.

"갑자기 아리에스보다 내가 더 좋아지기라도 한 건가."

"아뇨. 아리에스 언니가 더 좋습니다."

황제의 후궁으로서는 바람직한 대답이 절대 아니었다. 그러나 이미 예상하고 있었던 반응이었기에 황제는 자신의 후궁의 불충함을 묵인해 넘겼다. 다만 그렇잖아도 좋다고는 할 수 없던 기분에 조금 더 먹칠이 되기는 하였다.

피투성이의 황제 내외가 건물 밖으로 모습을 드러내자 안절부절못한 채 기다리고 있던 시종장 이하 시중인들이 급히 준비한 욕실로 안내해갔다. 이곳 별궁에는 나비궁의 것과 같은 대목욕실도 있었지만 드넓은 탕에 데운 물을 채워 넣을 시간이 부족했다. 대신에 이동식 욕조가 두 개 준비되었다.

두 개의 큼지막한 욕조를 동시에 들여놓을 만큼 넓은 욕실은 없었기에 자연히 황제와 떨어지게 된 생쥐의 곁으로 어느새 요정들이 따라붙었다. 황제와 함께 있을 때는 안 보이다가도 생쥐 홀로 남게 되면 어떻게 알았는지 귀신처럼 나타나는 그들이었다.

생쥐는 따뜻한 물로 핏자국을 씻어낸 뒤 시종들이 역시나 부랴부랴 준비한 휴게실로 향했다. 황제는 이미 도착했는지 문을 열기도 전에 커피향이 희미하게 새어나왔다. 시녀들이 후궁의 피부미용에 쓸데없는 열의를 보인 탓이었다. 온수로 몸을 씻고 향유를 뒤집어쓴 뒤 다시 씻어내기를 세 번씩이나 반복하였으니.

황제는 한쪽 팔걸이 대신 등받이가 있어 몸을 길게 기댈 수 있는 소파에 앉아 있었다. 반쯤 감겼던 금안이 소리 없이 움직여 방에 막 들어선 소녀를 바라보았다.

냉큼 그에게 다가간 생쥐가 소파 앞바닥에 주저앉았다. 테이블에 놓인 과자를 집어 드는 손길은 전과 달리 거침없었다. 그녀는 말린 살구를 넣어 구운 바삭한 사브레를 앞니로 아삭아삭 갉다가 문득 황제를 돌아보았다.

"정말로 언니랑 이카가 결혼하는 거예요?"

생쥐의 물음에 황제가 떨떠름히 대답했다.

"둘이서 하겠다면 하는 거지."

죽자고 막아 나설 방해물도 딱히 없으니 둘이 좋다면 그걸로 끝이다. 기대에 못 미친 황제의 대답에 생쥐가 시무룩하니 손가락 끝에 남은 과자 부스러기를 핥았다. 아리에스가 좋다 하는 걸 반대하고 나설 마음은 없었지만, 그래도.

"언니가 아까워요."

"뭐?"

아리에스가 더 아깝다는 말에 황제의 두 눈썹이 크게 찌푸려졌다. 그가 몸을 바로 세워 앉으며 입을 열었다.

"어디가 아깝다는 거냐."

"다요. 우선, 아리에스 언니는 예쁩니다."

생쥐가 이제껏 봐 온 여자들 중에서 가장 아름다웠다. 성질 더러운 황녀는 물론 논외였다. 그녀의 주장에 황제가 반박했다.

"외모로 따지자면 이카 놈도 만만찮다만. 계집애였다면 황녀와 비슷했겠지."

둘이 꽤 닮기도 하였다. 머리 색도 눈 색도 비슷해 나란히 세워둔다면 남매로 여겨질 정도였다.

"또 아리에스 언니는 착합니다."

"멍청한 소리. 착하기론 이카 놈이 더하지. 그놈은 너무 순해 빠져서 문제일 정도야."

게다가 황제는 아리에스가 착하다고는 생각지 않았다. 생쥐를 도와준 것도 고운 심성에서 비롯된 선행이라기보단 그저 제 마음에 든 상대였기 때문이라 짐작하고 있었다. 생쥐가 제 눈에 차지 않았더라면 위험을 무릅쓰고 달려오는 일 따위 절대 없었을 것이다.

연이은 반박에 생쥐가 입술을 조금 삐죽거렸다.

"그리고, 아리에스 언니는 똑똑합니다. 아는 것도 많아요."

"……그건 받아들일 수밖에 없겠군."

황제가 한숨을 섞어 말했다. 아무리 팔은 안으로 굽는다지만 차마 이카르가 아리에스만큼 영리하단 소리는 못하겠다. 이번만큼은 생쥐의 주장을 인정하지 않을 수 없었다.

드디어 제 의견이 먹혀든 것에 생쥐가 신 나서 말을 이었다.

"또, 또, 아리에스 언니는 집안도 좋아요. 여기서는 가문이 중요하다고 들었습니다. 이카는 그게 안 좋아서, 여자들한테 인기가 없다고 했어요."

귀족 태생이면 연서를 많이 받았을 거라고 하였다.

생쥐의 말에 황제가 약간 미묘한 표정을 지었다가 입을 열었다.

"이카 녀석의 집안이 훨씬 더 좋다."

"네?"

생쥐가 고개를 갸우뚱 기울이며 황제를 올려다보았다.

"평민 출신이라고 했어요?"

"그리 알려지는 게 편하니까."

"그럼 평민이 아닙니까? 귀족이에요? 높은 귀족이면 아리에스 언니가 싫어할지도 몰라요."

가문이 너무 좋은 상대는 남편감으로 부적합하다고 들었다. 이 사실을 알게 되면 결혼을 취소하지 않을까. 눈을 반짝 빛내는 생쥐에게 황제가 떨떠름하게 말했다.

"⋯⋯귀족은 아냐."

"아니에요?"

"그래."

"어⋯⋯. 귀족이 아닌데도 아리에스 언니보다 집안이 좋을 수 있습니까?"

"가끔은."

이 자리에 있는 것이 빈민가 출신 소녀가 아닌 노회한 귀족이었다면 황제의 말이 의미하는 사실을 눈치채고 경악에 빠졌을지도 모른다. 하지만 생쥐는 귀족이 아니어도 좋은 집안 출신일 수 있구나, 하고 있는 그대로 받아들이고 말았다. 물론 그녀가 기민하게 상황을 파악할 능력을 갖췄더라면 황제가 지금처럼 솔직히 털어놓을 일도 없었을 것이다.

"알려지면 귀찮아질 테니 이카르에 대한 건 비밀이다."

생쥐가 떠들고 다녀봐야 온갖 헛소문이 판치는 궁정에서 갓 입궁한 어린 후궁의 말을 귀담아들을 사람은 없을 터였다. 그래도 혹 모르는 일이니 당부를 해두었다. 네, 하고 대답한 생쥐가 불만스런 얼굴을 하였다.

"그러면 두 사람이 비슷합니까?"

앞의 둘은 비겼고 뒤의 둘은 하나씩 사이좋게 이기고 졌다.

"같은 걸로 해 두지."

"⋯⋯그래도요, 전 아리에스 언니가 더 아까워요."

입을 앙다물었다가 덧붙였다.

"이카가 부럽습니다. 얄밉기도 해요."

"이카가 아니더라도 어차피 넌 아리에스와 결혼 못 해."

"전 여자니까요. 언니와 결혼할 수 없습니다."

부루퉁한 목소리에 황제의 눈가에 짜증이 약간 스미었다.

"아니, 그 전에 다른 문제가 있겠지."

"네? 뭐가요? 아리에스 언니는 평민 출신이라도 괜찮다 했습니다."

"⋯⋯그런 거 말고."

"음, 언니보다 한참 덜 예뻐서요? 아니면 이카처럼 검술 같은 거 할 줄 몰라서요?"

"⋯⋯망할 꼬맹이가."

커다란 손이 생쥐의 뒷덜미를 거칠게 움켜쥐었다.

마치 어미에게 물려가는 새끼고양이처럼 달랑 들어 올려진 소녀가 황제의 무릎 위에 내려 앉혀졌다. 황제는 검지 끝으로 동그랗게 뜬 생쥐의 연녹색 두 눈 사이를 쿡, 제법 아프게 찔렀다.

"꼬마 넌 내 후궁이란 말이다."

"아!"

"뭐냐, 그 까맣게 잊고 있었다는 태도는. 넌 이미 결혼했다. 설사 이혼하더라도 재가는 불가능하다고 말해줬을 텐데."

생쥐는 빨갛게 점이 찍힌 미간을 손으로 감싸며 고개를 끄덕거렸다.

"네, 기억나요. 저 폐하랑 결혼했습니다."

"잊어먹지 마. 여자라서가 아니라 이미 내 아내라서 결혼 못 하는 거다."

"하지만 여자도 여자랑 결혼 못 해요."

남자만 여자와 결혼할 수 있다. 그렇게 말하는 생쥐에게 황제는 알려 줄지 말지 고민한 끝에 입을 열었다.

"드문 일이지만 동성의 첩을 들이기는 한다. 정실이야 불가능하지만."

제국 초창기 때부터 내려온 법률에서 정부인이 지녀야 하는 필수조건은 「후계자 생산이 가능할 것」, 단 한 가지뿐이었다. 아이만 낳을 수 있다면 신분, 국적, 나이, 심지어 성별과 종족조차 무관한 것이다.

이렇게 파격적인 법이 존재하게 된 이유는 다름 아닌 초대 황후였다. 제국의 초대 황후는 드래곤이다. 인간이 아니니 국적과 신분도 무의미하며 나이 또한 수를 헤아리기 힘들 정도로 많았다.

감히 법으로 하여금 초대 황후의 정당성을 훼손할 수 없었기에 제국에서는 황족과 귀족의 결혼 조건이 지극히 단순했다. 황후쯤 되면 혈통과 집안은 기본에 모색과 피부색, 점의 위치, 생년월일 등의 자잘한 적합성까지 꼼꼼히 법전에 새겨놓기도 하는 타국과는 천지차이였다.

정부인이 그렇게 가벼운 조건만을 필요로 하였기에 자연히 첩실은 조건 자체가 아예 없었다. 보통은 평범한 이성상대였지만 동성 정도야 놀랄 일도 아니었고 애완동물이나 화초, 심지어 무생물까지 첩이랍시고 내세우는 이상한 인간들도 존재했다. 그중 5대 황제가 무척이나 귀여워하고 아끼던 고양이를 아예 후궁 삼아 궁전까지 하사했다는 일화는 유명한 것이었다.

물론 첩실을 들이는 것은 대부분 남자였지만 아리에스는 백작가의 가주가 될 예정이니 충분히 가능했다. 그런 황제의 설명에 생쥐가 아쉬움이 뚝뚝 떨어지는 얼굴로 중얼거렸다.

"아리에스 언니와 결혼……."

"못한다고 했다."

"그, 그렇죠……?"

"못한다."

"……전 폐하도 좋습니다."

말은 좋다고 하지만 고개를 푹 숙인 꼴이 실망한 기색이 역력했다. 황제는 한숨이 새어나오는 것을 느끼며 조그만 머리통을 툭툭 두드렸다.

"도대체가……."

그 계집이 어디가 그렇게 좋은 건지.

황제는 뒷말은 끊어 내뱉지 않았다. 말해봐야 두 눈 반짝반짝 빛내며 했던 말 또 하고 또 하며 찬양의 횡설수설을 늘어놓겠지. 생쥐 꼴도 이러한데 거기에 더해 이카르까지 빼앗기게 생겼다 싶으니 소태라도 씹은 양 입이 썼다.

그래도, 속내까지야 어쩔 수 없다 해도 이건 내 것이다.

황제는 연회색 머리를 움켜쥐듯이 쓰다듬으며 속으로 중얼거렸다. 이건 자신의 것이다. 아리에스가 요정들과 케이어스에게 위험하다 싶으면 생쥐를 제가 데리고 갈 수 있게 도와 달라 속닥거리고 있다는 건 알고 있었지만, 순순히 내어 줄 생각 따위 일말도 없었다. 이카르야 앞일을 위해서라도 어쩔 수 없었지만 생쥐는 다르다.

이것까지 빼앗길 것 같으냐. 하나만으로도 충분히 속이 쓰리다.

핏속에 흐르는 종족 특유의 소유욕이 으르렁대는 것을 느끼며 황제는 자신의 후궁을 품에 꽉 끌어안았다.

다음 권에서 이어집니다.

지은이 후기

로맨스소설답게 남자주인공의 강력한 사랑의 라이벌이 짠~ 하고 등장 한 2권이었습니다! 실제 등장은 1권 말미였지만 사소한 것은 살짝 넘겨주세요~. 로맨스에 삼각관계가 빠지면 섭섭하지 않겠습니까, 하하핫. 정확히는 사각 관계쯤 되겠습니다만.

그렇게 하여 황제 씨는 라이벌에게 치여 여자주인공의 마음속에서 2순위로 밀려난 것에 이어 애지중지 키우던 애완견까지 빼앗기게 되었습니다. 멍멍이야 원래 줄 생각이었긴 하지만 막상 끌려가는 모습을 보니 저거 원래 내 건데, 싶다고 할까나요. 잘 키워줄지 걱정도 들고 말이지요.

어쨌거나 일단은 개와 쥐를 맞바꾸기로 합의를 본 두 사람이지만, 둘 다 그 결과물이 썩 마음에 들지는 않는 모양입니다. 심지어 애들까지 이전 주인이 더 좋다 하네요. 황제 씨도 라이벌 아가씨도 독점욕에 불붙은 상태이기에 3권에서는 2권 말미의 분위기를 이어서~ 서로 으르렁거리게 되겠습니다. 로맨스에서 질투와 독점욕이 빠지면 또 섭섭하니까요.

결혼식이니 무도회니 등의 부분은 권력자들의 만찬, 화장의 역사, 왕의 정부, 사생활의 역사 등의 책들을 참고했습니다만 열심히 뒤진 티는 별로 나지 않는 것 같습니다. 사생활의 역사야 펼쳐보기도 전에 질리는 방패형 책이라 추천할 수 없지만 왕의 정부는 재미로 읽어 볼 만 합니다. 자료용으로 구입한 책이 쓸데없이 재미있으면 참고하려고 펼쳤다가 글쓰기가 아닌 독서로 방향이 틀어지는 불상사가 종종 벌어지지만요.

그럼 3권에서 다시 뵐 수 있기를 바라보며, 영양가 없는 후기는 이쯤에서 접도록 하겠습니다.

언제나 좋은 하루 되세요.

2014년 8월 메나리

Cover Illust by 너시

나비노블 창립 1주년 기념 단편집 『하늘, 담길 바람』
작가 메르비스, 박미정, 온푸나무, 이야기꾼, 케알 참여.
미니공모전 「주인님, 주인님」 당선작 수록.
최고의 일러스트레이터 아홉분의 삽화가 한 권에!
548페이지의 육중한 두께감을 자랑하는 호화 단편집.
초판 한정 일러스트 엽서 증정!

아직도 주종 로맨스 단편집 한 권 없으십니까?
지금 장만하세요!

수 록 작

춤추는 강과 붉은빛 - 글 : 메르비스 / 그림 : 나래
사람이 생긴 날 - 글 : 연하진 / 그림 : 세릴
꽃멀미 - 글 : 박미정 / 그림 : 신사고
비단아씨전 - 글 : 박해담 / 그림 : 엠퓨
만월 - 글 : 케알 / 그림 : 니시
설화, 검고 마른 - 글 : 김단영 / 그림 : zelu
여름밤 - 글 : 온푸나무 / 그림 : 회색
도련님의 기묘한 자두나무 - 글 : 정아경 / 그림 : NOCA
거먕 - 글 : 이야기꾼 / 그림 : 정에녹

나비노블은 메르헨 판타지 브랜드입니다.